btb

Aus Freude am Lesen

btb

Buch

Am liebsten würde er den Fall seinen Kollegen überlassen! Ausgerechnet am Urlaubsort von Kommissar Viggo Bredberg wird während der Dreharbeiten zu einem unbedeutenden Film ein sechzehnjähriger Junge erschossen. Schlecht gelaunt und äußerst erholungsbedürftig, ist Bredberg fest entschlossen, diesmal seiner in Kollegenkreisen berühmtberüchtigten kriminalistischen Neugier nicht nachzugeben. Doch dann begegnet Bredberg einer besonderen Zeugin – einem zehnjährigen Mädchen. Es behauptet, einen weiteren Toten gesehen zu haben. Der Jazzmusiker Staffan Wingman ist zwar tatsächlich verschwunden, doch an seinen Tod will niemand so recht glauben, schließlich sind Musiker nicht gerade als zuverlässig bekannt. Doch jedes bisschen Information, das Bredberg in seinen Gesprächen mit den Anverwandten und Zeugen zusammenträgt, bestätigt ihn in seinem schrecklichen Verdacht: Irgendwo gibt es eine zweite Leiche. Und irgendwo da draußen läuft ein skrupelloser Mörder herum. Bald führt die Spur nach Stockholm in ein Künstlermilieu, in dem sich ernsthafte Künstler und ruhmsüchtige Stümper ebenso bewegen wie reiche Immobilienhändler und kleine Drogendealer...

Autorin

Kerstin Ekman, 1933 geboren, arbeitete als Lehrerin, Drehbuchautorin und Literaturkritikerin, bevor sie zunächst mit Kriminalromanen Berühmtheit erlangte. Ihr großer Durchbruch hier zu Lande gelang ihr mit dem Roman »Geschehnisse am Wasser«, der in 20 Ländern erschien. Für ihre große schwedische Frauensaga, einen vierteiligen Romanzyklus, wurde sie mit zahlreichen Preisen ausgezeichnet. Aus Protest gegen das mangelnde Engagement für Salman Rushdie verließ sie vor wenigen Jahren die Schwedische Akademie, der sie zu jener Zeit als einzige Frau angehörte.

Kerstin Ekman bei btb

Geschehnisse am Wasser (72062) – Drei kleine Meister (72064) – Der brennende Ofen (72065) – Winter der Lügen (72390) – Skord von Skuleskogen (72061) – Zum Leben erweckt (72391)
Die Schwedensaga: Hexenringe (72056, Bd. 1) – Springquelle (72060, Bd. 2) – Das Engelhaus (72063, Bd. 3) – Stadt aus Licht (72059, Bd. 4)

Kerstin Ekman

Die Nacht vor dem Mord

Roman

Aus dem Schwedischen
von Adolf Schütz

btb

Die Originalausgabe erschien
unter dem Titel »Trettio Meter Mord«
bei Albert Bonniers Förlag, AB, Stockholm.

Umwelthinweis:
Alle bedruckten Materialien dieses Taschenbuches
sind chlorfrei und umweltschonend.

btb Taschenbücher erscheinen im Goldmann Verlag,
einem Unternehmen der Verlagsgruppe Bertelsmann.

1. Auflage
Taschenbuchausgabe April 2001

Umschlaggestaltung: Design Team München
Umschlagfoto: Wolf Huber
Satz: Uhl + Massopust, Aalen
Redaktionell überarbeitet von
Lektorat Text + Stil, Sybil Volks
MD · Herstellung: Augustin Wiesbeck
Made in Germany
ISBN 3-442-72714-6
www-btb-verlag.de

1

Das Taxi hielt auf der menschenleeren Straße vor der gelbgrauen Fassade des Stadthotels. Drei Männer stiegen aus dem Fond des Wagens und schlugen zum Schutz gegen den Regen ihre Mantelkragen hoch. Der vierte, ein grobschlächtiger Typ im Trenchcoat und mit braunem Hut, bezahlte den Chauffeur und zündete seine Pfeife an, während er auf die Quittung wartete.

Der Portier des Hotels hatte unter dem Portal vor dem Regen Schutz gesucht. Nun eilte er die vier ausgetretenen Treppen hinab, um mit dem Gepäck behilflich zu sein. Keiner der Männer nahm Notiz von ihm und keiner wollte ihm seinen schwarzen Handkoffer überlassen.

»Ungemütliches Wetter heute«, sagte der Portier. Er erhielt keine Antwort. Ehe er noch dazu kam, ihnen die Eingangstür zu öffnen, war sie hinter dem Letzten bereits zugefallen.

Er nahm seinen Posten wieder ein und spähte nach einem Zeichen von Leben auf der Straße und dem Platz. Das Wetter war wirklich schauderhaft. Die Stadt duckte sich unter einer Decke grauer Regenwolken, und bei der geringsten Pause im monotonen Plätschern des Regens spürte man die Feuchtigkeit, die vom Meer herkam. Es war Mitte Juli und über zwanzig Grad warm. Am liebsten hätte er nachgesehen, was drinnen im Hotel vor sich ging, aber er hatte die Anweisung, auf seinem Platz zu bleiben. Die Stockholmer Journalisten konnten jeden Augenblick eintreffen.

Ihn überfiel plötzlich Unsicherheit. Am Ende hatte er die falschen Leute eingelassen? Er hatte von Journalisten gelesen, die sich verkleidet hatten, um irgendwo hereinschlüpfen und fotografieren zu können. Aber was sollten sie da drinnen schon fotografieren? Den Jungen vielleicht? Das war sicher nicht erlaubt. Und außerdem war der Junge nicht mehr da.

Er kaute nachdenklich an einem Streichholz und ließ den Blick an der grauen Häuserreihe auf der anderen Seite des Platzes entlanggleiten. Hinter dem Park lag das Krankenhaus, er konnte das schwarze Dach hinter den Häusern erkennen. Dort drinnen im dicht belaubten Grün des Krankenhausgartens pflegten die Patienten auf den Kieswegen rund um ein kleines, weißes, fensterloses Gebäude zu promenieren. Nicht bei diesem Wetter natürlich. Dort war der Junge.

Die Zeitungsredaktion lag schräg gegenüber vom Stadthotel. In einem Fenster des zweiten Stockwerks konnte er den Redakteur Winlöf sehen, der sein blasses Gesicht gegen die Fensterscheibe drückte. Der Portier gab ihm mit der Hand ein Zeichen, und das Gesicht verschwand.

Winlöf hatte mit regelmäßigen Unterbrechungen aus dem Fenster gespäht, um zu beobachten, was unten passierte. Am Morgen hatte er eine Weile in der Redaktion gesessen, müde und übernächtigt. Den vergangenen Abend hatte er bis tief in die Nacht hinein am Telefon verbracht und seine Meldungen an die Nachrichtenagentur der Zeitungen durchgegeben. Nicht ohne Stolz hatte er seine Kollegen darauf hingewiesen, dass es seine Nachrichten waren, die in der Abendsendung im Radio verlesen wurden und nun auf den Titelseiten der Morgenblätter prangten. Seine Zeitung war natürlich nicht die Erste gewesen, denn sie war ein Abendblatt und ging nicht vor zwei Uhr in Druck.

»So eine Geschichte könnte doch auch mal vor zwei passieren«, hatte er gesagt.

Der Portier sah ihn mit schiefen Schritten über die Straße

kommen, unter einem großen schwarzen Schirm, der im Takt seiner Schritte auf und ab wippte.

Außer Atem stand der Redakteur vor ihm: »Was waren das für Leute?«

Bevor er antwortete, spuckte der Portier das zerkaute Streichholz aus und schüttelte sorgfältig die Regentropfen von seiner Uniformmütze.

2

Das Haus war weiß und hatte keine Fenster. Die vier Männer der Mordkommission folgten Viggo Bredberg durch die schwere Eichentür und warteten auf der Schwelle, bis er Licht gemacht hatte. Bredberg ging zur Bahre. Er hinterließ nasse Spuren auf dem Boden. Vorsichtig lüftete er das Tuch, das den Körper bedeckte, und entblößte ein kantiges, graubleiches Jungengesicht unter einem blonden Haarschopf.

»Die Kugel ist, wie Sie sehen, von vorne gerade durch die Stirn gedrungen«, sagte er.

Die Männer nickten, und es wurde einen Augenblick still. Viggo war müde. Müder als vor zehn Tagen, als er von Stockholm weggefahren war. Mit der Abendfähre am zehnten Juli war er in die Hafenstadt gekommen, die nur ein Postamt, ein Kino – das Gott sei Dank in dieser Saison geschlossen war – und eine Polizeiwachstube hatte, in der die Fliegen friedlich um die Kaffeetassen des diensthabenden Beamten surrten. Er war überarbeitet und urlaubsreif. Als eine große Filmgesellschaft plötzlich fünf Tage nach ihm eintraf, hatte er ihre Ankunft irritiert von der Mole aus angesehen, wo er mit seiner Angel stand, und bloß gehofft, es würde ihm erspart bleiben, mit diesen Leuten zu tun zu bekommen.

Am neunzehnten Juli war ein Schuss mitten in dieser Gesellschaft gefallen. Viggo fand sich in etwas hineingezogen, von dem er sich durch seine Reise hierher eine Zeit lang hatte ausruhen wollen.

Ein Mord. Ein ungewöhnlich hässlicher und trauriger Mord. Sinnlos obendrein, so schien es. Der gestrige Abend war angefüllt gewesen mit Untersuchungen und dem Aufstellen eines langen Verhörprotokolls. Die Jagd hatte begonnen, die Jagd nach dem Mörder, der sich irgendwo unter einem gleichgültigen Gesicht verbarg, und der vermutlich ebenso müde war wie er selbst. Müde und voller Angst.

»Hat denn wirklich keiner von den Filmleuten eine Ahnung, woher der Schuss gekommen ist?«

Seine Gedanken wurden von der Stimme des Kommissariatsleiters Lövgren unterbrochen: »Nein, niemand hat wirklich begriffen, was passiert ist. Der Schuss kann aus einem Fenster im selben Haus gekommen sein oder aus der Pension nebenan. Vermutlich aus dem zweiten oder dritten Stock, wenn man bedenkt, wo der Junge gestanden hat.«

Die vier Männer näherten sich der Bahre mit dem zugedeckten Körper.

»Man kann sagen, was man will, aber eine normale Geschichte ist das nicht. Mord an einem Sechzehnjährigen mitten in einer Filmaufnahme!«

Lövgrens Stimme war laut und durchdringend, fast heiter. Na gut, es war sein Beruf und es gab keinen Grund, warum er seinen Beruf nicht gern ausüben sollte, auch wenn er darin bestand, Morduntersuchungen zu führen. Was er empfindet, wenn er dieses Leintuch lüftet und das Gesicht des Jungen sieht, ist vermutlich reine Arbeitsfreude, dachte Viggo.

»Wäre der Mörder von der anderen Seite gekommen, dann könnten wir ihn vielleicht jetzt im Film verewigt sehen«, setzte Lövgren fort.

»Du kannst den ganzen Mord heute Abend im Film sehen. Um sechs, hoffe ich«, antwortete Viggo trocken.

Seine drei Kollegen starrten ihn an, und er fuhr fort: »Die Kamera lief, als Krister Hermansson erschossen wurde. Wir haben die Filmrolle zur Entwicklung geschickt, und sie kommt mit der Fähre um sechs Uhr zurück.«

»Donnerwetter, du hast in den letzten Stunden aber nicht auf der faulen Haut gelegen!« Claesson hatte eine Zigarette angezündet und der Bahre den Rücken gekehrt.

»Ich bleibe, bis der Film vorgeführt worden ist. Danach ziehe ich mich zurück. Ich habe Urlaub, wie ihr wisst. Wahrscheinlich fahre ich morgen früh von hier weg«, sagte Viggo.

Lövgren zuckte mit den Achseln und ging zur Tür.

Sie verließen das Haus und außerhalb des Krankenhauszaunes trennte sich Viggo von den vier Männern. Es regnete immer noch stark und gleichmäßig. Er überquerte den Platz, wo eine Gruppe von Leuten sich vor der Auslage eines Zeitungskiosks untergestellt hatte.

»Das ist der Kriminalkommissar, der hier Urlaub macht«, hörte er jemanden sagen.

Der Mord an Krister Hermansson war so ziemlich das einzige Gesprächsthema in den verrauchten Cafés unten am Hafen, im Postamt, an den Tischen der Konditorei in der Nygatan und über den Verkaufstheken.

Eine Menschentraube hatte sich vor dem Eingang des Cafés Eterna gebildet und es wurde heftig diskutiert.

»Direkt durch die Stirn! Die Pistole hatte einen Schalldämpfer, deshalb hat keiner etwas gehört.«

»Man hört den Schuss immer, auch wenn die Pistole einen Schalldämpfer hat!«

»Was weißt denn du von Pistolen?«

Die beiden jungen Männer in Lederjacken begannen zu streiten. Auch bei den anderen gingen die Meinungen auseinander.

»Er hat zehn Schüsse abgekriegt. Eine von den Schauspielerinnen hat was mit ihm gehabt.«

»Red keinen Unsinn, der Knirps war doch erst dreizehn.«

»Er war vierzehn!«

»Sechzehn.«

»Wisst ihr, dass der Film *Mord mit Musik* heißen sollte? Die müssen die Aufnahmen jetzt abbrechen.«

»Ohne den Jungen können sie nicht weiterdrehen. Er hatte die Hauptrolle.«

»Blödsinn, er war nur ein Statist.«

»Die wissen schon, wer es getan hat.«

»Wer denn?«

»Der Musiker, der mitgefilmt hat.«

»Der Jammerlappen? Der kann doch keine Fliege erschießen.«

»Kennst du ihn?«

»Was man eben so kennen nennt. Es ist doch klar, dass…«

»Der Junge ist mit dem Regisseur aneinander geraten. Und der war so wütend auf ihn, dass er ihn fast erwürgt hätte.«

»Er ist vom Dach heruntergestürzt, ganz durchlöchert von Kugeln. Wie ein Sieb. Und niemand hat was gehört. Weil die Pistole einen Schalldämpfer hatte.«

»Der Junge soll ein großartiger Schauspieler gewesen sein…«

»Er war doch bloß ein Statist, zum Teufel!«

»Ich habe gehört, er hat mehrere Hunderter pro Tag gekriegt. Er hatte ein Verhältnis mit einer von den Schauspielerinnen.«

»Ein einziger Schuss und es war auf der Stelle aus mit ihm! Vom Dach ist er hinuntergefallen.«

»Eine von den Schauspielerinnen war's.«

»Staffan Wingman ist auf und davon. Alle sagen, er hat es getan.«

»Ich habe ihn vorigen Sommer im Volkspark gehört.«

»Das Einzige, was man hören konnte, war ein scheußliches Zischen. Dann kam der Junge heruntergesaust. Bloß so ein Zischen, von dem Schalldämpfer. Er war sofort tot. Niemand hat kapiert, dass er erschossen worden war.«

»Es heißt, der Dreh wird abgebrochen.«

»Ich war ganz nah dran und konnte es genau sehen. Schuss auf Schuss. Der Junge hat versucht vom Dach hinunterzuspringen…«

»Wisst ihr, ob der Musiker es getan hat? Die Polizei weiß nichts.«

»Wartet auf den Film heute Abend, er kommt mit der Sechsuhrfähre. Die haben den ganzen Mord gefilmt.«

Gleich nach sechs Uhr abends kamen die Mitglieder der Mordkommission zusammen mit Viggo Bredberg zum Kino Rote Mühle. Einige Neugierige hatten sich vor dem Eingang versammelt, gingen aber zögernd auseinander, als die fünf Männer durch die Doppeltür verschwanden, die hinter ihnen versperrt wurde.

Ein Bediensteter machte Licht in dem leeren Zuschauerraum, und Viggo nahm Platz. Neben ihn setzte sich Lövgren auf einen der knarrenden Sitze. Ihm bereitete das Ganze sichtlich Vergnügen.

»Eigentlich ist es recht eigenartig; einen Mord, den man zu bearbeiten hat, im Film vorgeführt zu bekommen. Nur schade, dass die Kamera zur falschen Seite gewendet stand.«

»Erwarte bloß nicht zu viel. Die ganze Rolle ist nicht länger als hundertfünfzig Meter und es sind die letzten dreißig Meter, die für unseren Fall in Betracht kommen.«

Viggos abweisende Haltung behagte Lövgren nicht besonders. »Gib wenigstens zu, dass es eigenartig ist«, sagte er.

Der einzige Außenstehende, der bei der Vorführung anwesend sein durfte, war der Direktor der Filmgesellschaft, Sven Fredberg. Er kam später als die anderen, grüßte und setzte sich, nervös auf dem Sitz auf und ab wippend. Der kleine, rundliche Mann mit dem grauen Haar und den klaren, wasserblauen Augen wirkte peinlich berührt.

Es wurde dunkel im Zuschauerraum und nach einem Augenblick strömte eine Flut weißen Lichts aus dem Projektionsraum. Langsam glitten die beiden schmutzig gelben Vorhanghälften auseinander, und die leeren Vierecke flimmerten auf der Leinwand. Ohne Übergang kamen die ersten Szenen: einige lose Brocken der Handlung eines ziemlich banalen

Thrillers, der in einem Badeort spielte. Krister Hermanssons Gesicht starrte den Zuschauern in einer Großaufnahme entgegen. Es war ein helles, offenes Jungengesicht mit einem breiten, lachenden Mund und ungekämmtem Schopf, der in die Stirn fiel, wenn er sich bewegte. Er hatte keine große Rolle gehabt. Im Film spielte er einen Vierzehnjährigen, und er sah auch sehr jung aus für seine sechzehn Jahre.

»Ich kann nicht begreifen, warum ihn jemand erschießen wollte«, seufzte Fredberg. Niemand antwortete ihm.

»Der Ton ist nicht drauf«, erklärte er, »aber das spielt ja auch keine Rolle für die Szene, die wir sehen werden... Sie ist stumm.« Er beugte sich im Sitz nach vorne und berührte Oberwachtmeister Svenbergs Arm. »Da... jetzt kommt es!«

Auf der Leinwand sah man einen kräftigen Arm, der eine schwarze Schiefertafel hielt mit der Aufschrift: Szene 225 F 52 19/7, stumm. Die Klappe verschwand samt dem Arm aus dem Bild. Im Gesichtsfeld erschien nun ein schöner und gepflegter Villengarten mit Obstbäumen und großen Päonienbüschen. Im Hintergrund sah man einen Geräteschuppen, umgeben von grünem Laubwerk, und oberhalb des Dachs ragte Krister Hermanssons blonder Kopf in die Höhe.

Man hörte ein Stöhnen von Fredberg. »Es ist entsetzlich!«

Viggo trocknete sich mit dem Taschentuch die Stirn. Es war verdammt warm im Kino.

Krister Hermansson hatte sich aufs Dach hinaufgezogen. Vorsichtig richtete er sich auf und balancierte mit ausgestreckten Armen. Er hielt den Blick auf ein Ziel im Hintergrund, oberhalb der Kamera, gerichtet.

»Er sollte einem Mann nachspionieren, der im ersten Stock des Hauses saß«, erklärte Fredberg. Er wurde rasch zur Ruhe ermahnt.

Der Junge stand immer noch mit ausgebreiteten Armen, um das Gleichgewicht auf dem schmalen Dachfirst zu bewahren. Er starrte auf einen Punkt hinter der Kamera, in gleicher Höhe mit seinem eigenen Kopf.

Nun drückte sein Gesicht Erstaunen aus, das allmählich in unverkennbares Entsetzen überging.

Die sechs Männer im Zuschauerraum betrachteten sein Gesicht und hielten den Atem an. Alle wussten, dass das kein Spiel mehr war. Das Entsetzen, das er in diesem Augenblick fühlte, war echt und grenzenlos. Er hatte in das Gesicht seines Mörders geblickt und dessen Absicht erkannt.

In ein paar Sekunden war alles vorbei. Man sah den Jungen vom Dach hinabstürzen und in das Gras vor der Scheune fallen. Leute eilten zu ihm hin, eine Frau warf den Kopf zurück, und ihr Mund bildete ein O, ohne dass man einen Laut hörte. Eine Minute lang hatte die Kamera weitergesurrt, und ihr Auge hatte das Chaos um den Körper des toten Jungen herum registriert. Das Bild begann zu flimmern, die Filmrolle war zu Ende.

Das Licht ging langsam aus und die sechs Männer wandten sich blinzelnd einander zu. Fredberg brach das Schweigen.

»Keiner hat am Anfang begriffen, was geschehen ist. Ich kam fast sofort danach angelaufen, da ich durch das Fenster gesehen habe, dass etwas passiert ist – aber einen Schuss habe ich auch nicht gehört. Nur diesen Laut, einen unheimlichen, zischenden Laut, der sehr deutlich in der Stille der Aufnahme zu hören war. Niemand hat daran gedacht, die Polizei zu alarmieren. Erst haben wir natürlich nach einem Arzt geschickt, um zu sehen, ob der Junge noch zu retten ist. Ich nehme an, es vergingen etwa zehn Minuten, bis jemand daran gedacht hat, die Polizei anzurufen. Der Mörder hat also reichlich Zeit gehabt, zu verschwinden.«

»Oder sich unter die Filmleute zu mischen«, ergänzte Lövgren.

»Wie bitte?«

»Nach der Lage der Dinge muss der Schuss direkt von vorne gekommen sein, von dem Fenster, zu dem der Junge seiner Instruktion gemäß blicken sollte«, bemerkte Svenberg.

»Also von dem Raum, in dem sich der Trompeter aufgehalten hat.«

»Demnach müssen wir zuallererst ihn festnehmen.«

»Aber ich verstehe nicht…« Fredberg hatte sich erhoben. Sein Gesicht war bleich und schweißbedeckt. »Es kann unmöglich Staffan Wingman sein, der das getan hat! Krister und er hatten absolut nichts miteinander zu tun. Sie trafen sich zum ersten Mal bei dieser Aufnahme.«

»Auf jeden Fall müsste Staffan Wingman uns einiges zu erzählen haben, wenn wir ihn zur Stelle schaffen.«

Lövgrens Stimme klang unverändert unternehmungslustig. »Jetzt lassen wir uns das Ganze nochmals vorführen, damit wir sehen, ob wir entscheiden können, woher der Schuss kam.«

Viggo erhob sich gemächlich. »Tja«, sagte er, »dann gehe ich also.«

»Du kannst deinen Urlaub brauchen, alter Junge!«

Er schüttelte Fredberg, der auf seinem Sitz zusammengesunken war, die Hand.

»Das ist eine vollkommen trostlose Geschichte! Ich wünschte, Sie könnten die Untersuchung fortsetzen, Herr Kommissar.«

»Die Herren hier werden sicher ihr Bestes tun, um die Sache aufzuklären, darauf können Sie sich verlassen«, versetzte Viggo.

»Nochmals vom Anfang!«, rief Lövgren. »Hej, Viggo, lass es dir gut gehn! Ruh dich mal ordentlich aus!«

Seine Stimme drückte kein übertriebenes Bedauern aus.

Viggo spazierte langsam heim durch die Stadt. Er hatte ein kleines Haus für seinen Urlaub gemietet, ein gelbes Haus, umgeben von Kastanien und Eichen. Er wusste, das Beste wäre, es am nächsten Morgen zu verlassen und weit weg von der Stadt zu fahren, in der Krister Hermansson ermordet worden war. Wenn er seinen Urlaub haben wollte!

Erst wollte er aber in Ruhe seinen Nachtgrog genießen, bevor er alles Übrige wie Kündigung, Packen und Fahrplan studieren in Angriff zu nehmen begann. Es war gewissermaßen gut so, dass dies einer der typischen Fälle war, der lange Verhöre, Hintergrunduntersuchungen und Recherchen erforderte. Es war zwecklos, die Gedanken mit den wenigen Fakten zu beschäftigen, die ihm zur Verfügung standen. Der Fall Hermansson war nicht von der Sorte, die man beim Nachtgrog lösen kann, während die Zigarrenspitze im Dunkel glimmt und das Gehirn ein kompliziertes Muster von Fakten und Annahmen wie ein Puzzle zusammenzusetzen versucht. Zumindest nicht in diesem Stadium.

Dachte Viggo Bredberg. Trotzdem drehten sich seine Gedanken auf dem Heimweg eigensinnig um den toten Jungen und um die Menschen, die ihn umgaben. Die Filmtruppe war groß, aber nur ein kleiner Teil war anwesend gewesen, als der Junge erschossen wurde, da es eine Komplettierungsszene war, die wenig Arrangement erforderte. Das Haus, das zu dem Garten gehörte, in dem die letzten Szenen aufgenommen worden waren, war von der Produktion für gewisse Aufnahmen gemietet worden. Im Gebäude hatten auch einige Schauspieler und Techniker gewohnt, da der Zimmermangel in einem Ferienort wie diesem ziemlich groß war. Der Trompeter Staffan Wingman hatte im Haus gewohnt. Der Tonmeister und die zwei Assistenten hatten Zimmer im Erdgeschoss, aber sie waren bei den Aufnahmen im Garten beschäftigt gewesen. Eine hübsche, junge Schauspielerin mit Namen Ulla Severin hatte ein Zimmer im dritten Stock, und neben ihr wohnte das Skriptgirl mit einem Hund, der bei den Aufnahmen gebraucht wurde. Ulla Severin war an den Badestrand gegangen, und das Skriptgirl hatte hinter der Kamera gesessen. Diese Angaben mussten nachkontrolliert werden…

Gewiss. Aber nicht durch ihn. Viggo öffnete das Gartentor und ging über den knisternden Kies des Gartenweges. Es war sieben Uhr geworden, und der Regen hatte längst aufgehört. Der Wind, der vom Meer her wehte, war frisch und salzig.

Er schloss auf und ging ins Haus hinein. Eigentlich war es

ein kleines, aber gemütliches Haus, fand er, und es war ein Jammer, es verlassen zu müssen. Auf dem Tisch in der Halle lag seine Angelrute mit einer Rolle, die heute noch keinen Ruck verspürt hatte, und es gab jetzt in den Abendstunden feine Fische an der Mole. Er streifte seine Sandalen ab, schlüpfte in ein Paar alte Tennisschuhe mit abgenutzten Gummisohlen und schlurfte in der Küche herum. Aus dem Eisschrank im Keller holte er Eis für seinen Drink, nahm Sodawasser und goss vorsichtig einen Fingerbreit Whisky in sein Glas. Das Sodawasser perlte, als er die Flasche öffnete. Er nahm seinen bernsteingelben Drink in die Hand und ging durch das Wohnzimmer hinaus auf die kühle Glasveranda. Auf der Schwelle blieb er stehen.

Regungslos starrte er auf das Korbsofa vor dem Verandatisch. Er fragte sich, wie viele Jahre er wohl noch diesen Beruf ausüben musste, damit er keinen Schreck mehr empfand, wenn er einen Körper ausgestreckt vor sich liegen sah.

Das hier konnte ein Mädchen von etwa zehn Jahren sein. Sie lag auf dem Sofa, das Gesicht in einem Kissen verborgen. Der Körper schien leblos, mager und etwas kläglich. Unter dem Rock ragten ein Paar von Mücken zerbissene Beine hervor, und ihr kurzes braunes Haar war wild zerrauft.

Der Drink schwappte über, als er das Glas auf den Tisch stellte. Langsam beugte er sich über die bewegungslose Gestalt auf dem Sofa und berührte vorsichtig ihren Arm.

3

»Hallo!! Da sind Sie ja endlich! Wenn Sie wüssten, wie sehr ich gewartet habe!« Sie war mit einem Schlag hellwach, setzte sich im Sofa auf und rieb sich den Schlaf aus den Augen.

»Entschuldigung, dass ich einfach hereingekommen bin, aber ich habe so lange auf Sie gewartet.«

»Wie bist du hereingekommen?«, fragte er. Sein Herz hatte eine Volte geschlagen und war wieder in seine Ausgangslage zurückgekehrt. Ein angenehmes Gefühl!

»Die Verandatür stand offen.«

»Ach ja, richtig, das tat sie.«

»Ich habe den ganzen Tag gewartet. Und gestern hab ich nach Ihnen gesucht.«

»Hör mal, wer bist du eigentlich?«

»Ich heiße Margareta und wohne in dem Haus gleich neben dem, wo der Junge gestern erschossen worden ist. Ich hab Sie so gesucht, weil ich Ihnen etwas Wichtiges zu erzählen habe.«

Sie hatte klare braune Augen und war sehr lebhaft.

»Weißt du, dass du mir Angst eingejagt hast«, sagte er lachend und ließ sich schwer in einen der knarrenden Korbstühle fallen.

»Angst? Weshalb? Ich war gestern Abend auch hier, aber Sie waren nicht zu Hause und so bin ich heute Morgen wieder hergekommen, aber da waren Sie schon fort. Ich habe überall nach Ihnen gefragt, aber niemand hat sich um mich gekümmert, weil niemand weiß, wie wichtig es ist. Und da hab ich mir gedacht, ich setze mich hier bei ihm hin und warte auf ihn, denn einmal muss er ja auf jeden Fall heimkommen. Er muss ja doch wie gewöhnliche Menschen einmal essen, dachte ich. Aber vielleicht müssen Sie das nicht? Dann hab ich hier gesessen, und es hat geregnet, schrecklich geregnet, und da dachte ich, ich muss mal sehen, wie das mit der Verandatür ist, und die war offen. Da dachte ich, ich kann ebenso gut auch hier sitzen. Aber von dem vielen Regen bin ich ganz müde geworden. Haben Sie schon gemerkt, wie müde man vom Regen wird? Und außerdem hab ich den ganzen Tag nichts gegessen.«

Sie machte eine Pause und holte tief Atem.

»Das muss ja etwas schrecklich Wichtiges sein, das du mir zu sagen hast«, warf er ein.

»Ja«, nickte sie ernst, »schrecklich wichtig.«

Zur Bekräftigung nickte sie einige Male und schlang die Hände um ihre aufgeschundenen Knie.

»Sie müssen wissen«, begann sie, »in unserem Keller liegt ein Mann. Ein toter Mann.«

Er starrte in ihr Gesicht, und ihre aufgeweckten Augen blickten mit tiefem Ernst in die seinen.

»Wenn Sie wüssten, wie erschrocken ich bin, als ich ihn sah! Er sieht so gruselig aus! Und wie finster und unheimlich es dort unten ist!«

»Aber hör mal, wenn ein toter Mann in eurem Keller liegt, dann haben doch wohl deine Eltern das der Polizei gemeldet.«

»Ach, die wissen von nichts«, antwortete sie unbekümmert. »Ich hab es niemandem gesagt.«

»Warst du nicht bei der Polizei?«

»Polizei!«, rief sie wegwerfend. »Ich weiß doch, dass Sie es sind, zu dem ich gehen muss. Sie kümmern sich ja um solche Sachen. Ich habe über Sie in den Zeitungen gelesen.«

Ihr Gesicht drückte die uneingeschränkteste Bewunderung aus. Viggo nippte an seinem Glas und fragte vorsichtig: »Wann hast du diesen Mann entdeckt?«

»Gestern Abend gegen sechs!«

»Wo hat er genau gelegen?«

»Im Kohlenkeller zwischen den Häusern. Petrén und wir haben denselben Kohlenkeller. Er liegt eigentlich in unserem Haus, aber es gibt eine Tür vom anderen Haus in den Kohlenkeller. Vom Heizraum in dem Petrén-Haus. Eigentlich gehören beide Häuser ihm. Wir sind nur seine Mieter. Uns gehört die Pension.«

Sie sprach immer weiter, ohne sich Zeit zum Atmen zu lassen, und als sie schließlich eine Pause machte, zog sie hörbar die Luft ein.

»Was hast du eigentlich im Kohlenkeller gemacht?«

»Ach, ich war bloß so dort…«

Ihre Geschichte begann zu seiner Erleichterung in den Fugen zu knacken. Es wirkte vor allem unwahrscheinlich, dass man bei der Untersuchung des Hauses so etwas wie eine Leiche hätte übersehen können, aber da der Kohlenkeller nicht zum Haus gehörte, war es nicht unmöglich. Immerhin, eine verlässliche Zeugin hatte er nicht vor sich, das war ihm klar.

»Aber du hast doch wohl dort etwas zu tun gehabt?«

»Ich hab nachgeforscht«, kam es kurz.

»Wonach denn?«

»Na ja, wie die davon gesprochen haben, dass man im Garten von Petrén einen Jungen erschossen hat, da wollte ich natürlich nachschauen. Aber Kinder durften nicht hinein und andere übrigens auch nicht. Und da bin ich draufgekommen, dass ich durch den Kohlenkeller zu den Petréns kommen und dort nachforschen konnte.«

»Was hast du denn herauskriegen wollen?«

»Na ja, was man in so einem Fall eben sucht, Spuren… Spuren von dem Mörder.«

»Hör mal«, fragte Viggo, »hast du *Emil und die Detektive* gelesen?«

Sie ging mit strahlenden Augen in die Falle: »Ja, und die Fortsetzung auch!«

Es blieb eine Weile still. Das Mädchen kratzte ihre Mückenstiche auf den Beinen und sah ihn unverwandt an. Die Luft war jetzt so regungslos auf der Veranda, dass es ihm glückte, eine ganze Serie schöner Rauchringe zur Decke zu blasen.

»Gehen Sie nicht und holen ihn?«, fragte sie zum Schluss.

»Wen?«

»Den Mann im Keller.«

»Also gut«, sagte er und erhob sich. »Sehen wir mal nach.«

Die Pension Meeresbucht und das Haus Petrén waren zwei weiße Holzgebäude. Die Pension sah etwas jünger aus. Er fragte sich, wieso die Bewilligung erteilt worden war, zwei Holzhäuser nebeneinander zu bauen. Im Falle eines Brandes waren beide Häuser verloren.

Sie nahmen den Weg über die Kellertreppe und trafen keinen Menschen. Das Mädchen ging vor ihm in einen großen Raum, der mit Gartenwerkzeugen voll gepfropft war, durch eine Waschküche und in einen Heizraum hinein, in dem es nach Kehricht roch. Sie zeigte auf eine Tür in der Kellermauer. »Dort drin! Aber Sie müssen allein hineingehen.«

Ihre braunen Augen sahen ernst und verschreckt auf ihn, und einen Augenblick hatte er den Eindruck, sie spreche die Wahrheit. Er öffnete die Tür zum Kohlenkeller, was ihm einige Mühe machte, und blickte hinein. Es war finster darin.

»Der Schalter ist rechts!«

Ihre Stimme klang wie ein kleiner Rattenpfiff im Kellerdunkel. Er drehte ein paar Mal den Schalter, aber nichts geschah. Das kleine Fensterloch im Heizraum ließ nicht genügend Licht herein, um etwas zu erkennen. Er schaltete das Deckenlicht ein, aber das Einzige, das er, in der Tür stehend im Kohlenkeller ausmachen konnte, waren die Konturen einer Kohlenkiste. »Wie hast du denn gestern hier etwas sehen können? Die Lampe ist ja kaputt.«

»Ich hab eine Taschenlampe mitgehabt.«

»War die Lampe hier schon lang kaputt, weil du dir eine mitgenommen hast?«

»Davon wusste ich nichts, aber eine Taschenlampe nimmt man doch mit, wenn man nachforscht. Haben Sie keine?«

»Ich habe Urlaub«, brummte er. »Sei so gut und hol deine.«

Sie eilte davon, und er setzte sich auf eine leere Kiste vor dem Heizaggregat. Er fragte sich, ob dort drinnen wirklich etwas zu finden sei. Die Kleine hatte sich natürlich an den Detektivgeschichten den Magen verdorben, aber ihre Angst war echt.

Sie kam mit einer großen Stablampe zurück, und er schaltete sie ein und ging in den Kohlenkeller. Der Lichtkegel spielte über zwei Kohlenkisten, über die rauen Mauern und über die Tür auf der anderen Seite, die in Petréns Haus führte. Sonst war nichts zu sehen. Mit dem Licht der Taschenlampe suchte er die Deckenlampe. Sie war gesprungen, entzweigeschlagen.

Vorsichtig schraubte er den Rest der Glühbirne heraus. Die Decke war so niedrig, dass er seinen langen Körper bloß ein wenig strecken musste, um hinaufzugelangen. Im Schein der Taschenlampe vertauschte er sie mit der Birne aus dem Heizraum und knipste an.

Der Kohlenkeller lag im nackten, weißen Licht der ungeschützten Glühlampe vor ihm. So weit er sehen konnte, war er leer. Auch die Kohlenkisten waren leer.

Als er herauskam, saß die Kleine, die Arme um die Knie verschränkt, auf der Kiste vor dem Heizaggregat.

»Drin ist nichts, meine Liebe«, sagte er.

»Haben sie ihn schon fortgebracht?«

Es glückte ihr, enttäuscht und erleichtert zugleich auszusehen. Verdammte kleine Kröte, dachte er.

»Jetzt hör aber auf, mich zum Narren zu halten!«

Er versuchte bärbeißig zu klingen und blickte ihr streng in die Augen.

»Ich halte Sie nicht zum Narren!« Sie sprang auf und nahm

seine Hände, dringlich und bittend. »Es ist alles wahr, ganz wahr! Ich schwindle nie, beinahe nie! Nur wenn ich zwei Finger kreuze, darf ich lügen. Er lag neben der hintersten Kohlenkiste und stierte so grässlich mit den Augen.«

»Vielleicht war es gar kein toter Mann. Vielleicht hat er sich nur hingelegt, um zu schlafen.«

Er war der ganzen Sache überdrüssig, aber die Kleine hielt seine Hände in ihren harten, braunen Fäusten fest und redete voll Eifer weiter: »Das habe ich auch geglaubt, bis ich ihm ins Gesicht geleuchtet habe. Er hatte ein Loch in der Stirn, und das hatte ein bisschen geblutet. Erst hab ich geschrien und bin hinausgelaufen und wollte alles der Mama sagen. Aber dann hab ich eingesehen, dass das mit dem Jungen zu tun hat, der erschossen worden ist, und da war mir klar, dass ich es nur Ihnen erzählen darf…«

»Gut«, unterbrach er sie. »Jetzt hast du es mir erzählt. Ich werde versuchen herauszubekommen, wie das zusammenhängt. Vergiss das jetzt alles.«

»Ich weiß genau, wie er ausgesehen hat, wenn Sie mir nicht glauben! Er hatte helles Haar und eine grünlich gesprenkelte Jacke und ein weißes Hemd und einen grünen Schlips. Weiter hinunter hab ich nicht gesehen. Ich hab mich nicht getraut, noch mehr auf ihn zu leuchten…«

»Es ist gut. Sprich bloß mit keinem darüber. Ich werde sehen, was ich in der Sache tun kann. Geh jetzt zur Mama zurück.«

»Ich werde es niemandem sagen«, versprach sie, als sie die Tür öffnete und davonging.

Er kehrte in den Kohlenkeller zurück und sah sich ihn nochmals an. Es gab Fußspuren im Staub, sowohl bei den Türen als auch bei den Kohlenkisten, aber nichts, was darauf hinwies, dass ein schwerer Körper über den Boden geschleift worden war. Kein einziger Anhaltspunkt dafür, dass die Geschichte der Kleinen etwas anderes war als ein Ausfluss ihrer starken Phantasie in Verbindung mit einseitiger Literaturdiät.

Emil, Sherlock Holmes und Groschenhefte in wenig gesundheitsfördernder Mischung, urteilte er. Er drehte das Licht ab und nahm den Rückweg durch das andere Haus, um von den Pensionsgästen oder den Eltern der Kleinen nicht gesehen zu werden.

Der Whisky, der noch auf dem Verandatisch stand, schmeckte schal. Er entschloss sich einen starken Kaffee zu kochen. Er wollte sich in den bequemsten Stuhl des Wohnzimmer setzen, mit einer Tasse Kaffee, Zigaretten und der Biographie Karls XII. von Frans G. Bengtsson. Eine kurze Stunde mit den grimmigen Helden von Holovzin und Poltawa würde sicher alle Spekulationen aus seinem Hirn vertreiben. Er drehte da Radio an und ging in die Küche, um seinen Kaffee zu brauen.

Als er mit seiner großen Kaffeetasse in der Hand zurückkam, verkündete gerade in den Abendnachrichten eine kühle Frauenstimme: »Wir bringen zuerst eine Suchanzeige. Die Kriminalpolizei in…«

Natürlich! Kaum hatte er das Radio angestellt, musste er eine Erinnerung an den Mord vorgesetzt bekommen! Vermutlich würde der Abendbericht zum größten Teil davon handeln. Es war der siebenundzwanzigjährige Jazzmusiker Staffan Wingman, der seit dem Mord an Krister Hermansson spurlos verschwunden war, der nun gesucht wurde. Er hatte übrigens selbst einem Wachtmeister Order gegeben, Wingmans Personenbeschreibung durchzugeben.

»… Staffan Wingman ist mittelgroß und schlank, hat blondes Haar, eine gerade Nase und auffallend weiße Zähne. Er war zuletzt mit einer grün melierten Tweedjacke, braunen Hosen, einem weißen Hemd und grünem Schlips gekleidet. Er trägt braune Sämischlederschuhe und keinen Mantel. Angaben über den Verschwundenen sind zu richten an…«

Viggo hatte sein Buch zugeklappt und sich erhoben. Er trank den Kaffee in einem einzigen Zug aus und räumte die

Zuckerdose, den Aschenbecher und die Kaffeetasse zusammen.

Grün melierte Tweedjacke, weißes Hemd und grüner Schlips. Man hatte unterlassen, ein wichtiges Kennzeichen hinzuzufügen: Der Verschwundene hatte ein Loch in der Stirn.

4

Viggo saß in einem der Einzelzimmer des Stadthotels, das er als provisorischen Verhörraum bestimmt hatte, und wartete darauf, dass sein Besucher zu Atem kam. Fredberg hatte eine starke Ähnlichkeit mit einem Spielzeugtier aus Plastik, dachte er. Eines, das man aufbläst und ins Bad mitnimmt. Nun hatte ein böses Kind ein Loch hineingestochen, und die Luft war entwichen. Sven Fredberg saß vor ihm wie ein Häufchen schlaffer Fetzen. Außerdem schwitzte er entsetzlich.

Das war an und für sich nicht verwunderlich. Das Zimmer ging nach Süden, und die Sonne hatte den ganzen Morgen unablässig hereingeschienen. Das Thermometer an der Fassade des Stadthotels zeigte fünfundzwanzig Grad im Schatten.

»Sie meinen doch nicht, dass er tot ist?«, seufzte der kleine Direktor und trocknete sich die Stirn.

»Wir haben keine Beweise dafür, aber wir fürchten es.«

»Gütiger Gott! Das ist ja grauenvoll! Staffan war in seiner Art ein so netter Kerl, ich fasse es nicht…«

Er seufzte nochmals tief. Der Wachtmeister, der bei der Tür mit einem dicken Stapel Papier saß, spitzte seinen Bleistift und fixierte Fredberg.

»Sind Sie absolut sicher dass sich Wingman während der Filmaufnahmen am Donnerstag in seinem Zimmer befand?«

»Er sagte, er wolle auf seinem Zimmer bleiben, weil er sich nicht wohl fühle.«

»Was war los mit ihm? War er krank?«

»Nein, krank war er wohl nicht. Aber er fühlte sich manchmal unpässlich. Er war... schwach – oder wie man das nennen will.«

Das emsige Schreiben des Wachtmeisters ging Fredberg auf die Nerven. Er warf immer wieder einen Blick auf ihn und trocknete sich die Stirn mit einem großen weißen Taschentuch.

»Wie äußerte sich seine Schwäche? Was hatte er für eine Krankheit?«

»Nein, er hatte keine Krankheit, das kann man nicht sagen.«

»In Dreiteufelsnamen, Mensch, rücken Sie mit der Sprache heraus! Schwach war man zu Großmütterchens Zeiten. Was war mit ihm?«

Fredberg sah erst verschreckt drein, dann erhob er sich mit Würde.

»Ich weiß nicht«, antwortete er. *»De mortuis nihil... nisil nihi...«*

»Nihil nisi bene«, ergänzte Viggo.

Der Wachtmeister hörte zu schreiben auf und blickte verwirrt den Kommissar an.

Dann ließ sich Fredberg wieder vernehmen: »Dürfte ich mich jetzt bitte entfernen? Oder wünschen Sie noch etwas von mir?«

»Nein, danke, das genügt.«

Viggo sah ein, dass er für den Augenblick aus Fredberg nicht mehr herausbekommen konnte. Er erinnerte ihn daran, dass er die Neuheit über Wingmans eventuelles Hinscheiden nicht unter den Filmleuten verbreiten sollte. Er betonte das Wort eventuell und sah ihn dabei scharf an. Der kleine Mann entfernte sich still.

Sicher war er ebenso bekümmert wie verwundert darüber, den höflichen Kommissar von gestern in ein reißendes Tier verwandelt zu sehen. Fredberg neigte zur Verzagtheit, konstatierte Viggo, es hatte keinen Zweck, ihn allzu sehr unter Druck zu setzen.

»Was hat er zuletzt gesagt?«, fragte Wachtmeister Hansson, nachdem die Tür zugefallen war. »Ich bin nicht mitgekommen.«

»*De mortuis nihil nisi bene.* Über Tote sagt man nichts Schlechtes.«

Der Wachtmeister nickte und schrieb mit Vehemenz.

Viggo hatte eine unruhige Nacht gehabt. Vor dem Einschlafen hatte er seinem Urlaub einige wehmütige Gedanken geschenkt und konstatiert, dass er nur noch eine Erinnerung war. Er konnte es nicht vermeiden, an der Untersuchung teilzunehmen. Dann war er eingeschlafen und hatte von den Helden in Frans G. Bengtssons Buch geträumt. Riesenhaft und düster stand der König vor ihm und fuchtelte mit einer enormen Reiterpistole. Mit grabestiefer Stimme hatte er geäußert: »Die Pistole muss ihr Bestes tun, denn dieses ist kein Scherz!«

Bei näherem Nachdenken war das ein für seine Verhältnisse recht eigentümlicher Traum. Er hatte gehört, dass Menschen von historischen und literarischen Persönlichkeiten träumten, ja, dass es Leute gab, die im Traum Gedichte und Schauspiele durcheinander mischten. Selbst träumte er meist wirr und angstvoll. Oder manchmal von Frauen.

»Wovon träumen Sie in der Nacht, Wachtmeister?«, fragte er.

»Wovon ich träume?« Hansson blickte mit runden Augen auf. »Von Häusern und Booten und dass ich reise... So allerhand eben, wovon man zu träumen pflegt. Ich weiß nicht genau...«

»Gut«, sagte Viggo energisch. »Nehmen wir uns den Nächsten vor.«

Es schien, als wolle der Kommissar die ganze Filmgesellschaft am Vormittag erledigen.

Es wurde Zeit zum Lunch, und der Wachtmeister orderte belegte Brote und Pilsner aufs Zimmer, bevor sie fortsetzten. Hansson hatte bereits einen Schreibkrampf, aber er klagte nicht. Zum Abendessen gingen sie hinunter in den Speisesaal des Hotels und aßen Rumpsteak mit grünen Bohnen. Das Essen war dort im Allgemeinen gut.

Die Filmleute kamen und gingen in den Verhörraum, auch nach dem Abendessen. Eigentlich war es eine Sammlung wunderlicher Menschen, fand Hansson. Sie redeten drauflos wie ein ratterndes Maschinengewehr, und es war verdammt schwer, mit dem Schreiben nachzukommen. Aber es war ja klar, dass die Mäuler so geschmiert gingen, bei diesem Beruf! Es gab zwei Sexbomben darunter, die waren gar nicht so übel. Eine Dunkle, die Inga Barr hieß, und eine kleine Blonde mit Namen Ulla Severin. Sie schienen nicht besonders viel mit dem Mord zu tun zu haben. Keine von ihnen hatte Krister Hermansson früher getroffen, keine kannte Staffan Wingman näher.

Gegen Abend wurde es kühler, und die Luft, die durch das offene Fenster strömte, tat sehr gut, als sie schließlich aufstanden, um zu gehen. Viggo trennte sich von Hansson vor dem Portal des Stadthotels. Er nahm den Weg zu Petréns Villa durch das stille Viertel, in dem der Duft der Päonien und Geißblätter die frische Meeresluft überdeckte. Er ging durch das Gartentor an der Seite des Hauses. Der Garten lag still und verlassen. Beim Schuppen sah er flüchtig eine dunkel uniformierte Gestalt, die er mit einer Handbewegung grüßte. Im zweiten Stock des Hauses schien ein helles Licht durch ein Fenster. Das war das Zimmer, in dem Staffan Wingman gewohnt hatte.

Er ging ins Haus hinein und stieg die ausgetretene Holztreppe hinauf, die unter seinen Schuhsohlen knarrte und quietschte. Staffan Wingman hatte in einem kleinen, tristen Raum mit grau-gelben Tapeten gewohnt. An den Wänden hingen einige Reproduktionen, die Beste von ihnen eine fade Wiedergabe von van Gogh, ein im Sonnenlicht leuchtendes Getreidefeld. Ein Bett mit braunem Überzug, ein wackeliger Schreibtisch vor dem Fenster, einige Stühle und eine braun gebeizte Kommode mit Spiegel waren die ganze Einrichtung.

Auf einem der Stühle saß Claesson und rauchte mit bekümmert gerunzelter Stirn. Werner hockte auf der Schreibtischkante und studierte einen kleinen Gegenstand auf weißem Papier den Lövgren ihm erregt zeigte.

Viggo nickte ihnen von der Tür aus zu. »Seid ihr vorwärts gekommen?«

»Darauf kannst du Gift nehmen!«

In Lövgrens Stimme lag Sturmwarnung. Viggo ging zum Schreibtisch und deutete auf den kleinen, eingedrückten Bleiklumpen, der auf einem Bogen weißen Schreibpapiers lag.

»Ach so, ihr habt die Kugel gefunden.«

»Die Kugel gefunden? Was meinst du damit? Wir haben eine Kugel gefunden, die hätte schon längst gefunden werden müssen, wenn die Untersuchung vernünftig geführt worden wäre.«

Lövgren fügte gereizt hinzu: »Vielleicht kann ein Hellseher uns sagen, wo die steckte?«

»Das kann nicht so schwer sein«, antwortete Viggo nachdenklich. »Wingman fühlte sich nicht wohl, also dürfen wir vermuten, dass er auf seinem Bett lag, als der Mörder hereinkam. Aber im Bett kann er nicht erschossen worden sein, denn da hätte der Junge nichts gesehen. Das Bett und die Tür befinden sich ja in dem Teil dieses Zimmers, der nicht sichtbar ist, wenn man auf dem Blechdach des Schuppens steht. Wir wollen also annehmen, dass Wingman aufgestanden ist. Die beiden Herren – oder er und die Dame – hatten vermutlich einiges zu diskutieren. Er setzte sich an den Schreibtisch, wo der einzige bequeme Stuhl dieses Zimmers steht – den überlässt man sicher nicht seinem Mörder. Auf diese Weise kam er mitten vor dem Fenster zu sitzen. Der Mörder konnte seine Pistole heben, ohne zu riskieren, von außen gesehen zu werden. Er stand ja ein Stück vom Fenster entfernt. Er schießt. Schaut natürlich rein reflexartig hinaus, um zu kontrollieren, ob er beobachtet wurde. Obwohl er sich das kaum denken konnte – es gibt ja kein Gebäude auf der andern Seite auf der

Höhe des Hauses, keine Fenster, keine Augen. Und was sieht er?«

Viggo machte eine Kunstpause und ließ seine Blicke über drei widerwillig interessierte Gesichter und drei Paar Augen – zwei Paar faszinierte und ein Paar skeptische – wandern.

»Ja«, seufzte er und machte eine Geste zum Fenster hinaus auf den Schuppen, »er starrt geradewegs in zwei aufgesperrte und grenzenlos erstaunte Jungenaugen in zirka fünfzehn Meter Abstand. Der Junge steht auf dem unglaublichsten und unberechenbarsten Platz, auf dem schmalen Dachfirst des Geräteschuppens. Ich nehme an, dass der zweite Schuss rein impulsmäßig abgefeuert wurde. Der Selbsterhaltungstrieb sagte: Schieß! Er zielte, nachtwandlerisch richtig, traf – und der Junge fiel.«

Werner zog laut den Atem ein, und Viggo rieb sich das Kinn.

»Moment mal, wo bin ich stehen geblieben?... Ja! Also, die Kugel muss hinter dem Schreibtisch gesessen haben, zum Beispiel im Spiegel über der Kommode. Aber das kann nicht sein, sonst wäre der Spiegel zersplittert. Sie saß vorschlagsweise in der Tapete, gleich links vom Spiegel.«

»Du siehst das Loch!«, murrte Lövgren.

»Man kann nicht übersehen, wie ihr in der Tapete herumgewühlt habt«, lachte Viggo.

Während er eine Zigarette anzündete, war es still im Raum. Schließlich fragte Lövgren: »Hast du keine andere Stütze für deine halsbrecherische Theorie, als die Aussage dieser halbwüchsigen Göre, dass ein Mann, der die gleiche Personenbeschreibung wie Wingman hat, am Donnerstag tot im Kohlenkeller gelegen haben soll?«

»Wir haben die Kugel, Freund. Oder glaubst du, dass der, der Krister Hermansson erschossen hat, zuerst ein bisschen auf der Tapete hier geübt hat?«

»Schön. Sagen wir, es ging so zu, wie du behauptest«, unterbrach ihn Werner. »Aber wie erklärst du, dass Wingmans Leiche in den Keller gekommen ist? Meinst du, der Mörder hat noch so viel Geistesgegenwart gehabt, ihn dort hinunterzuschleppen, wo er wusste, dass die Filmleute jeden Augenblick die Polizei alarmieren können?«

»Oder wie willst du erklären, dass es keine Leiche mehr im Keller gibt«, warf Claesson ein. »Hokuspokus? Hat sie Flügel gekriegt?«

»Nicht genug damit, dass der Täter in der Eingebung des Augenblicks den Jungen erschießt, als er sich beobachtet sieht, und dass er Wingman nachher in den Keller transportiert, um uns die Sache richtig schwer zu machen – er hat außerdem noch Mut und Nerven genug, zurückzukommen, vielleicht mitten in der Nacht, in ein bewachtes Haus, Wingman hinauszutragen, ihn fortzuschaffen und ihn so gründlich zu verstecken, dass wir ihn den ganzen Tag nicht gefunden haben. Wenn ich meine bescheidene Meinung sagen darf, so wirkt das nicht bloß unglaublich, sondern dumm – astronomisch dumm!«

»Bitte zu bedenken, dass er nicht hierher zurückzukehren brauchte! Er brauchte nur in den Keller der Pension hineinzukommen«, wandte Viggo ein. »Den Körper herauszuholen und davonzufahren!«

»Ein Kinderspiel«, murrte Lövgren. »Dass wir daran nicht schon früher gedacht haben, meine Herren!«

Claesson kicherte, und Werner sagte mit einem kameradschaftlichen Augenzwinkern: »Hör mal, Bredberg, du glaubst doch selbst nicht daran, oder?«

Lövgren erhob sich und wickelte behutsam die Kugel in das Papier. »Meiner Ansicht nach sind wir festgefahren«, sagte er. »Der Teufel soll's holen, dass Svenberg krank ist! Wir brauchen alle Kräfte hier. Und du würdest sicher deinen Urlaub brauchen, Bredberg. Ich finde, es sieht so aus.«

Nach diesen Abschiedsworten marschierte er aus dem Zimmer, ihm auf den Fersen folgten Werner und Claesson. Viggo blieb auf dem Bett sitzen. Seine Theorie über den Hergang wirkte unsinnig, das stimmte. Phantasievoll, aber leider unsinnig. Und doch irrte sich Werner. Er glaubte selbst daran. Es war schwer zu sagen, was es war, das ihn dazu brachte, sich seiner Sache so sicher zu fühlen. Es war ein sehr ungewöhnlicher Fall. Ein Doppelmord, der große Anforderungen an den Täter stellte. Kaltblütigkeit, Stärke, gute Nerven, Intuition, Schnelligkeit, Intelligenz. Ein Mann mit solchen Gaben hätte sicher eine bessere Art finden zu können, sie zu gebrauchen. Dass es ein Mann war, davon musste man ausgehen. Eine Frau hätte kaum die Stärke aufgebracht, den Körper in den Keller zu schaffen. Schon gar nicht so schnell, auch wenn Wingman ein kleiner und magerer Mann war. Tote sind schwer.

Es gab einige rein faktische Einwände. Die Kleine könnte phantasiert haben. Wingman könnte wieder auftauchen, frisch und gesund, mit einem Mord auf dem Gewissen.

Aber er konnte nicht von dem Gedanken loskommen, dass es hier vielleicht einen Mann gab, der Staffan Wingmans Todfeind war, ein kaltblütiger Mann mit blitzschnellen Reaktionen und klarem Hirn. Ein Mann mit Mumm und guten Nerven. Er hätte Lust, den Kampf mit diesem Mann aufzunehmen – wenn er existierte.

Er verließ mit leichten Schritten das Haus und ging ins Stadthotel, um einen Grog zu trinken. In dem großen Speisesaal mit seinen griechischen Wandmalereien spielte ein verschwitzter Geiger für einige verstreute Gäste das Viljalied, begleitet von einem kleinen, energischen Mann am Piano. Auf einem Tisch in der Nähe der Musik entdeckte er Direktor Fredberg und einige Schauspieler der Filmtruppe. Regisseur Arnold Oldberg war auch dabei sowie ein unbekannter Mann an die fünfzig. Die Gesellschaft blickte düster drein, nippte an ihren Gläsern und rauchte.

Fredberg bemerkte ihn nach einem Augenblick, kam zu Viggos Verwunderung auf ihn zu und bat ihn, an ihrem Tisch Platz zu nehmen. »Wir können ja doch über nichts anderes sprechen als über den Mord«, seufzte er.

Viggo begrüßte Inga Barr, eine kurvenreiche Dutzendbrünette in einem gelben Angorajumper, und Ulla Severin, die aschblond war und mehr wie eine Klosterschülerin aussah. Allerdings pflegen Klosterschülerinnen nicht Whisky pur zu trinken, dachte er.

Arnold Oldberg war ein nervöser Mann zwischen fünfunddreißig und vierzig mit krausem, schwarzem Haar und schönen braunen Hundeaugen. Viggo hatte auch ihn am Morgen verhört, aber nichts Nennenswertes aus ihm herausbekommen. Ein sicheres Alibi hatte er jedenfalls, denn er hatte hinter der Kamera gestanden. Neben Fredberg saß Elsa Brundin, eine üppig gerundete Schauspielerin jenseits der fünfundvierzig. Sie spielte immer reizende Mütter in gemütlichen Lustspielen, schien jedoch in der Wirklichkeit diesem Bild keineswegs zu entsprechen. Jetzt war sie außerdem ein wenig berauscht. Über den Tisch hinweg hielt sie Stig Lindhs Hand fest, und dieser unzweifelhaft schöne Zwanzigjährige, der schon lange das Idol aller Teenager war, sah durchaus nicht belästigt aus. Mit seiner freien Hand spielte er eine Partie Dame mit einem anderen jungen Adonis, Härje Olofsson, der im Gegensatz zu Lindh blond, mager und schlaksig war und nicht dessen melancholisch-verschlafenen Ausdruck hatte. Trotzdem verlor er Partie um Partie auf dem Tischtuch, das sie mit Bleistift in Karos eingeteilt hatten.

»Guten Abend!«, sagte Lindh, ohne aufzusehen.

»Darf ich Ihnen meinen Schwager vorstellen, Direktor Petrén.« Fredberg führte Viggo zu dem Einzigen der Gesellschaft, den er noch nicht getroffen hatte.

»Kommissar Bredberg.«

»Ich habe bereits von Ihnen gehört«, sagte Petrén höflich, und sein leises Lächeln bekundete, dass das keine heuchlerische Phrase war. »Sehr erfreut, Sie kennen zu lernen.«

Viggo nahm zwischen Petrén und Inga Barr Platz und bestellte einen Grog.

»Haben Sie schon entschieden, wie lange wir hier in der Stadt noch bleiben müssen?«, fragte Ulla Severin und richtete einen porzellanblauen Blick auf ihn. Etwas in ihrer Stimme war schärfer als ihr liebliches Äußeres.

Fredberg beeilte sich, hinzuzufügen: »Die Einspielung muss als abgebrochen betrachtet werden. Es sind eigentlich nur die Polizeiverhöre, die die Schauspieler hier festhalten.«

»Ich habe keine Ahnung«, erwiderte Viggo wahrheitsgemäß.

»Ich war der Meinung, Sie gehören zum Gehirntrust dieser Ermittlungen.« Stig Lindhs Stimme war schleppend und dunkel.

»Es wird nach verschiedenen Gesichtspunkten gearbeitet«, antwortete Viggo und beeilte sich das Gespräch zu wechseln:

»Sie brechen die Einspielung ab, sagen Sie? Ist das nicht eine recht teure Geschichte?«

»Gewiss, gewiss!« Fredberg ließ einen seiner längsten Seufzer hören. »Aber leider lässt sich das nicht vermeiden. Der Film hat eine allzu tragische Publicity erhalten.«

»Sven hat einen schweren Kampf mit sich selbst ausgefochten, darauf könnte ich wetten!« Ulla Severin nippte an ihrem Whisky und betrachtete Fredberg über den Rand ihres Glases.

»Einen schweren Kampf? Was meinst du damit?«

»Mein lieber Sven, so viel erstklassige Publicity, wenn auch tragische, aber jedenfalls eine Bombenreklame! Die Leute würden wie verrückt in den Film laufen, bloß des Mordes wegen, hab ich Recht? Es bricht dir das Herz, dass du ihn der Anständigkeit halber abbrechen musst.«

Was für ein boshafter kleiner Affe, dachte Viggo. Fredberg wirkte müde und niedergeschlagen. »Was du daherredest!«

»Liebe Ulla, versuch deine Zunge zu beherrschen! Jetzt wollen wir uns einen gemütlichen und netten Abend machen und allen alten Groll vergessen…«

Elsa Brundin hakte Fredberg von der einen Seite unter und Ulla Severin von der anderen Seite, und sie begannen mit ihm zu schunkeln wie ein Schiff im Sturm. Die Musik spielte »My

Bonnie«, und sie trällerte die Melodie mit einer recht angenehmen, nur für den Augenblick etwas heiseren Stimme.

Viggo fragte sich, was das für ein alter Groll sein könnte, auf den sie anspielte. Er wäre bereit gewesen, seine ausgedienten Tennisschuhe aufzuessen, um es zu erfahren. Aber Menschen im Verhör sind wie frische Austern. Keine Silbe über Unstimmigkeiten irgendwelcher Art war hervorgekommen. Die Filmgesellschaft war von jedem einzelnen Mitglied als die auf Erden verwirklichte treueste Gemeinschaft aller Zeiten und Fredberg als deren Fels in der Brandung hingestellt worden. Für bare Münze hatte er das natürlich nicht genommen. Er dachte oft darüber nach, was es wohl war, das Menschen automatisch solidarisch machte, wenn in ihrer näheren Umgebung ein Verbrechen begangen worden war. Aber die automatische Reaktion war stets von kurzer Dauer. So allmählich krochen alle aus ihrer Reserve hervor, sogar mit einer unglaublichen Bereitwilligkeit. Um wie viel leichter und freundlicher würde sich das Leben eines Verhörleiters gestalten, wenn Tratsch, Intrigen und Aversionen schon am ersten Verhörtag hervorkollerten! Viggo hatte über dieses Problem gegrübelt, seit er in seiner Jugend die Fahrraddiebstähle im Kungsholmdistrikt zu bearbeiten gehabt hatte.

»Sagen Sie mir…« Eine dunkle, warme Stimme klang ganz nahe an seinem Ohr. »Haben Sie keine Ahnung, was aus Staffan geworden sein kann?«

Es war Inga Barr, die ihre dunkelbraunen Augen auf ihn heftete.

»Ich weigere mich, zu glauben, dass er irgendetwas mit dem Mord zu tun hat«, setzte sie langsam fort.

Ihre starke Sonnenbräune verlieh ihr ein exotisches Aussehen, verstärkt dadurch, dass sie ein paar weiße Blumen in das glänzende dunkelbraune Haar, das im Nacken geknotet war, gesteckt hatte. Viggo musste unwillkürlich an Hawaii denken, an melancholisch schluchzende Saiteninstrumente und weichen Sandstrand im Mondschein. Er wurde enthusiastisch.

»Die Nachforschungen werden sicher bald ein Resultat geben«, versicherte er.

»Ich finde, alle diese Andeutungen in den Zeitungen und unter den Leuten sind abscheulich. Ich glaube ganz einfach nicht, dass er etwas mit dem Mord zu tun hat. Staffan ist zu so etwas nicht fähig.« Sie verstummte, offenbar verlegen, und begann einen großen Aquamarinring am Finger zu drehen. »Eigentlich kenne ich Staffan ja nicht so genau. Aber das wissen Sie ja schon. Ich bin ja im Verhör gewesen, Gott sei's geklagt!«

Sie lachte Viggo zu, der zu seinem Erstaunen keinen Laut hervorbrachte. Er konstatierte, dass ihre Augen sehr tief und klar waren. Ulla Severins Stimme riss ihn aus seiner Versunkenheit.

»Du musst jedenfalls zugeben, dass er sich durch sein Verschwinden in ein schrecklich schlechtes Licht stellt. Er muss doch wohl etwas zu verbergen haben.«

Offenbar war sie der leisen Konversation zwischen Viggo und Inga gefolgt.

»Quatsch! Was Staffan zu verbergen hat, das wissen wir doch alle«, unterbrach Härje Olofsson sie, ohne von der Partie am Tischtuch aufzublicken. Er zeichnete ein Kreuz in eines der Quadrate, und der Kellner, der eben Stig Lindh einen Grog servierte, musterte missbilligend die fortschreitende Verunreinigung der Hotelwäsche.

»Ich kann euch sagen, dass Staffan schon lange diese Veranlagung abgelegt hat«, sagte Elsa Brundin. »Ich kenne Staffan besser als irgendeiner von euch, das steht fest. Ich weiß, dass er ein ganz anderer Mensch geworden ist.«

»Erzähl uns keine Märchen, Elsa!« Stig Lindh legte eine gewisse Schärfe in seine Stimme. »An Staffan war eigentlich nie was Absonderliches. Zum Teufel noch mal, er ist der feinste Jazzmusiker im ganzen Land und er war immer ein prima Kumpel.«

»Liebling, ich sage dir…«

Viggo bekam die Fortsetzung nie zu hören. Ake Petrén, der Schwager des Direktors, der still an seiner Seite gesessen und eine türkische Zigarette geraucht hatte, beugte sich vor und wandte ihm das Gesicht zu: »Haben Sie Staffan Wingman jemals gesehen?«

Viggo zögerte eine Sekunde, bevor er antwortete: »Nein, nicht persönlich. Ich habe Platten von ihm gehört.«

»Ziemlich flotter Trompeter. Ich war bei einigen seiner Konzerte. Und dann habe ich ihn ganz flüchtig beim Beginn der Aufnahmen hier gesehen. Aber ich habe nur kurz mit ihm gesprochen. Nun ist er plötzlich der mystische Mann geworden, der in aller Munde ist. Man fragt sich tatsächlich, was hinter seinem Verschwinden stecken kann.«

Er klopfte die Asche von seiner Zigarette und blickte Viggo forschend an. Petrén hatte eine bronzefarbene, von der Schärensonne gebräunte Haut und eisengraues Haar, das sich an den Schläfen ein wenig kräuselte. Er war vermutlich Segler, da er eine blaue Jacke und weiße Leinenhosen trug, aber er hatte kein Klubabzeichen auf dem Sakko. Es war wieder still am Tisch geworden, und alle Blicke richteten sich auf Viggo. Er fand es langsam anstrengend, die Maske der Unergründlichkeit zu bewahren und gleichzeitig nichts sagende und schafsköpfige Antworten auf Fragen nach Wingmans Verschwinden zu geben. Die ganze Zeit fühlte er Fredbergs ängstliche Blicke auf sich gerichtet.

Die Stille wurde von Elsa Brundin unterbrochen, die plötzlich mit schriller Stimme äußerte: »Am Ende ist er tot!«

Die Worte hatten einen magischen Effekt. Viggo Bredberg registrierte Härje Olofssons aufgesperrten Mund und Fredbergs nervös zuckende Augen, bevor ein Sturm der Proteste und Ausrufe ausbrach. Müsse sie denn immer das Ärgste glauben? Schrecklich, dass Elsa niemals ihre Vernunft bewahren könne! Die Geschichte sei doch wahrhaftig schon scheußlich genug!

Aber Elsa Brundin sah mit starren Augen vor sich hin und sagte theatralisch: »Was ich glaube, das glaube ich…«

Sie wandte sich an Petrén, blickte aber weiter auf die staubgraue antike Landschaft zwischen der Wandtäfelung.

»Und nie in meinem Leben werde ich meinen Fuß wieder in dieses Haus setzen. Und noch weniger in das Zimmer, wo es geschah… wo er stand. Wenn ich an deiner Stelle wäre, würde ich das Haus morgen verkaufen. Beide Häuser übrigens.«

»Das Haus mit der Pension kann doch wohl mit dem Mord nichts zu schaffen haben«, wendete Petrén leicht lächelnd ein. »Aber ich gebe zu, dass es ziemlich unangenehm ist, ein Haus zu besitzen, in dem ein Mord begangen wurde.«

»Sie sind also der Hauseigentümer?«, fragte Viggo.

»Ja. Mir gehören die Villa und das Gebäude mit der Pension.«

»Direktor Petrén hat mehr Häuser, als er eigentlich überblicken kann«, erklärte Ulla Severin. »Massenhaft Häuser in Stockholm, neue in Gubbängen und alte, schäbige Schaluppen in der Vasastadt. Und trotzdem hat er mir nicht einmal eine kleine Zweizimmerwohnung verschafft.«

Sie zog mit gespielter Verärgerung einen Brigitte-Bardot-Schmollmund und glitzerte Petrén mit ihren hellblauen Augen an. Zwischen den beiden begann plötzlich eine lebhafte Konversation, und Bredberg hörte, wie sie sich nach einer Weile duzten. Im Herbst kriegt sie sicher ihre Wohnung, dachte er. Die beiden Teenageridole hatten ihre zehnte Partie auf dem Tischtuch begonnen. Elsa Brundin unterhielt Fredberg und Oldberg mit einer langen und detaillierten Geschichte über einen Kopenhagenbesuch, und Viggo merkte, dass Inga Barr an seiner Seite ganz einsam und still dasaß.

Er war kein Konversationstalent. Seine Gesellschaftsbegabung trat nur manchmal, in geeignetem Milieu, plötzlich überraschend zu Tage. Bei einem jungen und auffallend attraktiven Mädchen wie Inga Barr riskierte er, in einen Ton zu verfallen, den man leicht für Gleichgültigkeit oder eine auf seinem Alter beruhende Verknöcherung halten konnte. Viggo war zweiundvierzig und sich dessen bewusst, als er in die braunen Augen blickte, die sicher nicht mehr als zwanzig Sommer gesehen hatten.

»Kolossal viel Leute heute hier.« Rechtzeitig erinnerte er sich, dass diese eine Redensart für eine ganz andere Gelegenheit war, und unterbrach sich mit einem Räuspern.

»Sind Sie schon lange beim Film, Fräulein Barr?«, versuchte er es aufs Neue.

Inga Barr war eine junge Frau mit einem Gefühl für Zwischentöne. Sie lächelte ihn ermunternd an, als sie erwiderte: »Das ist mein erster Film.«

»Haben Sie eine große Rolle?«

»Ulla Severin hat die Hauptrolle. Ich spiele ihre Rivalin… oder eigentlich nicht direkt ihre Rivalin… Es ist bisschen schwer zu erklären.«

»Haben Sie von früher noch keine Filmerfahrungen?«

»Nein, keine. Ich habe im Fernsehen gearbeitet, aber nichts Besonderes, in Shows und als Ansagerin.«

»Möchten Sie beim Film bleiben?«

»Ich weiß noch nicht. Man wird so leicht abgestempelt, als Typ, meine ich, und davor habe ich etwas Angst.«

»Womit haben Sie sich früher beschäftigt?«

»Aber lieber Herr Kommissar, Sie fragen ja genau wie beim Verhör. Man kriegt direkt eine Gänsehaut.«

Viggo schwieg verwirrt. Tatsächlich, das Mädchen lachte ihn aus! Ganz lautlos zwar, aber ihre Augen blinzelten. Er hatte noch nie Augen auf diese spezielle Art blinzeln sehen. Es war vielleicht eine Eigenheit von ihr, genau wie andere Menschen Tränen weinen können, die ganz dick aus den Augen kullern. Er hatte einen solchen Fall einmal gesehen. Auf einem Postamt. Er beschloss, sie zu fragen, ob sie etwas Ähnliches auch schon gesehen habe.

Das hatte sie nicht. Immer noch war sie zum Lachen aufgelegt, aber der Fall vom Postamt schien sie beeindruckt zu haben. Sie sprachen über verschiedene Arten des Weinens, und sie konnte ihm interessante Dinge über Glyzerintränen beim Film berichten. Das war ihm neu, er hatte es immer als den Gipfel der Schauspielkunst betrachtet, wenn große, klare Tränen über die glatten Wangen der Stars liefen. Während des Gesprächs studierte er ihr Gesicht. Er hatte sich geirrt. Sie war entschieden keine Dutzendbrünette.

Plötzlich merkte er, dass die Musiker ihre Sachen einzupacken begannen. Der Kellner war mit der Rechnung bereits zu Fredberg gekommen, der Viggo bat, seinen Whiskygrog bezahlen zu dürfen. Die Gesellschaft brach auf, Elsa Brundin an der Spitze. Wie eine große, wohlgebaute Fregatte segelte sie aus dem Speisesaal hinaus. Im Vestibül wandte sie sich an Viggo und zog ihn etwas abseits.

»Ich muss Ihnen etwas sagen, Herr Kommissar.« Sie legte ihre ringgeschmückte, gepolsterte Hand auf seinen Arm. »Lachen Sie mich bitte nicht aus, aber ich bin wirklich so ein bisschen... wie soll ich sagen... hellseherisch veranlagt. Nennen Sie es, wie Sie wollen, aber Tatsache ist, dass ich hie und da... also dass ich Sachen und Ereignisse und so allerhand fühle. Das hat natürlich keine Bedeutung für Sie, aber ich wollte es auf jeden Fall gesagt haben.«

Sie senkte vertraulich die Stimme und stellte sich ein wenig auf die Zehenspitzen. Er beugte sich zu ihr hinab und hörte sie leise flüstern: »Ich glaube, dass Staffan Wingman tot ist.«

Er hatte keine Gelegenheit ihr zu antworten. Sie schüttelte abwehrend den Kopf, klopfte ein paar Mal auf seinen Arm und verließ ihn mit einem Nicken heimlichen Einverständnisses. Viggo verbeugte sich stumm und sah sie die breite Hoteltreppe hinauf verschwinden.

»Das glaub ich auch«, murmelte er vor sich hin, als er in die laue Sommernacht hinaustrat und langsam auf das gelbe Haus am Meer zuging.

5

Die Hafenstraße, die vom Hauptplatz abzweigte, hatte auf beiden Seiten hübsche Holzhäuser mit großen Gärten, die die Straße mit einem starken Duft von Rosen und Nelken füllten. Viggo ging in der Mitte der Straße und konnte bis zur Mole hinuntersehen, die ihren langen, gekrümmten Arm in das dunkle Wasser hinausstreckte.

Er hatte die Hände in die Hosentaschen gesteckt und pfiff immer wieder die ersten Takte aus Bachs italienischem Konzert. Hinter sich hörte er die Schritte eines verspäteten Nachtwanderers auf dem Steinpflaster. Er hoffte, dass der Mann hinter ihm nicht musikalisch war, denn nach dem übereinstimmenden Urteil aller seiner Bekannten pfiff er falsch.

Er ging um die Ecke in eine Quergasse und hörte immer noch Schritte hinter sich. Er widerstand dem Impuls, sich umzuwenden, und beschleunigte stattdessen seine Schritte. Nun lief sein Verfolger beinahe, woraus er den Schluss zog, dass er die längeren Beine hatte. Rasch wich er wieder um eine Ecke und war mit einem Schritt unter dem dunklen Laubschatten einer Kastanie. Alles war still, außer dem Laut der schnellen Schritte auf dem Gehsteig.

Im nächsten Augenblick sah er einen Mann herankommen, sprang hervor und stellte sich ihm direkt in den Weg.

»Oh!« Der Mann stoppte keuchend und lachte dann verlegen. »Ach, Sie sind es! Ich wusste nicht, wohin Sie plötzlich verschwunden waren.«

Regisseur Oldberg strich sich nervös über sein gekräuseltes Haar. »Ich muss mit Ihnen sprechen, Herr Kommissar. Im Hotel ließ es sich nicht gut machen.«

Sie standen unter einer Straßenlaterne, in deren Licht sich das scharf gezeichnete Muster der Kastanienblätter abzeichnete.

»Es handelt sich um Staffan. Ich habe beim Verhör eine Sache nicht erwähnt.«

Das überrascht mich nicht, dachte Viggo.

»Eigentlich war es Elsa, die mich darauf gebracht hat. Ihr dummes Gerede, dass Staffan tot sein könnte. Makaber, nicht wahr?«

Viggos Miene deutete an, dass er in dieser Beziehung auf alles gefasst sei.

»Es ist vor längerer Zeit passiert. Damals, als ich Wingman für den Film *Mord mit Musik* engagiert habe. Am Anfang hatten wir einen Pianisten, der die Hauptrolle spielen sollte, aber er wurde krank, und wir machten einige Änderungen im Drehbuch und nahmen dann Kontakt mit Wingman auf.«

Oldberg setzte sich unbequem auf die Kante eines niedrigen Zaunes und reichte Viggo ein Paket Chesterfield. Er gehörte zu jener Sorte Menschen, die sich überhaupt nicht setzen können, ohne eine Zigarette anzuzünden. Viggo nahm eine Chesterfield und entzündete sie am Feuerzeug, das Oldberg ihm hinhielt. Er gehörte ebenfalls zu dieser Sorte.

»Sonderbarerweise schien Wingman nicht sehr entzückt zu sein«, setzte Oldberg fort. »Er hatte schon früher ein paar Filmrollen gespielt, mit gutem Erfolg übrigens. Und er brauchte Geld. Trotzdem war er nicht sehr scharf auf die Sache. Ich habe ihn jedenfalls mehrere Male angerufen und bat ihn um ein Zusammentreffen. Wir vereinbarten ein Abendessen im Restaurant Tre Remmare um sieben…«

»Welcher Tag war das?«

»Anfang Juni. Einen Augenblick…« Er zog einen Taschenkalender hervor. »Der vierzehnte Juni war es. Höchste Zeit, die Rolle zu besetzen. Er hatte immer noch keine Lust, den Job zu übernehmen. Er sagte, er habe eine Sache in Stockholm, die ihm zu tun gebe.«

»Sagte er, was es war?«

»Nein. In dem Punkt drückte er sich merkwürdig ausweichend aus. Ich hatte den Eindruck, es handle sich um eine Weibergeschichte. Und dann fielen folgende Worte… Ich erinnere mich sehr genau, denn ich fand bereits damals, dass er sich sonderbar benahm. Ich sagte ihm also. ›Herrgott, Staffan, entscheide dich! Es geht um Leben und Tod!‹ Ich meinte natürlich damit nur, dass es für uns eine verdammt wichtige und eilige Sache sei. Da sah er mich an und war vollkommen ernst, das versichere ich Ihnen, vollkommen ernst… ›Leben und Tod‹, sagte er, ›das gilt für mich auch.‹«

Der Lichtschein flackerte hin und her über sein emporgerichtetes Gesicht. Viggo schwieg.

»Ja, das ist eigentlich nicht viel«, ergänzte Oldberg nervös. »Aber ich dachte, es wäre notwendig, es Ihnen zu sagen.«

»Er akzeptierte den Job am Ende?«

»Ja, allerdings. Er sah nicht eigentlich ängstlich aus, als er das sagte. Nur ernst und… irgendwie scheu. Er nahm den Job, als er hörte, dass die Außenaufnahmen nur drei Wochen dauern würden, und dass wir den Rest im Atelier in Stockholm drehten.«

»Sie haben keine Ahnung, worauf er anspielte?«

Oldberg schüttelte den Kopf. »Weiber, glaubte ich damals. Jetzt bin ich mir nicht mehr sicher. Sie können ja Sonja Wallén fragen.«

Viggo hatte diesen Namen bereits im Zusammenhang mit Wingman gehört. Sonja Wallén war einmal Sängerin in der Jazzband des Trompeters gewesen, und man betrachtete die beiden als so gut wie verlobt. Ihre Verbindung war vor eineinhalb Jahren abgerissen, aber in der letzten Zeit hatte man sie wieder zusammen gesehen.

»Ja, das war alles«, sagte Oldberg und erhob sich. »Es hat

vielleicht gar keine Bedeutung für Sie, aber ich dachte jedenfalls, ich muss es Ihnen mitteilen. Rein aus einem Impuls heraus.«

Er lachte unsicher und fuhr fort: »Elsas Worte haben uns allen einen ordentlichen Schrecken eingeflößt, fürchte ich.«

Er reichte Viggo die Hand, sagte Gute Nacht und ging zurück auf die Hafenstraße zu. Während er zum Hotel wanderte, dachte er über die Reaktionen des Kommissars Bredberg nach. Hatte dieser lange, schweigsame Kriminalbeamte ihn bloß schwatzhaft gefunden, als er mit seinem Bericht angerannt kam? Man konnte nicht herausbekommen, was dieses Pokerface hinter seiner Maske von unergründlicher und routinierter Freundlichkeit dachte. Vor der Kamera wäre so ein Gesicht unbrauchbar, dachte er und gähnte.

Am folgenden Morgen gegen acht war Viggo auf dem Weg zum Hotel, um Lövgren, Werner und Claessen zu treffen. Er hatte tief geschlafen, und die Müdigkeit hing ihm noch in den Augenlidern. Ehrlich gesagt, fühlte er sich noch etwas verkatert, aber er konnte sich nicht erinnern, am vergangenen Abend etwas anderes als Whisky getrunken zu haben und dies durchaus nicht in übertriebenen Mengen. Whisky war außerdem sehr zuträglich für die Gesundheit, es musste also an der Verdünnung liegen. In Zukunft würde er ihn pur trinken, um sicher zu sein, das bestmögliche medizinische Resultat zu erreichen.

Seine drei Kollegen saßen bereits rund um den Schreibtisch in Lövgrens Zimmer vor einem Tablett mit Butterbroten und Kaffee.

»Wir bekommen heute Abend Bescheid wegen der Kugel«, unterrichtete ihn Werner. »Sie ist jetzt auf dem Weg nach Stockholm. Aber sie stammt sicher aus der selben Pistole, mit der der Junge erschossen wurde.«

»Nichts über Wingman?«

»Kein Ton.«

Lövgren nahm sich ein Butterbrot. »Wie ich gesagt habe, wir sind festgefahren.«

Seine Stimme war düster. Werner und Claesson legten ihre Mienen in bekümmerte Falten und sahen ihn an wie zwei dressierte Jagdhunde ihr Herrchen.

»Und was den Jungen betrifft«, setzte Lövgren fort, »es ist unmöglich, über ihn was Besonderes herauszukriegen. Der Teufel soll mich holen, wenn ich jemals einen Jungen unter die Lupe genommen habe, bei dem weniger Veranlassung bestand, ihn zu ermorden, als diesen Krister Hermansson! Ein braves Bürschchen, fleißig in seinen Studien, mit einem kleinen, unschuldigen Interesse am Film ganz nebenbei. An seinen Eltern ist auch nichts Besonderes. Der Vater ist Buchhalter in einer kleineren Firma, war früher Schuhhändler, ging aber in Konkurs. Säuft, glaube ich. Also durchaus normal. Er hatte übrigens einen kleinen Buchführungsbetrug zusammengeschustert und bekam ein paar Monate dafür. Aber das ist schon lange her. Damals war der Junge erst ein paar Jahre alt. Die Mama ist geborene Dänin. Soll eine sehr anständige Frau sein, die dem Mann nach dem Malheur wieder auf die Beine geholfen hat. Krister hatte auch eine Schwester, an der er sehr hing. Sie war sechs Jahre jünger als er, und kam vor einiger Zeit bei einem Autounglück ums Leben. Der Junge bekam einen Schock – er war dabei, als es geschah. Er war dabei, als es geschah …«

Lövgren wiederholte die letzten Worte und starrte einen Augenblick zum Fenster hinaus. Viggo wusste aus Erfahrung, dass er nun eine Idee bekommen hatte, über die er sich aber nicht zu äußern gedachte.

»Das war alles. Unbegreiflich, weshalb ihn jemand erschießen musste!«, schloss er und ließ die Blicke über sein Auditorium schweifen.

Dieses kaute schweigend an den Leberpastetebrötchen. Nach einer Weile fuhr Lövgren fort. »Aber du bist wohl nicht so sehr interessiert an dem Vorleben des Jungen, Bredberg, nicht? Du arbeitest auf einer anderen Linie, wie? Aber du musst schon so gütig sein und Wingmans Leiche herbeizaubern, bevor du mich überzeugst.«

Er musterte Viggo scharf. »Du bist wohl nicht gekränkt, Bredberg, was? Ich meine es nicht böse. Deine Theorie ist gut, verteufelt gut, als Theorie.«

Er lehnte sich im Stuhl zurück und sah ihn träumerisch an. »Weißt du«, sagte er, »du hättest Schriftsteller werden sollen.«

Werner und Claessen kicherten nervös und blickten von Viggo auf Lövgren, unsicher, auf welches Pferd sie setzen sollten.

»Mit deiner Begabung und deiner Phantasie, Bredberg! Und mit deinen Erfahrungen könntest du sogar Kriminalschriftsteller werden.« Er sprach das Wort mit hörbarer Verachtung aus. »Aber du willst natürlich Polizist bleiben. Das war dein Traum schon seit der ersten Volksschulklasse.«

»Ganz richtig«, erwiderte Viggo, »Verbrecherjagd betrachte ich als meine Berufung, seit ich das kleine Einmaleins lernte...«

Er wurde durch ein Telefonsignal unterbrochen. Werner griff nach dem Hörer.

»Das ist für dich«, sagte Werner und reichte Viggo den Hörer.

»Guten Tag, Viggo, hier ist Eva.«

Er musste einige Sekunden nachdenken, ehe er antworten konnte: »Guten Tag, Eva. Ach so, du bist in der Stadt? Hast du Semesterferien?«

Sie unterbrach ihn mit einer Stimme, die vor Spannung und Unruhe schrill klang: »Ich muss mit dir sprechen. Ich bin gerade erst hergekommen. Es handelt sich um diesen...«

Sie verstummte. Er fragte, ob es sich um den Mord handle.

»Nicht direkt, weißt du. Das ist schwer zu erklären. Hast du ein bisschen Zeit für mich?«

»Sicher. Ist es wichtig?«

»Ja, für mich ist es wichtig.«

Er gab ihr die Adresse des Hauses unter den Eichen und versprach in einer halben Stunde dort zu sein, höchstens in einer Dreiviertelstunde.

»Danke, das ist lieb von dir«, hörte er sie flüstern und er begriff plötzlich, dass sie in einer üblen Lage war.

Eva Rehnfelt war ihm als ruhige und ausgeglichene Person bekannt, ein wenig schläfrig mitunter, wenn man boshaft sein wollte. Ihr Vater war Schiffsreeder und versierter Schachspieler, er war es eigentlich, mit dem Viggo Kontakt hatte. Eva hatte er seit ihrem Abitur nicht mehr gesehen, damals war er gekommen, um zu gratulieren. Sie war blass gewesen aus Überanstrengung, froh darüber, sich hindurchgeschlängelt zu haben, und ihr weißes Leinenkleid bildete um die Mitte einige Wülste. Ihre Mutter war verzweifelt gewesen, dass sie während des Examenbüffelns so stark zugenommen hatte.

Viggo verließ Lövgrens Zimmer und ging in sein eigenes, um einen Blick auf die Reinschrift des Verhörprotokolls vom vorhergehenden Tag zu werfen. Lövgren hatte ganz Recht – eigentlich war nicht viel aus Krister Hermanssons Vergangenheit herauszuholen. Nur eine Sache könnte eventuell des Nachdenkens wert sein, ein Kuvert, das der Junge hinterlassen hatte. Lövgren hatte es in seinem Resümee nicht erwähnt, und Viggo verstand ihn. Sollte auf verschiedenen Linien gearbeitet werden, dann behielt jeder seine Gedanken für sich. Aber er hatte auf jeden Fall den Inhalt des Briefes abgeschrieben, der zusammen mit fünf Hundertkronenscheinen im Kuvert lag. Er lautete:

Lieber Papa!
Wir haben es richtig gut hier. Ich wohne jetzt in einem Zimmer in der Pension, ich musste aus dem alten ausziehen. Das war ja auch nicht so besonders schön. Ich finde, das Filmen ist eine feine Sache.
Ich schicke das Geld, weswegen du angerufen hast. Ich finde immer noch, dass das ungerecht ist. Ich möchte am

liebsten die ganze Sache erledigen. Aber dann will ich es selber tun. Du hast am Telefon gesagt, dass man einen Toten nicht mehr zum Leben erwecken kann, wie gern man es auch möchte. Das hast du ja gesagt, bevor ich gefahren bin. Das ist natürlich richtig. Aber trotzdem muss ich darüber nachdenken. Ich bin am Abend hier immer sehr allein und geh zum Meer hinunter, die andern gehen ins Hotel. Hier gibt es keinen in meinem Alter, außer dem jüngsten Assistenten vom Aufnahmeleiter, der Bier holt und die Lockenwickler von Elsa Brundin sucht und den Hund von Ulla Severin spazieren führt und all so was. Ich habe also Zeit, über alles nachzudenken. Sei so nett und bitte Mama, mir meine Angelsachen herzuschicken. Zu blöd, dass ich sie nicht mitgenommen habe.

Hier schloss der Brief plötzlich. Krister Hermansson hatte ihn nicht mehr beenden können. Viggo wusste, dass man in Stockholm die Eltern mit dem Inhalt des Briefes konfrontiert hatte. Man hatte den Bescheid erhalten, dass das beigelegte Geld Kristers Gage für die Filmrolle war. Der Abmachung mit seinem Vater gemäß, sollte er sie heimschicken. Die Worte »einen Toten kann man nicht mehr zum Leben erwecken« waren in Bezug auf Kristers Schwester gemeint. Er hatte sie tief betrauert, und der Vater wollte versuchen ihm zu helfen, das erschütternde Geschehnis zu vergessen.

So weit war alles in Ordnung. Viggo durchstöberte seine Papiere und fand schließlich, was er suchte: das reingeschriebene Verhörprotokoll des Gesprächs mit Direktor Fredberg vom vergangenen Tag. Er fand darin die Zeilen, die er suchte.

K.: »Wie viel von seinem Honorar hatte Krister erhalten, bevor er umkam?«
F.: »Er hatte nicht mehr bekommen als sein Taschengeld. Die Gage sollte erst nach Beendigung der Einspielung ausbezahlt werden. Laut Kontrakt.«

K.: »Aber Krister schreibt in seinem Brief, dass er fünfhundert Kronen bekommen hat?«
F.: »Das muss ein Irrtum sein. Er hat von uns nicht mehr als zusammen fünfunddreißig Kronen erhalten.«

Viggo verwahrte die Abschrift des Briefes in seiner Brieftasche und erhob sich. Er erinnerte sich an Eva Rehnfelt und beschloss, sich sofort zur Villa zu begeben. Sie saß auf der Treppe und wartete auf ihn. Viggo hätte sie kaum wieder erkannt. So wie sie jetzt aussah, hätte sie ihrer Mutter keinen Kummer bereitet. Sie hatte abgenommen, das Haar war in einem dekorativen Knoten hochgesteckt, und sie trug ein türkisfarbenes Shantungkleid, das auf eigentümliche Weise ihre Blässe hervorhob. Auf eigentümlich geglückte Weise übrigens, dachte er.

Die ersten Minuten waren schwierig. Nun schien sie sich erst erinnert zu haben, dass sie sich seit einem Jahr nicht getroffen hatten und dass er eigentlich bloß ein Bekannter ihres alten Vaters war. Sie ging auf schmalen, weißen Absätzen vor ihm in die Villa hinein.

»Du findest es sicher sonderbar, dass ich so mir nichts dir nichts auftauche?« Ihre Stimme wurde eine Nuance dunkler. »Aber ich muss mit dir sprechen. Ich habe in der Zeitung gelesen, dass du hier bei der Untersuchung mitarbeitest. Ich bin so fürchterlich unruhig, Viggo!«

»Schieß los«, sagte er freundlich. »Wir wollen sehen, was der Onkel Polizist tun kann.«

Sie setzte sich in den Lederstuhl des Wohnzimmers.

»Was ich erfahren will...«, sagte sie langsam und blickte auf ihre Knie nieder, wobei sie ihre langen, weißen Glacéhandschuhe zwischen den Fingern drehte wie die Heldin eines altertümlichen Romans, »...das ist nur, wo ist Staffan Wingman?«

»Ja, ja... Ich verstehe, dass du meine Frage seltsam findest«, fuhr sie nach einem Blick auf sein Gesicht fort. »Viggo, ich weiß, dass Staffan nichts mit diesem Mord zu tun hat. Er kann ganz einfach nichts damit zu tun haben! Staffan ist zu so etwas nicht fähig!«

Die Sache war klar: Sie war verliebt in Wingman. Vorsichtig fragte er, wie lange sie den Musiker kenne.

»Ein Jahr. Aber sag mir, Viggo, weißt du mehr, als in den Zeitungen steht?«

»Nein, nicht das Mindeste«, antwortete er.

Sie brach in Weinen aus.

»Ich fürchte, Eva, dass du die Situation verkennst. Nicht ich kann dir helfen, sondern du solltest versuchen uns zu helfen«, sagte er leise.

»Wir wissen so wenig über Wingman, verstehst du«, fügte er hinzu.

Sie hatte sich bereits beruhigt und trocknete ihre Augen mit einem Taschentuch. »Frage mich, was du wissen willst.«

Sie sah aus, als wäre sie willig, sich dem Trompeter zuliebe einer Tortur zu unterwerfen. Das blasse Gesicht wirkte kindlich weich unter dem Make-up. Nach einer kleinen, zögernden Pause fuhr sie fort: »Du wunderst dich natürlich, wie es kommt, dass ich ihn so gut kenne.«

Das verneinte er nicht.

»Es ist am besten, ich erzähle dir alles«, sagte sie mit einem Seufzer und holte tief Atem, als stehe sie im Begriff, sich in eiskaltes Wasser zu stürzen. »Wir trafen uns vorigen Sommer bei Patricia. Staffan war ein halbes Jahr in England gewesen. Er war krank geworden und lag längere Zeit im Krankenhaus. Ich habe mich sofort in ihn verliebt. So, jetzt weißt du es.«

Sie lächelte dem Freund ihres Vaters schüchtern zu. Ihre Verbindung mit Staffan hatte den ganzen Herbst und Winter gedauert, berichtete sie. Staffan sei eigentlich ein so bezaubernder Mensch. Viggo beachtete vor allem das kleine »Eigentlich«. Es gab offenbar manche Vorbehalte, wenn es um Wingmans Charakter ging.

»Ich wusste genau, worauf ich mich einließ, Papa allerdings wurde natürlich rasend vor Wut.«

Viggo hob die Augenbrauen. »Aus welchem Grund? Hatte Wingman einen so schlechten Ruf?«

»Man redete unsinnige Sachen über ihn. Ich wurde von allen möglichen Menschen gewarnt…«

»Wolltet ihr heiraten?«

»Er sprach davon.« Sie errötete und sah auf ihre Hände hinab.

»War er so gefährlich, dass man dich vor ihm gewarnt hat?«, fragte Viggo scherzhaft.

»Davon weiß ich nichts. Ich habe das Gerede über ihn nie verstanden. Es ist wahr, er hatte ein heftiges Temperament… aber gefährlich war er nicht.« Sie verstummte und nahm einen ordentlichen Anlauf, bevor sie hervorpresste: »Es ist Schluss zwischen uns.«

Sie lächelte ein kleines, bitteres Lächeln, das irgendwie nicht zu ihrem Gesicht passte. »Du fragst dich wohl, warum ich dann hier sitze?«

Viggo schüttelte stumm den Kopf.

»Staffan war so verändert im Sommer, weißt du. Ich wusste die ganze Zeit, dass es irgendetwas gab, von dem er mich fern hielt.«

»Wann begann diese Veränderung?«

»Im Frühling… im Mai, glaube ich. Er war wie besessen von etwas. Du glaubst vielleicht, ich übertreibe, aber so war es. Von etwas besessen, glaubte ich. Später kam ich drauf, was es war – Sonja Wallén. Kennst du sie?«

Viggo nickte.

»Vielleicht war sie auch hier und hat nach ihm gefragt?«

Wieder das kleine, bittere Lächeln, das ihm nicht gefiel. Er schüttelte den Kopf.

»Nein, von ihr haben wir nichts gehört.«

Er unterließ es, ihr zu sagen, dass Sonja Wallén tatsächlich die Stadt besucht hatte – aber das war vor Wingmans Verschwinden. Sie war zwei Tage vor dem Mord gekommen und am Morgen des neunzehnten Juli wieder abgereist. Sie wollte

Wingman besuchen, aber er zeigte ihr deutlich, dass ihr Kommen ihm keine ungeteilte Freude bereitete, und sie hatten die Nächte nicht miteinander verbracht, zumindest nicht die letzte Nacht. Ulla Severin hatte ihm eine Episode aus der Nacht vor dem Mord berichtet.

Um zwei Uhr nachts wurde sie durch ein Klopfen an der Tür geweckt, und ohne weitere Umstände war Staffan Wingman eingetreten, in Morgenrock und Pyjama.

»Er wirkte schrecklich merkwürdig«, hatte Ulla Severin erzählt. »Er sagte, er könne nicht schlafen, und bat mich eine Weile mit ihm zu reden. Ich bat ihn zum Teufel zu gehen. Wenn er nächtliche Gesellschaft haben wolle, so könne er ja zu Sonja gehen, die in der Pension nebenan wohne. Er sagte kein Wort und ging. Aber von der Tür blickte er nochmals auf mich zurück, und da sah er nicht nur merkwürdig aus, sondern schauerlich.«

Am Morgen war die Sängerin abgereist, ziemlich überstürzt, der allgemeinen Meinung nach. Sie war im eigenen Auto nach Stockholm gefahren, und dort nach kontrollierter Aussage um zehn Uhr abends eingetroffen. Zwischen dem Trompeter und Evas Rivalin hatte es offensichtlich ein Zerwürfnis gegeben. Viggo wünschte, er könnte Eva mit dieser Tatsache trösten.

»Ich habe sie mehrmals zusammen in Lokalen gesehen. Er nannte das Geschäftsbesprechungen. Zuletzt habe ich mich aus dem Ganzen zurückgezogen. Er wollte es nicht, aber… Du verstehst, nicht wahr?«

Er nickte.

»Ich habe ihn seit dem zweiten Juni nicht mehr gesehen, Viggo – das war ein Sonntag.« Sie flüsterte fast.

»Wer hat dich vor ihm gewarnt?«, fragte er abrupt.

»Alle möglichen… sogar seine Freunde. Nicht Hans Broman natürlich, du weißt, der Klarinettist, mit dem er so eng verbunden ist. Der ist sein bester Freund. Aber Ulla Severin – die kennst du wohl?«

Das tat er.

»Wir trafen uns voriges Jahr auf einer Party bei einem gewissen Stockenberg. Ich erinnere mich so gut daran, weil sie die Erste war. Sie folgte uns mit den Augen, wenn wir tanzten. Nachher kam ich neben ihr zu sitzen, und da sagte sie plötzlich: ›Sie sind sehr verliebt in ihn.‹ Ich wurde ganz rot und habe mich darüber geärgert. ›An Ihrer Stelle würde ich mich in Acht nehmen.‹ Ich fragte sie, was sie damit meine. ›Sie sind ein hübsches und liebes Mädchen‹, sagte sie, ›Sie würden etwas Besseres verdienen.‹ Dann stand sie auf und ging. Du verstehst sicher, dass ich für sie nicht gerade schwärme.«

Viggo stand beim Fenster, kehrte ihr den Rücken und sah hinaus.

»Wir wissen zu wenig über ihn«, murmelte er, »wir wissen kaum, was für eine Art Mensch er war.«

»Du sprichst von ihm, als wäre er tot!«

»Verzeih mir«, sagte er verwirrt, »das liegt daran, dass ich ihn nie getroffen habe.«

Aber sie weinte bereits. Er ging zu ihr und legte den Arm um ihre Schultern.

»Glaubst du, dass du aufklären kannst, was mit ihm ist, Viggo?«

Ihr Gesicht, das zu ihm aufsah, hatte den ängstlich erwartungsvollen Ausdruck eines kleinen Mädchens. Es war, als würde sie ihn bitten, ihre verlorene Puppe wieder zu finden. Als er nicht antwortete, begann sie wieder zu weinen, und er strich sacht über ihr Haar. Er hatte sehr wenig Erfahrung mit Frauen, die sich weinend an ihn schmiegten.

»Na na, mein Kind, nur ruhig, alles wird gut werden.«

Die Türklingel ließ sie zusammenfahren und sich schnell von ihm losmachen. Viggo ging hinaus, um zu öffnen. Auf der Treppe stand seine kleine Besucherin vom Samstagabend. Viggo hatte sie nicht mehr gesehen, seit er mit ihr im Kohlenkeller der Pension gewesen war.

»Was willst du denn wieder?«

Der Kaugummi blähte ihre rechte Wange auf, während sie antwortete: »Ich hab Ihnen etwas Wichtiges zu sagen. Ein Glück, dass Sie endlich mal zu Hause sind!«

Er versperrte ihr den Eingang, aus Rücksicht auf Eva.

»Ich hab mir etwas ausgerechnet, wissen Sie. Ich hab die Fotografie von dem Staffan Wingman in den Zeitungen gesehen. Und außerdem habe ich gehört, wie sie ihn im Radio als vermisst bezeichnet haben.« Ihre Stimme überschlug sich vor Aufregung. »Es stimmt genau! Es war der Trompeter, der in unserem Keller lag. Er war der tote Mann!«

Hinter sich hörte Viggo einen leisen Aufschrei. Als er sich umwandte, sah er, wie Eva mit beiden Händen nach einer Stütze suchte. Ihr Gesicht war kreideweiß. Bevor er sie noch erreichte, lag sie zusammengesunken auf dem Boden.

6

Viggo war wieder in Stockholm. In die scharfe Morgensonne blinzelnd, stand er außerhalb der südlichen Ankunftshalle des Hauptbahnhofs und winkte Eva Rehnfelt, die eben mit einem Taxi in Richtung Tegelbacken verschwand. Sie waren gemeinsam mit dem Nachtzug gefahren, und als es sich als unmöglich erwies, ihr ein Schlafwagenbillett zu verschaffen, hatte er edelmütig auf seinen eigenen Platz in einem Herrenabteil verzichtet und ihr in einem Sitzwagen Gesellschaft geleistet. Es war ihr geglückt, ihn die ganze Nacht wach zu halten und ihn mit ihren Erzählungen über Staffan Wingman derartig voll zu pfropfen, dass er den Namen nicht mehr hören konnte.

Alles, was sie ihm gesagt hatte, stellte ihn nicht zufrieden. Immer noch wusste er nichts über die Ursache von Wingmans verändertem Wesen während des Vorsommers und nichts über den Grund seines Zögerns, Arnold Oldbergs Filmrollenangebot anzunehmen. Seine beiden Gewährsleute tippten auf Sonja Wallén. Viggo fand dieses Motiv unzureichend.

Die Vasagatan kochte. Lastautos hupten wütende Signale gegen Lastautos, gegen Fußgänger, gegen die ganze Welt. An der Klarabergsgatan gab ein Verkehrspolizist der von Süden kommenden Autoschlange das Fahrtzeichen, und mit einem befreiten Gebrüll entfesselten die Motoren der hochbeladenen Laster ihre gedrosselten Pferdekräfte und donnerten los gegen die Kungsgatan. Himmelblaue Straßenbahnwagen schwammen majestätisch im Verkehrsstrom.

Er ging sehr rasch an den Plakaten des Zeitungskiosks neben dem Hauptpostamt vorbei, konnte aber noch die riesenhaften, schwarzen Überschriften lesen.

Polizei festgefahren
Filmmord weiter rätselhaft

Es klang fast wie ein persönlicher Kommentar von Lövgren. Aber es stimmte. Jedes Wort war wahr! Es herrschte zwar kein Mangel an Indizien. Im Gegenteil. Die Kugel in der Tapete, das Geld, von dem niemand wusste, woher es kam, die Leiche im Kohlenkeller, die unidentifiziert ebenso rasch, wie unerklärlich verschwand! Mehr Verwirrung kann man sich nicht wünschen, dachte er bitter.

Viggo wohnte Drottninggatan 77, über den Hof. Das Haus lag eingeklemmt zwischen lauter kleinen Geschäften, in deren Schaufenstern sensationell billige Mäntel, farbige Andenken, Uhren, die alle verschiedene Zeiten zeigten, und Konditoreiwaren in sämtliche Regenbogennuancen lagen. Zuerst ging man durch einen finsteren Eingang, dann kam man auf einen zementierten Hof, der auf allen Seiten von gelb-roten, abbröckelnden Hausmauern umgeben war. Als Viggo den Hofeingang öffnete, hatte er ein Paket mit vier Bücklingen und einem kleinen Stück Rindsleber und eine Tüte mit Schlagsahne in der Hand.

Bei der Klopfstange sah er seine Reinemachefrau stehen, die energisch einen rostroten Wollteppich bearbeitete.

»Guten Tag, Frau Landberg! Wie geht's? Und wie steht es mit ihm?«

»Guten Tag, Herr Kommissar! Schon zurück? Wie war der Urlaub?« Sie ignorierte seine Frage nach dem Befinden eines gewissen Jemand.

»Danke gut. Viel Regen und Ärger. Na, was ist mit ihm? War er unangenehm?«

»Unangenehm? Unmöglich war er!« Sie versetzte dem Teppich drei wütende Schläge. »Man kann mit ihm nicht mehr auskommen, und das sage ich Ihnen, Herr Kommissar, das nächste Mal bin nicht ich es, die sich um ihn kümmert. Ich habe zu Pettersson gesagt. ›Pettersson‹, habe ich gesagt…«

Er winkte ihr fröhlich zu und verschwand in dem runden Treppenhaus. Zwei Stufen auf einmal auf der ausgetretenen Steintreppe nehmend, die sich in einer steilen Spirale aufwärts drehte, gelangte er in den fünften Stock. Mit den Fingern trommelte er ein munteres Signal an die Tür, bevor er sie aufschloss.

»He, alter Junge! Da bin ich!«, rief er.

Er saß auf der Türmatte und blinzelte ihn verschlafen mit gelben Augen an. Nachdem er einige Sekunden überlegt hatte, erhob er sich gemächlich, streckte sich gewaltig, sodass die Hinterpfoten am Boden schleiften und der Rücken sich in einem großen Bogen wölbte. Ein zutraulicher Laut kam aus der tiefsten Tiefe seines Rachens. Dann gähnte er und zeigte das ganze rosarote Maul mit seinen weißen und messerscharfen Zähnen. Am Gaumen hatte er einige schwarze Flecken, die ein Muster bildeten, das erstaunlich an die westindische Inselwelt auf einer Landkarte erinnerte, dachte Viggo. Die Kiefer klappten zu, als würde eine Tür ins Schloss fallen.

»Hast du's schwer gehabt? War man schlecht zu dir?«

Er streichelte den schwarzen, seidig glänzenden Körper. Der Kater knurrte einschmeichelnd und schmiegte sich an Viggos Bein.

»Ich hab was für dich«, sagte er, »aber ich packe zuerst aus und koche eine Tasse Morgenkaffee.«

Der kohlschwarze Kater miaute empört. Er hatte bereits den Duft des Fresspakets gerochen.

Als Viggo eine Viertelstunde später in seinem Wohnzimmer saß und in kleinen Zügen den heißen Kaffee schlürfte, konnte er Frau Landbergs Stimme vom Hof herauf hören. Sie sprach offenbar mit dem Hauswart.

»Das kann ich Ihnen sagen, Pettersson, etwas Verwöhnteres gibt es nicht auf der Welt, und er ist vollkommen verrückt mit diesem Katzenvieh, der Kommissar. Wissen Sie, was er von mir verlangt hat? Ich soll mit dem Vieh reden! Reden soll ich mit ihm, wie mit Ihnen! Als ob das Miststück ein Wort verstehen würde! Sie verstehen zwar auch nichts, Pettersson, aber Sie sind doch wenigstens ein Mensch oder so was Ähnliches. Herr im Himmel, reden soll man mit einem Kater! Der tickt ja nicht mehr ganz richtig, der Kommissar!« Sie machte eine Pause, und Viggo hätte schwören können, dass sie kontrollierte, ob sein Fenster auch wirklich offen war. »Ich werde Ihnen sagen, was dieses Katzenvieh ist, Pettersson, jawohl, das werde ich! Ein Haustyrann ist es, nichts anderes. Ein Haustyrann!«

Der Haustyrann hatte eben seine Mahlzeit auf einer Zeitung in der Küche eingenommen und schlängelte sich faul zur Tür herein. Er setzte sich vor Viggo zurecht und begann die lange und umständliche Schleckprozedur von den interessanten Fältchen der Vorderpfoten bis zu den äußersten Haaren des langen Schwanzes. Während der nächsten fünf Minuten würde ihn diese Tätigkeit voll und ganz ausfüllen. Erst nachher konnte er sich zurechtlegen, mit den Augen klimpern und ein dumpfes Schnurren starten, das in dem stillen und sonnigen Raum harmonisch stieg und sank.

Nachdem Viggo einen hastigen Besuch auf der Kriminalpolizei gemacht hatte, überlegte er einen Augenblick, ob er essen sollte, fand es aber sowohl unnötig als auch zu früh, und nahm stattdessen ein Taxi, das ihn in die Roslagsgatan 62 brachte. Er stand vor dem Haus und sah einen ausgedienten Straßenbahnwagen der Linie Sechs vorbeiklappern mit dem Schild »Sofia«. In der Nähe eines Bierlokals lungerten einige Gestalten in Hemdsärmeln und Overalls herum, ein Hund kläffte in einem Hinterhof, und die Sonne brannte gegen Asphalt und Steinmauern. Man nannte den Stadtteil Sibirien, und Viggo schien er ebenso unfruchtbar zu sein wie die sibirische Tundra. Bloß Stein auf Stein in Mauern und Hauswänden, so weit das Auge sah. Verstaubte Topfpflanzen verdorrten hinter Fensterscheiben, und die Blechplatten und Steine in den Hinterhöfen, wo die Kinder spielten, polterten und klirrten.

Er ging ins Haus, in dem es nach Zwiebeln und mit Margarine gerösteten Kartoffeln roch. Ein blank geputztes Messingschild zeigte mit verschnörkelten Buchstaben den Namen »Hermansson«.

Nichts rührte sich auf sein mehrmaliges Läuten, und er war auf dem Weg, das Haus zu verlassen, als er eine Frau im Eingang traf. Sie war in tiefer Trauer, der lange Schleier verbarg ihr Gesicht vollständig und ein schwarzes Seidentuch hing von ihrem Hut auf den Rücken ihres Mantels hinab. Sie blieb vor der Tür mit dem Schild Hermansson stehen und schloss auf.

»Verzeihen Sie, sind Sie vielleicht Frau Agneta Hermansson?«

»Ja.«

Die Antwort kam zögernd unter dem Schleier hervor. Viggo stellte sich vor und bat, einige Fragen stellen zu dürfen.

»Mein Mann ist nicht zu Hause«, antwortete sie rasch.

Er versicherte, dass er ebenso gut auch mit ihr sprechen könne. Sie schien unentschlossen zu sein. Wäre es nicht besser, wenn er später käme? Aber Viggo bestand höflich und bestimmt auf einer sofortigen Unterredung, und sie ging zögernd vor ihm in einen dunklen Vorraum. Ihm fiel auf, dass sie sehr klein war und unter den dunklen Kleidern schwach und gebrechlich wirkte.

»Ich bedaure tief, was geschehen ist – es muss ein schwerer Schlag für Sie gewesen sein…«

Er konnte ihr Gesicht nicht sehen, aber er hörte ihr Schluchzen, und plötzlich verschwand sie durch den Vorraum in einen dunklen Korridor. Nach einer Weile hörte er ihre Stimme: »Bitte treten Sie ins Wohnzimmer, es ist gerade gegenüber. Ich komme gleich.«

Das Wohnzimmer, ein enger und finsterer, aber peinlich

sauberer Raum, dessen Fenster auf die Straße gingen, bezeugte, ebenso wie die soliden, dunklen Möbel, einen vergangenen Wohlstand. Ein pompöser Bücherschrank in Mahagoni und eine Gruppe englischer Klubsessel vor einem Rauchtisch zogen seine Aufmerksamkeit auf sich. Das Übrige machte den Eindruck kümmerlicher, beengter Verhältnisse. Er zwängte sich zwischen den Möbeln durch und setzte sich auf einen gepolsterten Stuhl ohne Armlehnen.

Agneta Hermansson kam ins Zimmer. Sie hatte die Überkleider abgelegt, und man sah deutlich, wie klein und gebrechlich sie war. Sie hatte dunkle, eigentümliche Augen in einem ovalen Gesicht, und ihr schwarzes Haar war im Nacken festgeknotet. Wenn sie sprach, hörte man das schwache Echo eines dänischen Dialekts.

»Entschuldigen Sie, aber ich bin noch nicht richtig zu mir gekommen, nach dem, was geschehen ist. Ich fange immer gleich zu weinen an.« Sie lächelte schmerzlich. »Das Schlimmste ist, wenn man ausgehen und Einkäufe machen muss. Die Leute sehen einen so mitleidig an – und gleichzeitig neugierig. Erst das Mädchen, denken sie, und nun der Junge. Und bei beiden weiß man nicht, wer es getan hat.«

Viggo wusste, dass Kristers Schwester vor kurzem von einem Auto überfahren worden war, dessen Fahrer vom Unglücksplatz geflüchtet war.

»Was möchten Sie wissen?« Ihr Ton war nicht unfreundlich, nur müde.

»Sie wissen, was wir erfahren wollen, was wir erfahren müssen«, antwortete er langsam und deutlich. Er hatte das Gefühl, er spreche zu einem Kind. »Woher erhielt Krister das Geld, das er nach Hause schicken wollte?« Er sah sie an. »Ja, ich weiß«, sagte er rasch, als er ihr abwehrendes Gesicht sah, »Sie wissen nichts Näheres. Aber wir werden es herausfinden, Frau Hermansson. Sie müssen versuchen sich an Dinge zu erinnern, die Sie vielleicht vergessen haben… Sie müssen uns helfen!«

»Wie sollte ich Ihnen helfen können?«

»Alles, was Sie uns über Krister erzählen, kann uns eine Hilfe sein, Frau Hermansson.«

Er sprach vorsichtig und mild, überzeugend wie zu einer Kranken.

»Es gibt nichts zu erzählen«, sagte sie hastig. »Krister war ein ganz gewöhnlicher Junge mit guten Resultaten in der Schule und er interessierte sich für Sport und Film und solche Dinge, an denen Jungen eben interessiert sind. Er hatte keine sonderbaren Freunde oder irgendwelche Geheimnisse, das weiß ich sicher. Über all das sind wir bereits befragt worden. Es gab nur eine Sache, die er nicht überwinden konnte und die er mit sich herumschleppte, bis er… bis er von uns ging, das war der Tod seiner Schwester. Er hatte damals einen schweren Schock bekommen und war seither nicht mehr ganz wie früher.«

Es schien ihr schwer zu fallen, die Worte auszusprechen, um die ihre Gedanken ständig kreisten. Die Stimme versagte ihr fast, aber mit einer Kraftanstrengung, die er der kleinen zarten Frau nicht zugetraut hätte, glückte es ihr, die Tränen zurückzuhalten.

»Wenn es nicht zu viel für Sie ist, möchte ich Sie bitten, mir von seinen Reaktionen zu erzählen. Er war dabei, als es geschah, nicht wahr?«

Nun war er grausam und er wusste es. Musste er es wirklich sein?

»Ja, er war dabei. Auf seine Veranlassung war sie mit ihm gegangen, und deshalb meinte er, es sei seine Schuld gewesen. Es war unmöglich, ihm diesen Gedanken auszureden. Es geschah am sechsundzwanzigsten Juni. Krister hatte seine Filmarbeit begonnen, und sie machten Aufnahmen draußen bei Blockshusudden. Herr Fredberg hatte eine Villa dort, in der er im Sommer wohnt. Sie liegt ein Stück weg von Blockhusudden. Aber das wissen Sie vielleicht?«

Er nickte.

»Die kleine Ann-Charlotte fand das alles natürlich riesig spannend. Sie war schon aufgeregt, als Krister auf die Annonce über die Filmarbeit geantwortet hat, und erst recht, als es ihm geglückt ist, die Rolle zu bekommen, obwohl sich so viele andere Jungen darum beworben hatten. Sie hatte noch nie eine richtige Filmaufnahme gesehen, und deshalb bat Krister eines Tages, dass sie mit ihm kommen und zusehen dürfte. Es sollten draußen einige Nachtszenen gefilmt werden, und als alles vorbei war, fuhren die Kinder heim. Krister hatte Ann-Charlotte auf seinem Moped. Sie fuhren gerade vom Seitenweg, der zu Fredbergs Villa führte, auf die Landstraße hinaus. Da geschah es. Ein Auto kam in rasender Fahrt über den Hauptweg, machte plötzlich eine ganz unmotivierte Rechtskurve… und stieß mit Kristers Moped zusammen. Ann-Charlotte wurde heruntergeschleudert, und Krister fiel auf die Straße. Das Auto war stehen geblieben. Krister beachtete es nicht besonders. Er suchte nur nach Ann-Charlotte.« Bisher hatte sie mechanisch, fast ausdruckslos gesprochen, nun erzählte sie mühsam und stoßweise. »Sie war beim Sturz auf die Straße mit dem Kopf gegen einen Randstein gefallen… Sie rührte sich nicht mehr… Sie war tot… von einer Sekunde zur anderen tot… Das ist ein Trost, aber… es hilft nicht… Krister verstand es zuerst nicht… Er lief zu ihr und dann zum Auto, um Hilfe zu holen. Bevor er zum Wagen kam, hatte dieser gestartet und war davongerast, einfach davon… Können Sie sich etwas Grässlicheres denken… zwei Kinder am Weg zu verlassen… Ich begreife das nicht… Ich kann es nicht fassen…«

Sie war verstummt und starrte regungslos vor sich hin.

»Ich verstehe es nicht«, wiederholte sie tonlos.

»Konnte er nachher keine Beschreibung des Autos geben?«

»Nein. Alles war aus seinem Gedächtnis ausgelöscht. Er verstand sich doch sonst immer so gut auf Autos. Alle Typen und Marken hatte er im Kopf und erkannte sie augenblicklich. Aber es war doch auch schon ziemlich dunkel, einige Minuten nach zwölf, und die Nacht war sehr bewölkt. Ein großes Auto, sagte er, dunkel, vielleicht schwarz.«

»Schade, dass er es nicht mehr gesehen hat. Aber das lag wohl an dem Schock, den er bekommen hat«, vermutete Viggo.

»Ja, es war nicht nur das Unglück, das ihm einen Schock versetzt hat«, sagte die Frau leise. »Das Schlimmste war das Gesicht.«

»Welches Gesicht?«

Sie antwortete nicht gleich. Ihre Finger spielten mit einer Streichholzschachtel auf dem Tisch, als wären ihre Gedanken ganz weit weg.

»Ich kann nicht verstehen, was es für ein Gesicht war, das er meinte. Niemand hat es verstanden. Er behauptete, dass er es im Rückfenster des Autos gesehen hat und dass es ihn anstarrte… ein so furchtbar unmenschliches Gesicht, dass er zu Tode erschrocken war. Er stand wie paralysiert und blickte ihm nach, während das Auto verschwand. Das Sonderbare war, dass er auch das Gesicht nicht beschreiben konnte. Er konnte nicht sagen, ob es ein Mann war oder eine Frau, ob die Nase groß war oder ob die Augen eng zusammenstanden oder so etwas. Er zitterte nur, wenn er davon sprach, und niemand konnte sich klar darüber werden, was für ein Gesicht das sein konnte. Die Polizei behauptete, es könnte etwas gewesen sein, das im Rückfenster lag und das er im Dunkel und in seinem Schockzustand für die Konturen eines Gesichts gehalten hat. Aber er behauptete bestimmt, dass es sich bewegt hat. Mein Gott, was kann es denn bloß gewesen sein, das meinen Jungen so erschreckt hat?«

Viggo schwieg. Er wollte die Frau in ihren Gedanken nicht stören.

»Nachher war er außer sich vor Schmerz und Verzweiflung«, begann sie wieder nach einer Weile. »Er sagte, es wäre seine Schuld gewesen, und er wütete gegen den Verbrecher, der sie verlassen und sich aus dem Staube gemacht hatte, statt zu helfen. Dabei wäre das gar nicht möglich gewesen, denn Ann-Charlotte hätte nicht mehr gerettet werden können. Natürlich wollte er mit dem Filmen nicht weitermachen. Er war ganz apathisch in den ersten Tagen. Aber nach dem Begräbnis konnten wir ihn überreden. Es war wichtig für ihn, unter Menschen zu kommen und an etwas anderes zu denken. Jetzt mache ich mir natürlich bittere Vorwürfe, dass wir ihn haben fahren lassen. Aber nun ist es zu spät. Er ist am vierzehnten Juli gefahren, an einem Sonntagabend. Wir waren am Bahnhof und haben ihm nachgewinkt. Er war ganz verändert... Seither hab ich ihn nicht mehr gesehen...«

Sie schluchzte stoßweise, mit den Händen ihr Gesicht bedeckend. Viggo wagte nicht zu fragen, auf welche Weise der Junge verändert gewesen war. Sie zuckten beide zusammen, als sie hörten, dass die Außentür aufgeschlossen wurde.

»Mein Gott, jetzt kommt Yngve! Warten Sie, Sie können mit ihm sprechen.«

Viggo stand auf. Sie lief aus dem Zimmer und machte die Tür hinter sich zu. Er ging auf und ab zwischen dem Bücherschrank und dem Fenster und lauschte auf ihre gedämpfte Stimme draußen im Vorraum. Er hörte aus dem Klang dasselbe heraus, was er vorhin in ihrem Gesicht gelesen hatte: Sie hatte Angst vor ihrem Mann.

»Hab ich dir nicht gesagt, du sollst es bleiben lassen, auf irgendetwas zu antworten, wenn ich nicht zu Hause bin!«

Die männliche Stimme klang laut und erregt.

Viggo war im Begriff, sich wieder auf den Stuhl zu setzen, als die Tür aufging. Er hatte sich über den Mann, der nun über die Schwelle trat, bereits mindestens ein Dutzend vorausgefasste Meinungen bilden können. Agneta Hermansson hatte Angst vor ihm, er hatte der Polizei ungenaue Angaben gemacht, er schimpfte mit seiner kleinen Frau, er war Alkoholiker gewesen und hatte wegen Betrugs ein paar Monate im Gefängnis verbracht. Er sollte eigentlich etwas von Richard III. an sich haben – »so lamely and unfashionable that dogs bark at me« – aber Viggo war enttäuscht. Ein kräftiger, blonder Mann, nur wenig über die vierzig, trat mit einem offenen Lächeln ins Zimmer.

»Guten Tag, Herr Kommissar«, sagte er und schüttelte kräftig Viggos Hand. »Meine Frau sagte mir, dass Sie mich etwas fragen wollen. Kann ich Ihnen irgendwie behilflich sein?«

Er hatte einen elastischen und gut trainierten Körper voll sportlicher Energie und Vitalität. Seine frische Art war dazu angetan auf jedermann Eindruck zu machen, aber Viggo hatte für derlei Gymnastiklehrertypen nicht das Geringste übrig. Eine Sache fand er auffallend irritierend an Hermansson: Er war seiner zu sicher.

»Was möchten Sie wissen, Herr Kommissar?«

Sein Ton war jetzt ein wenig formeller, und er sah ungeduldig auf Viggo, der schwieg und ihn betrachtete. Wenn Hermansson geglaubt hatte, dass ein Mann, der lange schwieg, ehe er sprach, deshalb langsam sprechen würde, dann hatte er sich geirrt. Viggos Stimme war wie ein Peitschenhieb: »Woher kam das Geld?«

Hermansson sah belustigt aus. Er setzte sich leger in einen der Ledersessel. »Welches Geld?«

Nachdem er keine Antwort erhielt, fuhr er fort: »Sie meinen sicher die fünfhundert Kronen, über die man so viel hergemacht hat? Ja, wenn man das wüsste!«

Er zuckte die Achseln und zog eine ratlose Grimasse. »Ich hab natürlich geglaubt, es war seine Gage. Ich konnte mir doch nichts anderes denken.«

»Warum haben Sie das geglaubt?«

»Aber darauf habe ich ja bereits geantwortet! Leute vom Kriminalamt waren schon mehrere Male bei mir. Krister hat mir am Telefon gesagt, es wäre seine Gage.«

»Wann sprachen Sie mit ihm?«

»Warten Sie mal… das war am Dienstagabend.«

»Von wem kam der Anruf?«

»Von Krister.«

»Was wollte er?«

Yngve Hermansson sah nicht mehr belustigt aus. Er trommelte mit den Fingerknochen gegen die blanke Tischplatte. »Er wollte uns grüßen… sich erkundigen, wie es uns geht und so weiter.«

»Wollte er sonst nichts?«

»Nein, nichts Besonderes.«

»Herr Buchhalter Hermansson, ein sechzehnjähriger Junge, der an keine Extravaganzen gewöhnt ist, führt nicht ein teures Ferngespräch mit Stockholm, das achtzehn Minuten gedauert hat, ohne etwas zu wollen.«

»Achtzehn Minuten? Woher wissen Sie das?«

»Ich weiß es. Sagen Sie mir, was Krister gewollt hat.«

»Ja, er wollte natürlich über das Geld sprechen. Dass er seine Gage bekommen hatte und nicht wusste, was er damit machen sollte. Ich habe ihm gesagt, das Sicherste sei, er schickt uns das Geld, damit wir es in eine Bank legen können.«

»Warum haben Sie ihm nicht gesagt, er soll es per Postanweisung schicken, wenn Sie schon so vorbedacht waren. Er dachte ja offenbar daran, es Ihnen in einem gewöhnlichen Brief zu schicken?«

»Daran habe ich nicht gedacht«, murmelte Hermansson.

Viggo setzte rasch hinzu: »Sie waren sehr darauf bedacht, dass er das Geld nicht dort unten behalten soll, aber Sie haben nicht daran gedacht, dass es in einem gewöhnlichen Brief verloren gehen könnte. Aber unten bei ihm könnte das leicht passieren. War es nicht so?«

»Sie glauben wohl nicht, ich hätte die Absicht gehabt, Geld, das der Junge selbst verdient hat, mit Beschlag zu belegen?«

Hermansson wirkte verletzt, übertrieben verletzt. Viggo sprach sich nicht darüber aus, was er glaube.

»Wann bekamen Sie diesen Telefonanruf?«

»Es war am Dienstagabend… hab ich das nicht gesagt? Ich habe vielleicht vorhin was Falsches gesagt.«

Er war jetzt angespannt und auf der Hut. Er saß stramm und gerade im Sessel, als wäre er jeden Augenblick bereit, sich zu verteidigen. Viggo hatte ein Papier aus der Tasche gezogen und glättete es sorgfältig.

»Das hier ist eine Abschrift von dem unvollendeten Brief Ihres Sohnes, Herr Hermansson. Es sind besonders ein paar Zeilen, an denen wir interessiert sind. Hier steht: Ich sende das Geld, wegen dem du angerufen hast. Du angerufen hast!«

Er machte eine Pause.

»Behaupten Sie immer noch, dass er es war, der angerufen hat?«

»Zum Teufel ja, es war er, der angerufen hat! Er hat ganz einfach falsch geschrieben.«

Hermansson befeuchtete die Lippen mit der Zungenspitze und schluckte kräftig. Es war für Viggo interessant zu sehen, wie er sich benahm, wenn er die Wahrheit sagte. Das Telegrafenamt hatte bestätigt, dass der Junge selbst angerufen hatte.

»Ich möchte die Sache aufklären«, sagte Viggo. »Was meinte er mit diesen Zeilen?«

»»Er hat wohl das Geld gemeint, Sie wissen, wie Jungen sind in solchen Sachen.«

»Sind sie absolut sicher, dass er seine Gage gemeint hat?«

»Nein, jetzt weiß ich es nicht mehr genau... Sie sagen doch, dass er noch keine Gage bekommen hatte... Aber ich habe es geglaubt.«

»Weshalb haben Sie das geglaubt?«

»Er hat es ja am Telefon gesagt.«

»Sie behaupten also, dass Ihr Sohn Sie angelogen hat?«

Es zuckte in Hermanssons gespannten Gesichtsmuskeln und er starrte Viggo ebenso trotzig wie ängstlich an, ohne zu antworten.

»Aber der Inhalt des Briefes stimmt nicht mit dem überein, was Sie sagen«, setzte Viggo in weicherem Ton fort. »Einen Toten kann man nicht mehr zum Leben erwecken, steht hier. Was haben diese Zeilen mit der Gage Ihres Sohnes zu tun?

Antworten Sie mir jetzt! Was hat der Tod Ihrer Tochter mit der Gage Ihres Sohnes zu tun?«

»Es war nur der Junge, der das in seinem Kopf durcheinander gebracht hat... Er war sehr verstört und in großer Trauer. Er schrieb alles in einem Mischmasch... Ich verstehe den Brief selbst nicht richtig.«

Viggo faltete das Papier zusammen und steckte es in die Tasche. Als er weitersprach, hatte er sich erhoben, und stand nahe vor dem Sessel, in dem Hermansson saß.

»Ihr Sohn ruft Sie an und erzählt Ihnen, dass er seine Gage bekommen hat. Er lügt Sie an, das Geld hat er von einer anderen Seite erhalten. Er spricht achtzehn Minuten lang, meistens über diese Sache, nicht? Sie beide brauchen achtzehn Minuten, um diese Sache miteinander auszumachen. Trotzdem beginnt Ihr Sohn, nach dem Datum des Briefes, bereits am folgenden Tag, Ihnen einen Brief zu schreiben... einen Brief, dessen Inhalt Sie nicht verstehen, trotz eines langen Telefongesprächs, das sich um genau dieselbe Sache drehte. Er hatte das Geld nicht als Gage bekommen und er wollte es für sich selbst behalten. Warum rief er dann an und sprach darüber? Warum war er so aufrichtig Ihnen gegenüber in dem einen Punkt, wenn er in einem anderen gelogen hat?«

»Ich weiß es nicht – es ist vollkommen unbegreiflich. Ich kann diese Frage genauso wenig beantworten wie Sie.«

»Doch«, sagte Viggo entschieden, »das können Sie! Er hat Sie angelogen, sagen Sie. Versuchen Sie lieber sich zu erinnern, was er wirklich gesagt hat!«

»Ich kann nicht. Wir sprachen über alles Mögliche. Ich weiß nicht genau, was er gesagt hat...«

»Es war Ihr letztes Gespräch mit Ihrem Sohn, Herr Hermansson, und Sie erinnern sich nicht, was er sagte!«

Hermansson erhob sich mit einem Ruck. Seine Stimme überschlug sich und die Worte sprudelten aus seinem Mund hervor: »Was für Methoden sind das eigentlich? Sie kommen und versuchen mich mit Fragen unter Druck zu setzen, die ich nicht beantworten kann! Es sind erst ein paar Tage her, seit ich meinen Sohn verloren habe, und ein paar Wochen früher meine Tochter! Behandelt die Polizei auf eine solch rücksichtslose und brutale Weise Leute, die in tiefer Trauer sind?«

»Auf diese Weise behandeln wir Leute, die lügen!«

Viggos Stimme schnitt Hermanssons Wortschwall wie mit einer scharfen Schere ab. Dann fuhr er ruhig fort: »Sparen Sie sich diese Brusttöne, Hermansson. Sie haben einen Sohn und eine Tochter verloren. Das ist tragisch und nichts kann Ihnen über diesen Kummer hinweghelfen. Aber Ihr Sohn wurde ermordet, bedenken Sie das! Wir werden den Mörder ausfindig machen. Statt uns zu helfen, versuchen Sie uns zu verschweigen, was mit Ihrem Sohn in der letzten Zeit seines Lebens geschehen ist. Sie gehen sogar so weit, zu behaupten, dass er gelogen hat… Sie wissen ebenso gut wie ich, dass das nicht wahr ist. Ich werde Sie so rücksichtsvoll und taktvoll behandeln, wie es Ihrer Situation angemessen ist, sobald Sie die Karten auf den Tisch legen.«

Hermansson war wieder in den Sessel gesunken. »Ich weiß nichts. Sie können nicht etwas aus mir herauspressen, das ich nicht weiß.«

»Überlegen Sie es sich«, sagte Viggo kurz und ging zur Tür. »Ich komme wieder.«

Im Vorraum sah er einen Augenblick Agneta Hermanssons bleiches Gesicht, aber sie verschwand hastig im Dunkel des Korridors. Mit zusammengebissenen Lippen und schweren Schritten verließ er die Wohnung. Die Wut kochte in ihm. Als er auf die Straße kam, holte er tief und befreit Atem, zündete sich eine Zigarette an und ging langsam die Straße hinauf. Bis zur Kreuzung an der Odengatan ging er mit den Händen auf dem Rücken, leicht gebückt und ohne aufzublicken. Schließlich nahm er die Zigarette aus dem Mundwinkel und warf sie auf die Erde. Das italienische Konzert von Bach war ihm wieder eingefallen, und er begann zu pfeifen.

7

Die jungen Juristen, Schreibkräfte und aufstrebenden Kriminalassistenten, die ihren Lunch im Rathauskeller einnahmen, pflegten unter sich eine Geschichte über Kommissar Bredberg zu erzählen. Sie zirkulierte schon seit bald zwei Jahren in diesem Gewölbe, dessen Steinwände ein ambitionierter Maler mit mehr Energie als Talent in Rostrot und Grün befleckt hatte. Man behauptete, Viggo Bredberg sei einmal zu einer Gerichtsverhandlung, bei der er als Hauptzeuge des Staatsanwalts gegen einen Mörder und Brandstifter aussagen sollte, in Begleitung seines schwarzen Katers erschienen, der majestätisch hinter ihm bis zum Zeugenstand marschierte. Ein unterdrücktes Gekicher war durch die dicht besetzten Zuhörerreihen gelaufen, aber der Kommissar, wie gewöhnlich gedankenvoll – oder zerstreut, je nachdem, wie man es auffassen wollte –, hatte nichts gemerkt. Erst als der jüngste Gerichtsschreiber durch ein Prusten das Publikum zu einem Lachorkan veranlasst hatte, drehte der Kommissar sich um, entdeckte den Kater und hob ihn rasch in die Höhe. Ein Gerichtsdiener, der durch eine Seitentür hereinlugte, hatte das Tier in Verwahrung genommen. Nach Schluss der Verhandlung war der Kommissar mit dem Kater in einem Taxi heimgefahren.

Die Geschichte wurde nicht schlechter dadurch, dass sie einige Jahre alt war. Aber sie war insofern bemerkenswert, als es allgemein bekannt war, dass der Kater des Kommissars einen seltsamen Abscheu gegen jedes Freiluftleben hegte. Man behauptete, sein einziger Kontakt mit der Natur sei ein Sandhaufen auf dem Balkon der Wohnung seines Herrn in der Drottninggatan, und es war nur die Aussicht, in der Nähe seines Gebieters zu sein, die den Kater dazu brachte, seinen Widerwillen gegen die frische Luft zu überwinden.

Seit diesem Tag pflegte sich Viggo genau zu versichern, ob der Kater noch in der Wohnung war, ehe er die Tür hinter sich schloss.

Als er am Dienstag die Wohnung verließ, um einen Besuch bei der Kriminalpolizei zu machen, war er allerdings verschlafen und zerstreut und ziemlich irritiert über das Geschreibsel der Morgenzeitungen, was die Ungeschicklichkeit der Polizei in der Filmmorduntersuchung betraf. Durch die Tür glitt ein schwarzer Schatten hinaus und setzte sich abwartend hinter ihn, während er las. Lautlos begann er sich, ihm auf den Fersen, die Treppe hinabzuschlängeln.

Im Hof knallte Frau Landbergs Teppichklopfer und von den gelb-roten Hauswänden antwortete das Echo mit einem vervielfachten Getöse schallender Schläge. Der Kater hielt inne und peitschte heftig mit dem Schwanz. Als Frau Landberg eine Pause machte, und er es wagte, über den Hof zu laufen, war es bereits zu spät. Die Haustür war hinter Viggo zugefallen, und der Kater fand sich eingesperrt in der Hitze des Zementhofs mit seiner Kakophonie ohrenzerreißender Töne. Er kroch in sich zusammen und miaute.

In seinem Dienstraum im Kriminalamt saß Intendant Lövgren und aß Äpfel. Die Schalen warf er in einen Papierkorb, den er zu diesem Zweck immer an die Tür gestellt hatte. Er betrachtete sich mit Recht als einen geübten und geschickten Schalenwerfer. Jeder, der die Tür öffnete, war sich der Gefahr bewusst, und steckte zuerst einen Fuß herein, um den Papierkorb beiseite zu schieben.

»Keine Gefahr, alter Junge!«, rief er, als er die Spitze von

Viggos braunem Schuh im Türspalt sah. Er erkannte nunmehr jeden in seiner Abteilung an den Schuhen. Er wühlte unter seinen Papieren, und Viggo trat ein. Im Fall Hermansson hatte sich nichts ereignet.

»Auch keine Spur von Wingman. Da die Kugel, mit der der junge Hermansson erschossen wurde, von derselben Waffe stammt wie die Kugel in der Wand von Wingmans Zimmer, kann man wohl annehmen, dass er sich nicht aus freiem Willen verborgen hält.«

Er lächelte kühl nach Viggos Beifall zu seiner Theorie.

»Bei der Durchsuchung im Herbst finden sie ihn wohl«, fügte er hinzu.

Viggo schnitt eine Grimasse. Lövgren pflegte ihn wegen seiner Empfindsamkeit zu bespötteln, aber die Wahrheit war eher umgekehrt. Während man unter Kriminalbeamten über Leichen mit einer gewissen professionellen Gleichgültigkeit sprach, war Lövgren nie über das Stadium eines jungen Mediziners nach einer ersten Obduktion hinausgekommen.

»Wir haben natürlich eine Menge Leute, die ihn gesehen haben. Da ist vor allem unser Freund, der alle verschwundenen Personen bemerkt hat, seit er das letzte Mal aus dem Gefängnis entlassen wurde. Er sieht sie immer auf Norra Bantorget. Bequem für ihn, er braucht nicht lange zu gehen, er wohnt in der Upplandsgatan. Dann haben wir eine sehr entgegenkommende Dame, die eben hier war und den Mord an Hermansson gestanden hat. Sie hat in den letzten zehn Jahren fünf Morde gestanden. Das scheint etwas zu sein, das sie gelegentlich für ihre Gesundheit tun muss. Sie kann sich nicht zurückhalten, hie und da zu morden, behauptet sie. Nimm einen Apfel, bitte. Na, hast du etwas aus Hermansson herausgekriegt?«

»Nein. Aber er wird bald weich werden, glaube ich, oder seine Frau.«

»Fein. Hast du mit dem Dingsda gesprochen, mit dem... wie zum Teufel heißt der Kerl...?« Er stöberte wieder in seinem Papierhaufen herum. »Richtig, da ist er, Broman, ja! Dieser Klarinettist, der mit Wingman verbandelt war.«

»Er war auf einer Autoreise in Norwegen und kommt heute wieder. Sein Orchester spielt übrigens heute Abend auf Skansen«, meldete Viggo.

»Gut. Erwisch ihn, bevor er hingeht. Wenn du dich schon dieser Sache angenommen hast, kannst du dich gleich um die Verhöre kümmern.«

Seine Stimme deutete an, dass er den Rest zu tun gedachte.

»Du hat jedenfalls eine gewisse Eignung für das da, Bredberg. Werner behauptet zwar manchmal, dass du... Na, das ist auch egal. Die Hauptsache ist, dass du sie zum Sprechen bringst, oder? Wir müssen mehr wissen in der Sache. Was wissen wir eigentlich? Dass jemand am Donnerstag, dem neunzehnten Juli, um halb vier Uhr nachmittags Krister Hermansson erschossen hat. Und dass eine Kugel aus derselben Pistole kurz vorher oder nachher in die Wand von Wingmans Zimmer geschossen wurde. Eine Kugel, die möglicherweise zuerst den Kopf des Musikers passiert hat. Und dass der Junge fünfhundert Kronen in seinem Besitz und deshalb deutlich ein recht schlechtes Gewissen hatte.«

Lövgren sprach weiter. Viggo hatte sich an einer Sache festgehakt und hörte ihm nicht mehr zu. Krister hatte ein schlechtes Gewissen! Da hatte Lövgren den Nagel auf den Kopf getroffen. Der Brief des Jungen atmete schlechtes Gewissen!

Mit zwei Personen musste er sofort Kontakt aufnehmen, mit dem Klarinettisten Broman und mit Sonja Wallén. Außerdem war es notwendig, dass er die Filmleute wieder traf. Zum Beispiel den ängstlichen Fredberg, der sagte, er kenne seine Filmfamilie wie ein Vater seine Kinder. Und die hellseherische Elsa Brundin. Woher hatte sie ihre Kenntnisse? Den schläfrigen Stig Lindh, der so frenetisch Wingmans Partei ergriffen hatte, wollte er sich noch einmal vornehmen, dann die ebenso graziöse wie giftige Ulla Severin. Hatte Arnold Oldberg alles berichtet, was er wusste?

Als er Lövgren verlassen hatte, rief er Hans Broman an und versuchte Sonja Wallén am Telefon zu erreichen, aber niemand meldete sich. Als er schließlich in die Drottninggatan 77 kam, war er erschöpft von der Wärme und irritiert durch den absoluten Stillstand der Ermittlungen. Etwas musste geschehen im Fall Hermansson. Wenn die rätselhafte Stille um den Tod des Jungen und um Wingmans Verschwinden sich nicht von selbst änderte, würde er bald dazu übergehen, die Nägel zu kauen. Er kannte das, so etwas war schon früher geschehen.

Als er die Tür öffnete, war die Türmatte leer. Er wusste sofort, was das bedeutete. Zur Sicherheit durchsuchte er die ganze Wohnung, aber das Wohnzimmer war ebenso leer wie der Schlafraum und die Kochnische. Er lüftete den Bettüberzug, schaute unters Bett, wo seine ausgetretenen Pantoffeln standen und untersuchte sogar eine halb geschlossene Lade mit sauberen Hemden. Er durchsuchte Kleiderschrank und Badezimmer, ging zuletzt auf den Balkon und blickte mit einigem Herzklopfen hinunter auf den harten Zementboden des Hofes, fünf Stockwerke tief.

Unsinn! Zu so etwas Dummem lässt sich der Kater nicht einmal durch den impertinentesten kleinen Spatzen verlocken, dachte er. Er stolperte die fünf Treppen hinunter und stürzte auf den Hof hinaus. Keine Spur. Er stöberte in einigen leeren Kisten hinter den Mülleimern und im Schuppen für die Fahrräder. Zuletzt klopfte er an Frau Landbergs Küchenfenster und fragte bescheiden, ob sie nicht vielleicht etwas gesehen habe. O ja, das hatte sie. Er schlüpfte wohl mit hinaus, als der Herr Kommissar ging, meinte sie. Er hat sich im Hof herumgetrieben, und nachher ist eine Dame gekommen und hat ihn mit sich genommen.

»So? Was war das für eine Dame? Was zum Teu… Was meinen Sie damit?«

»Er tat ihr Leid«, sagte sie. »Aber mir tat er nicht Leid. Ich fand, es würde ihm gut tun, frische Luft zu kriegen und zu lernen, so zu werden, wie gewöhnliche Katzen sein sollen. Verzogen wie ein Kind!« Sie schnaubte missbilligend durch die Nase.

»Das ist schon möglich, aber liebe Frau Landberg, wer war die Dame, die ihn mit sich genommen hat?«

»Was weiß denn ich? Sie hat nicht ihren Namen gesagt.«

»Wie sah sie aus? Warum haben Sie nicht gesagt, dass es mein Kater ist, Frau Landberg?«

»Hab ich ja. Sie sah aus wie eine Art Schauspielerin, bemalt und mit solchen Ausbuchtungen wie diese Sophia Loren. Schuhe hat sie gehabt, wo die Zehen herausgeschaut haben, und die waren auch bemalt.«

Viggo konnte aus ihrer Beschreibung nicht klug werden. »War sie blond oder dunkel?«

»Das kann man bei denen nicht genau sagen, die färben sich ja jede Woche die Haare.«

Mehr bekam er aus ihr nicht heraus. Schadenfreude leuchtete mit intensivem Feuer aus ihrem Blick. Ihre Einstellung zu Katzen, insbesondere zu Katern, war offensichtlich ein für alle Mal negativ.

Viggo irrte auf der Drottninggatan umher und guckte in alle Ecken und in alle Kellerfenster. Er ging bis zur Rådmansgatan hinauf, ehe ihm klar wurde, wie zwecklos sein Suchen war. Er musste zurück und alles daransetzen, von Frau Landberg mehr über diese Dame zu erfahren, die seinen Kater gekidnappt hatte. Was hatte Werner eigentlich über seine Verhörmethoden gesagt? Lövgren wollte sich darüber nicht äußern, aber die Hauptsache war wohl, dass er die Leute zum Sprechen brachte, nicht wahr?

Zufällig blickte er durch ein Fenster in eine ziemlich schäbige Konditorei hinein, die ein Frühstück zu einem entgegenkommenden Preis annoncierte. Darin saß eine Dame, die unzweifelhaft Schauspielerin war und sicher Schuhe hatte, bei denen die Zehen herausschauten.

Auf den ersten Blick hätte er sie fast nicht erkannt, denn

ihr braunes Haar, das zuletzt in einem Knoten gebunden gewesen war, umrahmte nun in einer weichen Pagenfrisur ihr Gesicht.

Als er eintrat, entdeckte er den Kater, der neben ihr auf einem Stuhl lag und mit dem Schwanz wedelte. Die Reste eines belegten Brötchens lagen vor ihm. Der Belag und die Butter waren sorgsam abgeschleckt.

»Guten Tag«, sagte Viggo.

Inga Barr sah von ihrer Zeitung auf. »Oh, guten Tag, Herr Kommissar. Wie haben Sie uns gefunden?«

»Ich habe den Kater gesucht.«

»Ich wollte gerade mit ihm zu Ihnen gehen. Er war den ganzen Tag bei mir. Stellen Sie sich vor, er saß auf dem Hof heute Morgen, ganz verschreckt, und man merkte ihm an, dass er es verabscheut, im Freien zu sein. Ich habe Ihre Haushilfe getroffen, aber sie wollte ihn nicht hineinnehmen. Vorhin war ich wieder bei Ihnen, aber Sie waren noch immer nicht zu Hause, da dachte ich, es ist am besten, ich warte hier.«

»Freundlich von Ihnen!«, sagte Viggo spontan. »War er lästig?«

»O nein, keineswegs«, antwortete sie blitzschnell und ein wenig überbetont. »Wie heißt er übrigens?«

»Er hat keinen besonderen Namen. Ich nenne ihn einfach Kater.«

»Meinen Sie, dass Sie sich niemals darum gekümmert haben, ihm einen Namen zu geben?«

»Nein, so ist das nicht«, versuchte Viggo zu erklären, »ich habe eine Menge Vorschläge gehabt, aber ich habe nie einen gefunden, der genügend, wie soll ich sagen… Ich meine, der gut für ihn war. Sie verstehen, einen, der zu ihm gepasst hätte.«

»Oh, ich verstehe«, sagte sie, aber man hätte darauf schwören können, dass sie es nicht tat. »Sollen wir aufbrechen? Ich habe eigentlich schon genug von diesem Lokal.«

Ihr Blick wanderte über die rauchimprägnierten Wände,

die lackierten Holztische mit Resten verschütteter Milch und Brotkrumen und über die verstaubten Gummibäume zwischen den Zwirngardinen des Fensters.

»Es ist nicht besonders gemütlich hier, nicht?«

Nein, es war nicht besonders gemütlich. Das einzig Gute an dem Lokal war, dass sie allein waren. Aber allein konnten sie ebenso gut auch in seiner Wohnung sein. Und da sie ihn aufgesucht hatte, musste sie ja etwas Bestimmtes von ihm wollen. Trotzdem kam er sich vor wie ein Student, der eine junge Kollegin im ersten Semester fragt, ob sie mit ihm auf seine Bude kommen wolle, um sich seine Markensammlung anzusehen.

»Wir könnten vielleicht zu mir hinaufgehen?«

»Ja«, sagte sie, »ich möchte mit Ihnen sprechen, wenn Sie Zeit haben.«

Er nahm den Kater unter den Arm, und sie gingen hinaus.

Er bot ihr im Wohnzimmer seinen besten Stuhl an und ging in die Küche, um den Kaffee auf den Gasherd zu stellen. Er nahm seine zwei besten Tassen hervor, die Letzten, die er von dem Service noch hatte. Die acht übrigen waren im Laufe der Jahre aus seinen großen Händen gefallen und zerbrochen. Er stellte die Zuckerschale, eine Flasche Izarrra und zwei dünne Likörgläser vor sie auf den Jakarandatisch. Zu ihren Füßen lag der Kater und schnurrte zärtlich.

»Es ist komisch, wie wohl er sich bei Ihnen fühlt«, bemerkte er. »Sonst ist er gegen Fremde meistens recht reserviert.«

Sobald er das gesagt hatte, wusste er, dass es eine ganz dumme und falsche Bemerkung gewesen war. Aber sie schien keine Notiz davon zu nehmen. Er war froh, dass er einen starken und wirklich guten Kaffee machen konnte. Sie schnüffelte erwartungsvoll mit ihrer kleinen und ganz geraden Nase, als er ihn einschenkte.

»Sie fragen sich wohl, warum ich zu Ihnen wollte?«

Es hatte keinen Sinn, das zu verneinen. Er konnte sich doch

nicht weiter der allzu gewagten Vorstellung hingeben, sie wäre seinetwegen gekommen.

»Aufrichtig gesagt, Herr Kommissar, ich komme, weil mich mein Gewissen drückt. Es drückt mich ganz schrecklich, seit ich Sie vergangenen Samstag im Stadthotel getroffen habe. Ich weiß nicht genau, weshalb, aber ich musste immer wieder daran denken, dass es nicht richtig war, Ihnen etwas vorzuenthalten, wie unbedeutend es an und für sich auch sein mag. Im Allgemeinen fällt es einem ja nicht so schwer, sein Gewissen zum Schweigen zu bringen, wenn es sich um die Polizei handelt, und ich war sicher, dass es nichts mit Krister Hermanssons Tod zu tun hat. Aber als ich Sie traf und …« Sie schwieg verwirrt und trank einen Schluck Kaffee. »Eigentlich war es Elsa Brundins Äußerung, dass Staffan tot sein könnte, die mich darauf brachte, dass es eine Bedeutung haben könne«, fügte sie hinzu.

Viggo segnete im Geheimen die hellseherische Dame und füllte die beiden Likörgläser. »Skol und willkommen«, sagte er.

»Skol … danke.« Sie trank einen kleinen Schluck. »Wo bin ich stehen geblieben? Ja, da war eine Sache, die geschah, bevor Krister erschossen wurde und Wingman verschwand. Die Nacht zwischen dem Achtzehnten und Neunzehnten also. Ich lag und las, wissen Sie, es war einige Minuten nach zwei, aber ich hatte ein Buch in die Hand bekommen, das ich nicht weglegen konnte. Plötzlich klopfte es an der Tür, und ich erschrak, es war ja schon spät, und das Buch war sehr gruselig. Ich fragte, wer da ist, bekam aber keine Antwort, sondern die Tür ging auf, und Staffan Wingman stürzte herein.«

Viggo erinnerte sich, dass er dieselbe Geschichte schon früher gehört hatte. Wingman war offenbar von Ulla Severins Zimmer, wo er abgewiesen worden war, direkt zu Inga Barr gegangen.

»Er wirkte so fürchterlich aufgeregt – ja, er hatte reine Todesangst. Er möchte bloß eine Weile mit mir plaudern, meinte er. ›Man träumt manchmal entsetzliche Sachen, weißt du‹, sagte er. ›Besonders, wenn man mit den Nerven nicht richtig beisammen ist.‹ Zuerst tat er, als wollte er über seine Furcht mit Scherzen hinwegkommen, aber ich schwöre darauf, dass er ganz außer sich war, irgendwie vor Furcht völlig aus den Fugen geraten. Das Merkwürdige war, dass es nicht vorüberging. Ich habe selbst Albträume gehabt und weiß, dass man sich beruhigt, wenn man richtig wach wird und mit jemandem reden kann. Aber Staffan saß in meinem Zimmer und redete und redete über alles und nichts. Und als ich sagte, ich möchte jetzt gern ein bisschen schlafen – es war ungefähr nach einer halben Stunde –, bat er, ich möge ihn doch sitzen lassen. Ich versuchte aus ihm herauszubekommen, was er eigentlich geträumt habe, aber er antwortete, es seien nur die Nerven und ich… Ja, er tat mir einfach Leid. Ich erkannte, dass es kein Vorwand oder Trick von ihm war, er machte nicht den leisesten Versuch an mein Bett heranzukommen. Ich ließ ihn in meinem Zimmer bleiben.«

Diese Inga Barr ist eine Frau, wie man sie selten findet, dachte Viggo. Während Ulla Severin den Wingman mit einem kurzen »Geh zum Teufel« hinausgeworfen hatte, erkannte Inga, dass er sich in einem kritischen Zustand befand und ließ ihn bleiben – obwohl sie sicher nicht die Gewohnheit hatte, junge Männer nachts in ihrem Zimmer zu haben. Sie war sehr verlegen.

»Und um den Kater haben Sie sich heute auch gekümmert. Sie sind wirklich lieb und freundlich«, setzte er seinen Gedankengang laut fort.

»Ich wollte es erst nicht erzählen, ich dachte, es sei bedeutungslos. Sie wissen ja, wie das ist, die Leute fassen im Allgemeinen alles falsch auf, und besonders so etwas mit nächtlichen Herrenbesuchen.«

»Er war vorher bei Ulla Severin, aber sie setzte ihn vor die Tür«, klärte Viggo sie auf.

»Oh, sie ist für gewöhnlich nicht so zimperlich! Aber was glauben Sie, wovor er Angst hatte?«

»Sie sind also davon überzeugt, dass er sich vor etwas Bestimmtem fürchtete – etwas Handgreiflichem. Nicht bloß vor bösen Traumgespinsten.«

»Ja, ich habe mehrmals gesehen, wie er auf Geräusche lauschte. Vor der Dunkelheit hatte er keine Angst… Ich habe später das Licht ausgemacht.«

Er war froh darüber, dass es noch Mädchen gab, die die alte Kunst des Errötens nicht verlernt hatten.

»Das alles ist so dumm«, stammelte sie, »Sie glauben natürlich jetzt auch eine Menge Zeug über uns, aber es war wirklich nicht der Fall. Ich weiß nicht, weshalb mir so viel daran liegt, dass Sie das nicht glauben sollen, es spielt ja keine Rolle, oder? Sie wollen ja bloß Sachen erfahren, die mit Ihrer Untersuchung zusammenhängen.«

»Ich glaube jedes Wort, das Sie gesagt haben, und ich versichere Ihnen, dass ich nicht leicht zu täuschen bin. Sagen Sie mir jetzt eins: Die Außentür des Petrén'schen Hauses war doch normalerweise nachts geschlossen?«

»Ja, das war sie. Genau wie in einer gewöhnlichen Villa. Wir hatten ja alle unsere Ausrüstung für die Kamera und so verschiedenes. Der Tonmeister, Sie kennen ihn, Svensson – der kleine Mann mit dem komischen Gang –, er bewahrte die Schlüssel auf und gab Acht, dass das Haus verschlossen wurde, wenn alle abends auf ihren Zimmern waren. Es waren ja nicht so viele, die dort wohnten – Ulla und ich und das Skriptgirl und Staffan. Der Tonmeister und sein jüngster Assistent wohnten auch in der Villa. Svensson ist übrigens sein Onkel.«

»Die Pension«, meditierte Viggo vor sich hin, »war nachts nicht verschlossen, das weiß ich. Es gab zu viel Gerenne, sagen sie dort… Der Wirt hatte nicht genügend Haustürschlüssel für alle.«

»Warum erkundigen Sie sich danach? Glauben Sie, es war jemand, der… der Staffan erschreckt hat?«

»Wir wollen wohl davon ausgehen, dass es ein Jemand aus Fleisch und Blut war, nicht? Ich habe nur Ihre Aussage, auf die ich mich verlassen kann. Auf die Angaben von Ulla Severin gebe ich nicht viel, sie beachtete Wingmans Zustand nicht. Aber wenn Sie Recht haben, dann war Wingman derartig verschreckt, dass er es einfach nicht wagte, allein in seinem Zimmer zu liegen. Etwas muss also geschehen sein.«

Er zündete eine Zigarette an und blieb stumm sitzen, während Inga Barr ängstlich sein Gesicht studierte. Jemand aus Fleisch und Blut, dachte Viggo. Vielleicht mit einer Pistole in der Hand? Jemand, der auf ihn lauerte und ihn erst am folgenden Tag um vier Uhr allein fand.

Tatsache war, dass Wingman während des Donnerstags bis halb vier keine Minute allein gewesen war, außer im Badezimmer. Das war bei der Untersuchung festgestellt worden, als man sowohl Krister Hermanssons als auch Wingmans Tun während des Mordtages rekonstruierte.

Wenn dem so war, musste er ernsthaft darüber nachzuforschen beginnen, wie sich die einzelnen Bewohner des Hauses während der Nacht verhalten hatten – falls Wingman nun wirklich tot war.

Dies war das Hindernis, an dem alle Gedanken zurückprallten. Die grundlegendsten Annahmen, die man in einer Morduntersuchung zu machen hatte, verwandelten sich dadurch in leere Spekulationen.

Von den Filmleuten waren das Skriptgirl, Svensson und der Assistent abzuschreiben. Sie hatten alle am Mordtag hinter der Kamera gestanden. Ulla Severin behauptete, sie habe einen Besuch Wingmans erhalten. Es war anzunehmen, dass das stimmte. Die Möglichkeit, dass sie es war, die Wingman jagte, dass sie dann hörte, er habe Zuflucht in Inga Barrs Zimmer gefunden, und nachher eine hübsche Geschichte erfand, war nicht sehr ansprechend, musste aber in die Berechnungen einbezogen werden.

Er musste seine Spekulationen fortsetzen, obwohl er nun auf einen Boden gelangte, der bedenklich schwankte. Nach Lövgrens Meinung war es gerade das, was ihn zu einem

Schriftsteller prädestinierte. Er musste sich selbst gestehen, dass auch Inga Barr lügen konnte, aus dem gleichen Grund wie Ulla Severin. Aber für eine Lüge wirkten ihre Angaben etwas überspitzt.

»Na, und in der Pension?«, murmelte er mit gerunzelter Stirn. »Wer wohnte dort? Fredberg wohnte im Stadthotel, nicht wahr? Ebenso Elsa Brundin. Aber Oldberg und Lindh und Fredbergs Schwager Petrén und Härje Olofsson. Und in dieser Nacht auch die Sängerin, wie heißt sie… Sonja Wallén.«

»Glauben Sie, dass es einer von dort war, der Staffan verfolgt hat? Aber die Tür der Villa war doch verschlossen. Niemand konnte hinein, ohne das ganze Haus aufzuwecken«, wandte Inga Barr ein.

»Man konnte von der Pension aus über den Keller hineingelangen«, sagte er kurz. Er wusste, dass er ihr jetzt ins Gesicht sehen sollte, aber es widerstrebte ihm. Es war von großer Bedeutung, ob jemand von der Existenz des Kohlenkellers wusste.

»Konnte man? Wie denn? Komisch, dass nicht alle diesen Weg benutzt haben, als es in den ersten Tagen so geregnet hat. Wir liefen zwischen den Häusern hin und her, und jeder wurde nass bis auf die Haut.«

»Es ist kein besonders angenehmer Weg, man muss durch einen dunklen Kohlenkeller hindurch«, antwortete er.

Er sah ihre Reaktion auf das Wort Kohlenkeller und wandte sich mit einem Gefühl der Beklemmung ab, während er sich eine Zigarette anzündete.

»Ein Kohlenkeller! Mein Gott, dort muss es sein, wo Staffan gewesen ist!«

»War er dort! Wann?«

»In der Nacht, natürlich. Seine Hand war auf der Außenseite ganz schwarz, und ich fragte ihn, was das sei. ›Das stammt aus dem verdammten Kohlenkeller‹, sagte er. Ich kam nicht auf den Gedanken, ihn zu fragen, wie er dort hinkam, ich war so entsetzlich müde, wissen Sie.«

8

»Was glaubst du, machte er im Kohlenkeller?«

In ihrem Eifer sagte sie zu ihm du und als sie es merkte, verbreitete sich wieder die Röte über ihre Wangen, die ihm so gut gefiel.

»Nenn mich Viggo«, sagte er, als er ihre Verwirrung sah.

Sie hoben ihre Gläser und tranken einander zu. Sie nahm das Thema gleich wieder auf: »Kein Wunder, dass er Angst bekam, wenn er mitten in der Nacht in einem dunklen Kohlenkeller war. Aber was, in aller Welt, machte er dort?«

Viggo hatte begonnen mit langen Schritten im Zimmer auf und ab zu gehen und antwortete ausweichend. Im Kohlenkeller hatte Wingman aller Wahrscheinlichkeit nach nichts zu tun. Er hatte bloß diesen Weg genommen, um eine kleine Visite in der Pension zu machen. Aber bei wem? Er ließ die Personengalerie an seinem Gedächtnis vorbeidefilieren. Sonja Wallén konnte es natürlich gewesen sein. Seine frühere Geliebte wohnte jedenfalls im Haus nebenan, und die Geschichte begann sich wieder neu aufzurollen. Was hatte sich zwischen den beiden abgespielt, was hatte ihn so unbeschreiblich entsetzt? Sonja Wallén selbst? Hatte sie ihn erschossen? War er überhaupt ermordet worden?

»Zum Teufel, wenn wir bloß die Leiche finden könnten!«

»Welche Leiche?«

Sie schrie auf. Hatte er gequatscht! Verfluchte Unsitte von ihm!

»Ist Staffan tot?«, fragte sie mit zitternder Stimme. »Glaubst du, dass er… dass er ermordet worden ist?«

Es hatte keinen Zweck, das zu verneinen. Sie wurde ganz klein im Stuhl.

»Glaubst du, dass jemand hinter ihm her war in der Nacht, als er zu mir kam?«

Viggo zuckte mit den Achseln. »Wir haben keinen einzigen klaren und unwiderlegbaren Beweis in der Sache. Alle unsere Kombinationen beruhen auf bloßen Hypothesen. Bitte, entschuldige mich einen Moment.«

Er nahm den Apparat mit ins Schlafzimmer, stellte ihn auf die Kommode und wählte die Nummer der Kriminalpolizei. Er ließ sich mit Lövgren verbinden und begann ohne Umschweife: »Wir müssen versuchen Sonja Wallén herbeizuschaffen. Nein, sie hat sich auch heute nicht am Telefon gemeldet. Ach so, ja… schick ein paar Jungs nach ihr aus. Ja, man muss sie verhören… sehr gründlich… Nein, hör mich jetzt genau an. Frage sie, was Staffan Wingman wollte, als er in der Nacht zwischen dem Achtzehnten und Neunzehnten in ihr Zimmer kam. Nein, das weiß ich nicht… Nein, frage sie nur. Es kann sein, sie sagt, er war gar nicht bei ihr, und es ist möglich, dass das stimmt, aber lasse dich nicht mit Redensarten zufrieden stellen. Sei darauf gefasst, dass sie eventuell lügt, denn wenn es wahr ist, dass er bei ihr war, dann sitzt sie in der Tinte, und zwar sehr tief. In der Tinte sitzt sie, habe ich gesagt… Ja, gut!«

Inga hatte sich erhoben, als er zurückkam. »Es ist wohl am besten, ich gehe jetzt«, sagte sie ernst. »Du scheinst in Eile zu sein.«

»Inga, wo verkehrt diese ganze Filmband?«

»Sie sind alle im Atelier. Es finden Aufnahmen statt. Fredberg will versuchen auf jeden Fall einen Film im Sommer fertig zu stellen, aber das wird eine billige Geschichte. Fast nur Atelier. Der abgebrochene Film hat ihn ziemlich viel Geld gekostet, und es ist billiger für ihn, wenn er mit denselben

Schauspielern weitermacht. Die Kontrakte zu lösen würde ihn teuer zu stehen kommen. Ich habe diesmal nur eine kleine Rolle. Heute war ich nicht draußen, weil ich keine Aufnahmen habe.«

»Können wir hinfahren?«, fragte er eifrig.

»Willst du uns wieder verhören? Alle haben Angst vor deinen Verhören. Man hat dabei das Gefühl, man lügt und lügt, obwohl man die Wahrheit sagt.«

»Wenn man etwas zu verbergen hat, dann ja«, lachte er.

»Oje, jetzt bin ich aber reingefallen«, erwiderte sie und stimmte in sein Lachen ein.

Sie gingen in den Korridor, wo er ihr in ihren dünnen Sommermantel half.

»Nein, ich werde keine Verhöre anstellen«, versicherte er. »Ich möchte mir die Gesellschaft bloß wieder ansehen.«

»Du verdächtigst scheinbar mehrere, dass sie dir nicht alles berichtet haben«, konstatierte sie. »Aber ich kann dir sagen, so leicht wie mich wirst du die andern nicht zum Sprechen bringen. Das ist eine ganz andere Art von Menschen, als man gewöhnt ist – manchmal habe ich das Gefühl, dass sie sich das Leben unnötig komplizieren. Eigentlich fühle ich mich in diesen Kreisen nicht recht wohl. Ich werde wahrscheinlich zu meiner alten Arbeit zurückkehren.«

»Was hast du denn früher getan?«

Sie waren ins Treppenhaus gekommen, und sie wartete, während er die Tür zuschloss.

»Ich habe in der städtischen Zahnklinik gearbeitet.«

Er fühlte ein leises Frösteln, und seine Zungenspitze bewegte sich automatisch auf ein Loch in einem Backenzahn zu. »Was hast du dort gemacht?«

»Zähne gerichtet natürlich. Ich bin Zahnärztin.«

»Was sagst du? Bist du schon so alt?«

Sie nahm es ihm nicht übel und lachte herzlich. »Ich bin fünfundzwanzig.«

»Gott sei Dank!«, entschlüpfte es ihm.

»Warum sagst du Gott sei Dank?«

»Nur so«, murmelte Viggo. »Ich weiß nicht, woran ich gedacht habe. Ich zum Beispiel bin zweiundvierzig. Und ich habe dich nicht für älter als zwanzig gehalten.«

Sie war auf der Treppe stehen geblieben und wandte ihm ihr Gesicht zu. Es war nachdenklich und forschend, und ihre Augen sahen direkt in die seinen.

»Oh…«, sagte sie nur.

Er wusste absolut nicht, warum er es tat, aber plötzlich war es bereits geschehen. Er hatte zwei Schritte die Treppe hinabgemacht und sie geküsst. Er war keineswegs verwundert, als sie, nachdem sie für den Bruchteil einer Sekunde seinen Kuss erwidert hatte, ihn von sich schob.

Sein erster Gedanke war: Wie konnte ich so etwas Idiotisches tun? Wie komme ich dazu, eine Frau zu küssen, die in eine Mordgeschichte verwickelt ist, die ich aufzuklären versuche. Er vollendete diesen Gedankengang laut, als er hervorstieß: »Ich pflege mich sonst nicht so zu benehmen.«

Zu seinem Erstaunen brach sie in Lachen aus. Sie lehnte sich gegen die Hauswand und schüttelte sich vor Heiterkeit. »Sag jetzt um Gottes willen nicht, dass du versprichst, es nicht wieder zu tun!«

»Nein, das kann ich nicht versprechen.«

Sie wurde mit einem Mal ernst.

»Gehen wir«, sagte sie und hüstelte zurechtweisend. Gleich darauf zeigte sie die Treppe hinauf und rief: »Unser Kater ist schon wieder herausgeschlüpft!«

Viggo nahm die Stufen mit zwei Sprüngen und griff nach dem Kater, der ihm geschickt entkam. Nach zwei weiteren Versuchen hatte er ihn mit sicherem Griff an seinem dicken Schwanz gepackt. Er klemmte ihn unterm Arm fest, während er die Tür aufschloss und ihn ein wenig brüsk in die Wohnung zurückbeförderte.

»Kannst du begreifen, was heute mit mir los ist?«, fragte er, als sie mit großem Ernst die fünf Stockwerke hinabschritten.

Als sie ins Atelier hinauskamen, fühlte er sich fast beschwingt. Es begann sich auf jeden Fall in Sachen Hermansson-Wingman etwas zu rühren. Außerdem hatte er – und dies stand unwiderruflich fest – ein schönes Mädchen geküsst. Es war vielleicht sozusagen in der Hitze des Gefechts geschehen und bei näherer Überlegung ein wenig kopflos gehandelt, aber es trug jedenfalls in hohem Grad zu seiner Beschwingtheit bei, und ließ sein Blut gleichsam mit Kohlensäure vermengt durch die Adern pulsen.

In dem großen Filmatelier war es mindestens dreißig Grad heiß, und die Techniker hatten nackte Oberkörper unter ihren weißen Jacken. Die Scheinwerfer waren ausgeschaltet, ein Schild mit der Aufschrift »Aufnahme! Ruhe bitte!« hing an der Tür, aber die Lampe leuchtete nicht.

Anfangs schien ihn niemand zu bemerken. Techniker, Arbeiter und Schauspieler rasten in dem großen Raum auf eine Weise umher, die an das geschäftige und sinnlose Durcheinander von Ameisen erinnerte. Einer der Beleuchter benahm sich genau wie eines dieser Tierchen, indem er ächzend einen schweren Scheinwerfer gegen die Tür schob. Plötzlich ließ er ihn los, um eine Leitungsschnur, die auf dem Boden lag, beiseite zu schieben, worauf er den Scheinwerfer wieder zu schieben begann, aber in die entgegengesetzte Richtung.

Ein groß gewachsener Mann, der seine weiße Jacke über einen Stuhl geworfen hatte, beschäftigte sich mit einer Starkstrombatterie am Boden. Er hielt einen Draht zwischen Daumen und Zeigefinger der linken Hand, spuckte auf den rechten Daumen und fragte in die Luft hinein: »Ist da Saft drauf?«

Dann legte er den Daumen an den Draht, der aus der Isolierung herausragte, und zitterte von oben bis unten. Es gelang ihm aber, sich durch irgendein Wunder auf den Beinen zu halten. »Ja, verflucht!«, gab er sich selbst die Antwort.

Wie jeder Orkan hatte auch dieser ein Zentrum, in dem absolute Windstille herrschte, und in diesem Zentrum stand ein Stuhl, und auf dem Stuhl saß Direktor Sven Fredberg. Vor ihm hatte man eine kleine Bühne aufgebaut, die einen intimen

Eindblick in den Wohnraum eines wohl situierten Bürgers gewährte. Weder Barschrank noch Fernsehapparat fehlten, und Viggo fragte sich, ob in den Whiskyflaschen, die auf dem Tisch vor dem Sofa standen, gefärbtes Wasser war. Er kannte die Bestimmungen nicht.

Vor Fredberg standen zwei junge Männer in untadeligen Anzügen, mit Hosen, die an den Schuhen befestigt waren. Fredberg betrachtete den einen, als wäre er eine Raupe auf einem Salatblatt. Darauf glitt sein Blick zu dem anderen, und er verbarg sein Haupt in den Händen.

»Weswegen hat man Sie hergeschickt?« Seine Stimme klang unbeschreiblich jammernd.

»Wir sollen doch tanzen. Wir haben eine Nummer…«

»Tanzen – tanzen, das auch noch! Als ob das ein Revuefilm wäre! Ich habe kein Geld für Extravaganzen! Wer hat das bestimmt? Erst muss ich mir das ansehen. Was tanzen Sie?«

Fredberg winkte müde dem Tonmeister zu. Dieser drehte an den Rädern eines großen Magnetofons. Musik strömte hervor und im selben Augenblick stürzten die beiden Jünglinge auf die Szene. Die Absätze knallten gegen das imitierte Parkett, sie drehten fieberhaft die Arme umher und machten exakt gleiche, verwickelte Beinbewegungen. Sie tanzten, dass ihnen der Schweiß in Strömen herabrann, aber die ganze Zeit lächelten sie mit sämtlichen Zähnen und warfen gleichzeitig bekümmerte und wenig hoffnungsvolle Blicke auf Fredberg, der immer tiefer in den Stuhl versank. Als sie mit ihrer Nummer fertig waren, hüpften sie herab und stellten sich ängstlich abwartend vor Fredberg.

»Herrgott! Soll das Tanz sein?« Seine Stimme stieg zu einem herausfordernden Falsett. »Mit Armen und Beinen wie Clowns herumwackeln, zappeln und Grimassen schneiden! Nennen Sie das tanzen!«

»Es sollte eine… sozusagen eine komische Nummer sein«, versuchte der Ältere von den beiden zu erklären. Er wirkte schüchtern.

»Komisch! Ja, komisch war es! Der Teufel soll mich holen, wenn ich etwas so Komisches in meinem ganzen Leben gesehen habe!«

Er drehte sich wie ein Kreisel im Stuhl herum.

»Oldberg!«, brüllte er. »Müssen wir den Quark haben?«

Der Regisseur streckte seinen Kopf hinter einer Kulisse hervor.

»Wir hatten etwas Ähnliches im Drehbuch«, antwortete er lahm. »Findest du nicht, dass es gut war? Ich glaube wirklich, es wäre eine Idee. Du weißt, Tanz zieht immer. Denk an Fred Astaire und Gene Kelly und Nils Poppe, er hat ja auch früher getanzt...«

»Ja, ja, ja...« Fredberg rieb sich die Nase und studierte die Tänzer. Darauf drehte er sich wieder wie ein Kreisel im Stuhl herum.

»Kamera!«, brüllte er wie ein hungriger Tiger.

Der Wirrwarr im Atelier wurde noch größer, alles rannte herum. Viggo beugte sich zu Inga hinab, die auf einer Kamerakiste saß: »Ich dachte, es sei Oldberg, der Regie führt.«

»Das ist auch der Fall, aber du weißt, wie Sven ist.«

Das wusste Viggo nicht, aber er sah ein, dass er sich ein falsches Bild von dem kleinen Direktor gemacht hatte. Als er mit der Polizei zu tun hatte, wirkte er ängstlich und entgegenkommend bis zur Grenze der Selbstauslöschung. Nun zeigte es sich plötzlich, dass er brüllen konnte wie Metro Goldwyn Mayers berühmter Löwe.

Die Tür hinter ihm wurde aufgerissen, und mit einem Rauschen plissierter Seide schwebte Ulla Severin herein. Mit hastigen Schritten lief sie zu einem der Lehnsessel auf der Bühne und sank darauf nieder. Ein Scheinwerfer suchte sie mit einer Flut flimmernden, weißen Lichts einzufangen, und die zwei Tänzer nahmen eine unnatürlich flotte Position vor ihr ein. Oldberg tauchte auf, rief »Ruhe!« und fügte hinzu: »Wenn du dir bloß angewöhnen könntest, pünktlich zu sein, damit man nicht dauernd auf dich warten muss...«

»Ihr habt doch nicht gewartet. Bin ich vielleicht nicht auf meinem Platz? Mach schon! Man kommt ja ganz aus der Stimmung, wenn man hier herumsitzen muss!«

Inga und Viggo schlichen sich hinaus und machten die Tür hinter sich zu.

»Geht es hier immer so zu?«, fragte er verwirrt.

»Nicht immer, aber gegenwärtig ist Sven ganz außer sich wegen der Zeit, die für den abgesagten Film verloren gegangen ist. Dieser hier wird ohne Proben gedreht, und ich bin froh, dass ich nur eine kleine Rolle habe.«

Eine Tür in dem langen Korridor stand offen, und aus ihr strömte der Duft frisch gekochten Kaffees. Elsa Brundin steckte ihren Kopf heraus. Ihr Haar hatte zur Abwechslung eine tief mahagonibraune Farbe. »Mir war doch, als hätte ich Ihre Stimme gehört, Herr Kommissar. Ja, ja, auf meine fünf Sinne kann ich mich verlassen! Kommen Sie herein in meine Garderobe auf eine kleine Tasse Kaffee.«

Sie öffnete weit die Tür, und sie traten in einen kleinen Raum, der offenbar als Schmink- und Umkleideraum und zur Aufbewahrung leerer Flaschen diente. Elsa Brundins flinke Hände machten rasch ein paar Stühle frei, die mit Paketen und Wäschestücken belegt waren, während sie weiterplapperte: »Hab ich Ihnen nicht gesagt, dass wir uns wieder sehen werden! Ich habe gerade vorhin zu Stig Lindh gesagt, dass dieser Kommissar Bredberg der goldigste Polizist der Welt ist, und wenn er nicht herkommt, hab ich gesagt, dann geh ich zu ihm nach Kungsholmen und bekenne. Bloß um ihn zu treffen, hab ich gesagt. Hier ist alles ein schreckliches Durcheinander. Ich hoffe, Sie entschuldigen, aber, mein Gott, Sie wissen ja, wie das ist, wenn alle hin und her laufen. Setzen Sie sich! Hier bitte, so. Nein, sagen Sie nicht, dass Sie schon Kaffee getrunken haben, da würden Sie mich wirklich kränken ... Nein, nicht diese Tasse, die hat ja keinen Henkel, ich gebe Ihnen eine andere ...«

Sie holte einen Augenblick Atem, und Viggo zündete sich eine Zigarette an.

»Na, und du, Ingachen? Hast am Ende du den Herrn Kommissar mitgebracht? Ich meine doch, ich habe euch im selben Taxi kommen sehen... Ja, ja, wie ich sagte, auf meine fünf Sinne kann ich mich verlassen.«

»Apropos fünf Sinne! Sie sagten, Sie wären hellseherisch veranlagt, Frau Brundin.« Viggo sprach in leichtem Plauderton und zielte mit seiner Zigarette auf den Aschenbecher, verfehlte ihn aber um gute zwei Zentimeter.

»Gewiss, bin ich das. Aber es gibt ja heutzutage keinen Menschen, der daran glaubt. Sie wissen selbst, wie realistisch und skeptisch die Leute geworden sind.«

»Ich habe an Ihre hellseherischen Fähigkeiten gedacht, als Sie sagten, dass Wingman tot sei.«

»Unsinn, vergessen Sie es! Man quatscht so viel zusammen. Ich glaube, ich hatte auch einen kleinen sitzen an dem Abend. Seien Sie nett und vergessen Sie das alles.«

»Fällt mir gar nicht ein«, sagte der goldigste Polizist der Welt. »Sagen Sie mir, warum Sie das geglaubt haben.«

»Ach, das ist eine lange Geschichte...« Sie lehnte sich zurück und ihre Stimme wurde dunkler. »Wissen Sie, ich hatte einmal eine Tante, die hieß Honorine. Ein ausgefallener Name, nicht? Ist das nicht komisch? Ich muss immer lachen, wenn ich diesen Namen höre.«

Inga und Viggo setzten sich zurecht und lauschten der Geschichte über die Tante Honorine, die infolge eines Schlaganfalls während einer Bahnfahrt verschied.

»In derselben Nacht, wissen Sie – und ich schwöre, dass ich nicht wusste, dass sie tot war –, in derselben Nacht sah ich die Tante im Hof. Ich stand am Fenster und sah sie über den Hof kommen mit ihren Reisekoffern, und dachte mir, du lieber Gott, was soll ich jetzt tun? Ich war nämlich auf einer ausgedehnten Feier gewesen und eben heimgekommen, und Sie wissen ja, wie das ist. Ich fühlte mich einfach nicht empfangsbereit. Aber sie trat niemals ein. Ich sah Sie durch die Tür verschwinden und dann geschah absolut nichts. Am nächsten

Tag erhielt ich ein Telegramm, dass sie tot war, und da begriff ich, dass ich eine Vorahnung gehabt hatte.«

»Kommen wir auf Staffan Wingman«, mahnte Viggo rücksichtsvoll. »Wie war es mit ihm?«

»Ja, das war genau die gleiche Sache. Sie wissen, am Abend, nachdem Krister erschossen worden war, da gab es Verhöre und Fragen kreuz und quer, und ich weinte, und wir fanden alle, dass es schrecklich war, und ich konnte nachts nicht schlafen. Ich hatte mich hingelegt und versuchte wenigstens ein paar Stunden in dem verflixten Zimmer in der Pension zu schlafen – ich wohnte damals dort –, aber die Wände waren ja so grässlich dünn, man konnte hören, wenn sich jemand nebenan im Bett umdrehte, ich musste Ohrenpfropfen nehmen, damit ich einschlafen konnte. Aber ich schlief nicht ein, ich stand auf und nahm zwei Tabletten Veronal und spülte sie mit einem Glas Sherry hinunter. Sie wissen ja, wie man sich fühlt, wenn man kein Auge zutun kann. Und dann ging ich und schloss das Fenster. Und da habe ich ihn gesehen.«

Sie machte eine Pause von jener bedeutungsvollen Art, die man in den Theaterschulen der Zwanzigerjahre einstudiert hatte.

»Sie haben Wingman gesehen?«

»Jawohl. Ich sah sein Auto aus der Garage fahren und über den Hof verschwinden.«

»Wie konnten Sie sehen, dass es Wingman war?«

»Ich konnte ihn im Mondschein erkennen, der direkt ins Autofenster leuchtete. Es war seine Tweedjacke und sein helles Haar und seine Brille, die im Mondschein glänzte, das habe ich alles ganz deutlich gesehen. Sie wundern sich natürlich, warum ich nicht Lärm geschlagen habe, denn Staffan wurde ja gesucht. Aber wissen Sie, ich dachte an Tante Honorine. Ich habe eine Vorahnung, dachte ich, es war eine Erscheinung, und Wingman lebt nicht mehr. Jetzt lege ich mich aber hin, etwas beschwipst bin ich auch, dachte ich. Und so legte ich mich ins Bett.«

»Aber wie konnten Sie denn hundertprozentig überzeugt sein, dass es Wingman war, den Sie gesehen haben? Oder Wingmans Geist, besser gesagt?«

»Dafür hatte ich einen bestimmten Grund. Es war nämlich kein Laut vom Auto zu hören. Es glitt bloß heraus und verschwand im Mondschein. Als ich am nächsten Tag erwachte, war ich der Sache natürlich nicht mehr so sicher. Es hätte ja auch ein anderer sein können. Aber ich ging in die Garage und habe nachgesehen, und da stand das Auto. Es gab also keinen Zweifel. Ich hatte eine Erscheinung gehabt, und der arme Staffan war sicher denselben Weg gegangen wie meine Tante Honorine.« Sie wandte sich Inga zu und begegnete ihrem belustigten Blick. »Merken Sie sich eins! Ich habe nicht darum gebeten, das zu erzählen. Aber glauben Sie, was Sie wollen, ich weiß, was ich weiß. Jetzt ist es übrigens Zeit für mich, ich muss ins Atelier.«

Heftig stellte sie die Kaffeetasse nieder und stand auf. »Einen Augenblick, Frau Brundin!« Viggo hielt sie an der Schwelle zurück. »Sie hörten keinen Laut des Automotors, obwohl Sie den Wagen aus der Garage herausgleiten sahen?«

»So ist es. Es wirkte ziemlich gruselig, kann ich Ihnen sagen.«

»Aber sie sagten, die Pension hatte dünne Wände, und Sie schliefen mit Ohrenpfropfen. Haben Sie sie auch in der Nacht angewendet?«

Elsa Brundin legte die Hand an den Mund und atmete stark. »Jetzt, wo Sie es sagen, erinnere ich mich! Komisch, dass ich nicht… Es kann ja doch Staffan gewesen sein, oder? Der lebende Staffan! Aber nein, das stimmt nicht, am Morgen stand ja das Auto in der Garage. Ich begreife das Ganze überhaupt nicht mehr.«

Sie schüttelte ihre dunkelroten Locken und verschwand.

»Ein Telefon!«, sagte Viggo hastig und erhob sich.

»Draußen ist eins. Komm, ich zeige es dir.«

Er wählte die Nummer der Kriminalpolizei und sah Inga ins

Atelier verschwinden, während er auf die Verbindung mit Lövgren wartete.

Dessen Stimme klang irritiert: »Ja, am Apparat. Was sagst du da? Wingmans Auto? Ja, das ist vorhanden, genau wie sein Gepäck. Sollen wir es untersuchen? Es wurde ja nicht gefahren, seit Wingman verschwunden ist und Hermansson ermordet wurde. Ja, ja, ich höre, was du sagst... Jedes Härchen soll genau beachtet werden. Wie ich Bergson kenne, hebt er für dich jedes Staubkörnchen auf. – Nein, wir haben die Sängerin noch nicht gefunden, aber wir wissen, wann sie mit der Bahn eintrifft, 18 Uhr 35 von Süden. Wir haben die Absicht, eine kleine Empfangsdeputation hinzuschicken. Bist du auch dabei? Fein. Weißt du, wie sie aussieht? Komm raus und hol dir eine Fotografie, die wir uns verschafft haben. Gut. Bis dann!«

Als er den Hörer auflegte, hörte er zum zweiten Mal das Rauschen plissierter Seide hinter sich. Ulla Severin sah ihn mit einem kalten Glanz in ihren blauen Augen an, aber ihre Stimme war ungewöhnlich sanft. »Noch hier, Herr Kommissar? Sie sehen ja ganz aufgeregt aus. Haben Sie auf einen Außenseiter gesetzt und gewonnen? Seien Sie nett und trinken Sie eine Tasse Kaffee mit mir, Sie müssen mir über den Mord erzählen. Sind Sie schon weitergekommen?«

Der bloße Gedanke an Kaffee verursachte ihm Übelkeit, aber er folgte ihr in ihre Garderobe.

»Noch immer keine Spur von Staffan?«

»Nein, noch nicht. Was glauben Sie zum Beispiel, wo er sich aufhält?«

»Ich?« Sie blickte vom Kaffeekocher auf. »Lieber Freund, wie sollte ich das ahnen? Wir sind ja nur flüchtige Bekannte, die sich ab und zu auf einer Veranstaltung getroffen haben.«

Es schien ihr sehr wichtig zu sein, ihn davon zu überzeugen. Er sagte plötzlich und scharf: »Sie kennen ihn jedenfalls gut genug, um Eva Rehnfelt vor ihm zu warnen.«

Einen Augenblick zuckte sie zusammen, aber ihr Gesicht zeigte sofort wieder ein Lächeln, das nicht mehr ganz so freundlich war wie zuvor. »Sieh mal an! Ist die kleine Eva auf der Bildfläche erschienen? Sie weiß allerdings tatsächlich einiges mehr, als man ihr ansieht.«

»Weshalb und wie haben Sie Eva Rehnfelt vor Wingman gewarnt?«

»Ich hatte es fast vergessen«, antwortete sie unbekümmert, »aber durch Ihre Erwähnung erinnere ich mich, dass ich ihr wirklich einmal auf einer Party bei Stockenbergs etwas Ähnliches gesagt habe… Es muss fast ein Jahr her sein, glaube ich.«

»Und warum taten Sie das?« Seine Stimme war unnachgiebig.

Sie hob ihre schlanken und wohlgeformten Schultern. »Ein junges Mädchen aus anständiger Familie wie sie, es ist wohl begreiflich, dass man das nicht für besonders passend hielt.«

»Wollen Sie bitte so freundlich sein und genau auf meine Frage antworten. Warum warnten Sie Fräulein Rehnfelt vor Wingman?«

Sie wurde plötzlich ernst. »Wissen Sie das nicht?«

»Nein.«

»Aber um Himmels willen, Staffan ist doch süchtig.«

»Von wem sprechen Sie? Wer ist süchtig?« Die Tür war weit aufgerissen worden und Regisseur Oldberg trat ein, gefolgt von Fredberg und Elsa Brundin. Herr Petrén, der Schwager des Direktors, und Härje Olofsson tauchten in ihrem Kielwasser auf.

»Staffan natürlich«, antwortete Ulla Severin knapp.

»Ja, das weiß wohl jeder. Obwohl niemand davon spricht«, sagte Härje Olofsson und fuhr sich mit der Hand durch seine blonde Mähne.

Viggo lehnte sich im Stuhl zurück und unterdrückte ein unwilliges Murren.

»Sprecht ihr von Staffan?« Es war Stig Lindh, der sich durch die Tür drängte und zu einem Schrank im rückwärtigen Teil des überfüllten Raums ging. Er suchte nach Zigaretten in der

Tasche einer Jacke mit gelben Knöpfen. »Da wir schon darüber sprechen, und der Herr Kommissar hier ist, braucht man ja kein Blatt mehr vor den Mund zu nehmen, Staffan ist…«

»Sag's nur!«, rief Ulla. »Glaubst du, ich weiß nicht, worüber ich spreche? Ich begreife bloß nicht, warum solche Sachen immer totgeschwiegen werden! Wenn einer Narkotika zu missbrauchen beginnt, dann sprechen alle davon in einem Ton, als handle es sich um eine fürchterliche und unaussprechliche Krankheit. Man bedauert ihn, aber keiner würde auf die Idee kommen zu versuchen, ihm aus dem Ganzen herauszuhelfen. Besonders nicht, wenn er Musiker ist! Es wird immer nur getratscht. Das sieht dir ähnlich, Stig, zu kommen und es mit Gequatsche aus der Welt zu schaffen. Jedes Mal, wenn von Staffan die Rede ist, springst du auf und verteidigst ihn. Du bist kein bisschen besser als diese Typen, die bei den Jamsessions mitmachen, mit trüben Augen von Schlafmangel und Marihuana, und die ihre armen Idole bewundern, die sich mit Tabletten und Spritzen in Form halten! Ja, ja, ich weiß, jetzt hast du eine Stinkwut, weil ich das vor dem Kommissar gesagt habe, aber das ist mir egal, ich pfeife auf euch alle!«

Die Tür krachte hinter ihr zu. Lindh stürzte hinter ihr her und riss die Tür auf. »Ulla, beruhige dich! Ulla!«

Beide verschwanden, und man konnte Ullas dünne, hohe Absätze auf dem harten Linoleumteppich des Korridors davonklappern hören. Eine ganze Heerschar von Engeln wanderte durch den Raum, ehe Viggo bemerkte: »Es war also allgemein bekannt, dass Wingman süchtig ist.«

»Tja, ja, möglich«, murmelte Fredberg.

Elsa Brundin bekräftigte nuschelnd, dass sie es wusste und Härje Olofsson nickte stumm.

»Klar, dass man es geahnt hat«, sagte Oldberg, »aber es ist schon so, wie Ulla sagte, man spricht nicht offen darüber.«

»Ich wusste wie gewöhnlich nichts«, sagte Petrén mit einem scheuen Lächeln. »Ich bin in diesem Metier nicht so gut bewandert. Wissen Sie, Herr Kommissar, die Filmerei ist mein privates kleines Hobby, und ich lasse mir nie eine Einspielung entgehen, wenn ich Gelegenheit dazu habe.«

Elsa Brundin wirkte erleichtert über seinen Versuch, das Gesprächsthema zu wechseln, und hakte ein. »Direktor Petrén hat sogar ein paar Kurzfilme gemacht, und die sind so eigenartig, dass keiner sie begreift. Hieß nicht einer von ihnen ›Menschen im Zwielicht‹? Ha, du lieber Himmel, er war gewiss künstlerisch über alle Maßen, aber er ging über meinen Horizont.«

Das Gespräch versickerte im Sand der Gleichgültigkeit und Viggo stand auf. Sonja Wallén sollte um halb sieben ankommen, und er musste vorher noch zur Kriminalpolizei, um ein Foto von ihr abzuholen. Er fühlte sich plötzlich hungrig und hoffte, das Verhör mit der Sängerin mit einem Abendessen verbinden zu können.

»Adieu und danke für den Kaffee«, sagte er ziemlich brüsk und verschwand hinaus.

Elsa Brundin rief ihm nach: »Noch eine kleine Tasse, Herr Kommissar! Müssen Sie wirklich schon gehen?«

Aber niemand anderer schien Lust zu verspüren, ihn zu einer Verlängerung seines Besuchs zu ermuntern.

Das Foto zeigte ein Mädchen mit sentimentaler Miene und blondem, langem Haar. Die Uhr stand auf zwanzig vor sieben, als die ersten Reisenden in die Ankunftshalle zu tröpfeln begannen. Viggo schärfte seine Aufmerksamkeit, aber alle Mädchen schienen plötzlich mausgraues Haar und hervorstehende Zähne zu haben. Der Strom der Passanten wurde dichter und als er sie erblickte, zögerte er keine Sekunde, obwohl sie eigentlich nicht viel mit dem Mädchen auf dem Foto gemeinsam hatte. Das Haar war kürzer und lockiger, das Gesicht wirkte bestimmt und frisch. Sie hatte dunkle, grau-grüne Augen und einige Sommersprossen auf der Nase.

»Fräulein Wallén?«, fragte er und trat von der Seite an die kleine Gestalt in dem roten Gabardinekostüm heran.

»Ja… Sie wünschen?«

Er stellte sich vor und bat um ein Gespräch.

»Aber ich weiß ebenso wenig wie Sie, wo Staffan ist. Sie suchen doch wohl nach ihm, nehme ich an.«

Sie schien wegen des Musikers nicht übertrieben bekümmert zu sein, willigte aber ein, mit Viggo Abend essen zu gehen.

»Was würden Sie zu Trianon sagen?«

Sie hatte gegen das Restaurant nichts einzuwenden. Als sie dort die Abendsonne auf den Wogen des Strömmen glitzern sahen und der Kellner ihre Bestellung aufgenommen hatte, wurde ihm klar, dass der Buchhalter des Kriminalamts Grund haben würde, das liebe, alte Thema »Allgemeine Unkosten« in die Debatte aufzunehmen. Sonja Wallén hatte einen gesunden Appetit und einen beträchtlichen Durst.

Sie war vollkommen anders, als er sie sich vorgestellt hatte. Sie wirkte selbstsicher, ohne einen hart gekochten oder besonders kaltschnäuzigen Eindruck zu machen. Mit einer gewissen ruhigen Nonchalance beantwortete sie seine Fragen über ihr Verhältnis zu dem Musiker. Sie waren niemals verlobt gewesen, das war nur eine Erfindung, aber sie wolle keineswegs leugnen, dass die Geschichte zwischen ihnen einen recht ernsten Charakter hatte. Nach seiner Englandreise waren sie auseinander gegangen.

»Er war ein halbes Jahr weg, und so fest war ich nicht an ihn gebunden. Als er zurückkam, merkten wir, dass wir uns nicht mehr viel zu sagen hatten. Außerdem hatte er ein hübsches Mädchen bei sich.«

»Aber Anfang Mai haben Sie die Verbindung wieder aufgenommen, nicht?«

»Was Sie alles wissen! Ja, man könnte sagen, dass die halb verdorrte Blume wieder ein bisschen aufzublühen begann. Ich fuhr sogar hinaus und besuchte ihn bei den Filmaufnahmen. Ich dachte dabei auch an ein paar schöne Tage am Meer, ich fahre gern Wasserski. Aber daraus wurde nichts. Nicht nur aus dem Wasserski. Ich fuhr wieder zurück. Aufrichtig gesagt, wir wurden etwas... wie soll ich sagen... wir fanden uns gegenseitig irritierend.«

»Zank?«, fragte Viggo, auf ihren leichten Ton eingehend.

»Ach nein, so ernst war es diesmal gar nicht. Wir waren einfach nicht mehr so engagiert, ich meine, weder himmelhoch jauchzend noch zu Tode betrübt, lauwarm. Die Temperatur liegt mir nicht. Gemecker über Kleinigkeiten und so. Ich wollte einen ruhigen Urlaub haben und deshalb türmte ich.«

Sie waren beim Hauptgericht angelangt. Kaltes Roastbeef, das appetitlich rot zwischen fransigen Salatblättern leuchtete. Als der Oberkellner beiden eingeschenkt hatte, erst Viggo einen Schluck, dann der Dame, und dann wieder dem Herrn – eine Prozedur, die sich unendlich in die Länge zog –, nahm Viggo den Faden wieder auf. »Was wollte Staffan, als er in der Nacht vor dem Mord zu Ihnen kam?«

Es war möglich, dass sie eine Sekunde zusammenzuckte, aber er hätte nicht darauf schwören können. Sie sah ihn prüfend an, als wolle sie herausfinden, ob er bluffe oder nicht, und antwortete schließlich: »Nichts Besonderes, er kam bloß herein.«

»War er erregt?«

»Nein, davon habe ich nichts bemerkt. Er wirkte vollkommen normal. Ich schickte ihn wieder hinaus. Ich war, wie gesagt, ein bisschen... Ja, ich wollte nicht mehr.«

»Er hatte Pyjama und Bademantel an, nicht wahr?«

»Ich verstehe gar nicht, warum Sie fragen, Sie scheinen ja sowieso alles zu wissen.«

Sie sah zum Fenster hinaus und folgte mit den Blicken dem Gleitflug der Möwen, aber er war sicher, dass ihr viel im Kopf herumging. Wahrscheinlich grübelte sie darüber nach, wie er das wissen konnte.

»Wie spät war es, als er kam?«

»Ich weiß es nicht.«

Sie schnitt eine kleine Grimasse. Es fiel ihm auf, dass ihr

Gesicht nicht direkt schön war, aber sie gewann bei näherer Bekanntschaft. Auch ihre Haut war unter der dicken Schicht von Schminke und Puder nicht gleichmäßig.

»Schliefen Sie?«

»Nein, ich war wach, als er kam. Warum fragen Sie?« Sie nahm ihr Besteck auf und spießte eine kleine Zwiebel auf die Gabel.

»Waren Sie allein?«

Messer und Gabel fielen klappernd auf das Porzellan, und zum ersten Mal reagierte sie spontan. »Also, hören Sie! Ich pflege wirklich nicht…«

Er war nicht so sicher, dass das stimmte, aber er winkte begütigend mit der Hand ab. »Es war nur ein Einfall.«

»Sonderbare Einfälle haben Sie, finde ich. Wer zum Kuckuck sollte denn mitten in der Nacht bei mir sein?«

Viggo zog sein Notizbuch hervor und blätterte, bis er eine voll gekritzelte Seite fand.

»Elsa Brundin, Härje Olofsson, Ake Petrén oder Stig Lindh, um nur ein paar Beispiele zu erwähnen. Oder Herr und Frau Billström von Växjö, Redakteure, Salomonsson, Lidköping, Veterinär, und Frau Svenér aus Huvudsta… wie Sie sehen, hätten Sie eine ganze Cocktailparty bei sich haben können.«

»Was sind das für Leute? Billström, Salomonsson… nie gehört.«

»Das sind Leute, die in der Pension gewohnt haben. Vergessen Sie die Sache. Darf ich mit Ihnen anstoßen?«

Sie hob ihr Glas und lächelte ein blitzendes, mechanisches Lächeln. Sie verzehrten schweigend ihr Essen, und Viggo bestellte Kaffee.

»Es ist mir unverständlich, warum Sie sich dafür interessieren, was Staffan von mir wollte. Ich habe das Gefühl, dass ich über sein Verschwinden weniger weiß als Sie. Als dieser arme Junge erschossen wurde und Staffan verschwand, befand ich mich im Hotel Standard in Nyköping und schrieb mich ins

Gästebuch ein. Das wissen Sie übrigens.« Sie gestikulierte mit ihren kleinen, braun gebrannten Händen.

»Das weiß ich«, antwortete Viggo langsam, »aber es gibt eine Menge Dinge, die ich nicht weiß, und Sie täten meiner Meinung nach gut daran, mit ihnen herauszurücken.«

»Womit zum Beispiel?« Ihre Stimme war jetzt herber.

»Sie werden schon selbst darauf kommen.«

»Herr Kommissar Bredberg, drücken Sie sich gefälligst etwas deutlicher aus. Ich finde, Sie sind ein sehr seltsamer kriminalistischer Kauz. Meistens machen Sie den Eindruck eines Nachtwandlers und wenn Sie am wachsten sind, scheinen Sie an etwas ganz anderes zu denken, als Sie sagen. Sie haben etwas Bestimmtes im Sinn, aber was es ist, übersteigt mein Fassungsvermögen.«

Er war nicht davon überzeugt, dass ihre Unwissenheit echt war, aber er ging darauf nicht ein und fragte stattdessen: »Warum kam es zum Bruch zwischen Ihnen und Wingman? War es wegen seiner Drogensucht?«

Sie warf einen raschen grau-grünen Blick auf ihn, in dessen Tiefe eine gefährliche Kälte lauerte. »Nein, das war seine alleinige Angelegenheit. Wir sind einander überdrüssig geworden, basta.«

»Noch eine Frage: Was sagte Wingman zu Ihnen, als er nachts in Ihr Zimmer kam?«

»Sie meinen die Nacht zum Donnerstag, nicht? Ich habe keine Ahnung mehr, was er gesagt hat. Wenn ich mich erinnern könnte, würde ich es Ihnen mit goldenen Buchstaben in Ihr Notizbuch schreiben. Aber es ist mir völlig rätselhaft, was das für eine Bedeutung haben soll.«

»Kümmern Sie sich nicht darum.«

Sie trank ihren Kaffee sehr heiß und sagte, dass sie Eile habe. Viggo bezahlte und als er dabei war, die Rechnung in seine Brieftasche zu stecken, hatte sie sich bereits erhoben. Sie wirkte auffallend abgekühlt und nahm sich nicht einmal Zeit, in der Garderobe ihre Nase zu pudern.

Auf der Straße lehnten zwei Halbstarke in Jeans über einem Motorrad. Der eine stieß einen Pfiff aus und sagte: »Sieh dir die an! Die ist ja scharf!«

»Halt die Klappe! Das ist Sonja Wallén...«

Er erhielt von der Bewunderten ein hastig aufgesetztes Bühnenlächeln als Antwort, bevor sie sich umwandte, um zu sehen, ob das Taxi gekommen war. Es dauerte ein wenig. Zögernd sagte sie: »Ich würde Ihnen gerne helfen, wenn ich könnte...«

Das würdest du nicht, du Schlange, dachte Viggo.

»...aber Tatsache ist, dass diese Sache für mich ebenso unbegreiflich ist, wie... wie stereoskopische Musik.«

Der Vergleich war nicht schlecht, und er lächelte. »Sie müssen sich wohl darauf gefasst machen, über die Nacht zum Donnerstag noch mehrere Male verhört zu werden. Sie täten gut daran, sich zu erinnern, was wirklich geschehen ist.«

Zum ersten Mal sah sie ein wenig verängstigt aus, aber ihre Stimme überschlug sich in einer plötzlichen und unbeherrschten Wut: »Ich habe ja gesagt, dass nichts geschehen ist! Sie können sich doch nicht ununterbrochen an etwas festbeißen, das nicht die geringste Bedeutung hat! Staffan wurde doch nicht in der Nacht... verschwunden!«

»Staffan wurde nicht was?«

»Er verschwand nicht in der Nacht, sagte ich.«

»Nein, Sie wollten etwas anderes sagen.« Seine Miene wurde hart und gespannt.

»Ach, ich rede manchmal so«, erwiderte sie ruhiger, »das kommt davon, dass ich so viel im Ausland bin. Wenn ich mich aufrege, rutschen mir falsche Wendungen heraus.«

Das Taxi bremste vor ihnen, der Chauffeur streckte den Arm heraus und öffnete die Tür hinter sich. Sie drückte Viggos Hand und lächelte eine neue Art Lächeln, schulmädchenhaft lieb, wie sie es vielleicht vor zehn, fünfzehn Jahren getan hatte. Nun gehörte es nicht mehr zu ihrem Gesicht.

»Besten Dank jedenfalls für die Einladung.«

»Bitte, bitte, geht auf Kosten meiner Firma.«

Das Auto startete. Sie winkte mit einer schwarz behandschuhten Hand.

Große Wolken waren am westlichen Horizont aufgestiegen, und Viggo machte sich auf den Weg. Während er mit langen Schritten die Brücke über den Strömmen überquerte, probte er verschiedene Wendungen auf der Zunge aus. »Er ist verschwunden, er verschwand, he disappeared, he has disappeared…«

Ins Französische erstreckten sich seine Kenntnisse nicht, aber er war ziemlich sicher, dass auch die Franzosen das Verb »verschwinden« im Passiv verwendeten.

9

»Ich habe wahrscheinlich ein Magengeschwür«, meldete Lövgren, sobald Viggo die Tür seines Dienstzimmers hinter sich geschlossen hatte. »Ich habe heute mit dem Arzt gesprochen.«

»Du solltest nicht so viele Äpfel in dich hineinstopfen«, antwortete Viggo und sank in das braune Ledersofa, über dem der Mehrfarbendruck von Stockholm in der Vasazeit hing, rekonstruiert nach der Perspektive von Merian und Hogenberg.

»Das hier sind keine Äpfel!« Lövgren hielt eine gelb-rote Frucht hoch, die eine klaffende Wunde nach einem kräftigen Biss hatte. »Das hier sind Pfirsiche. Ich bin zu ihnen übergegangen. Der Arzt hat gesagt, ich muss strenge Diät halten. Absolut keine Äpfel mehr.«

Er seufzte schwer und begann zu essen. Als er den Kern freigelegt hatte, nahm er ihn vorsichtig zwischen Daumen und Zeigefinger und schleuderte ihn zum Papierkorb. Der Kern beschrieb einen eleganten Bogen und landete mit einem Plumps auf dem leeren Boden des Korbes.

»Na ja, sie schmecken etwas weichlich, aber wenn man sie mit Äpfeln vergleicht, haben Pfirsiche definitiv mehr Schwung und Balance, was das Werfen betrifft.«

Er stand auf und sah Viggo an. »Sag mir ehrlich, Bredberg, sehe ich aus wie ein Gibbonaffe?«

»Gibbonaffe?«

»Genau.«

Viggo zögerte und studierte eingehend die schwere, etwas

gedrungene Gestalt in tadellos gebügeltem, grauem Flanell. Zum ersten Mal bemerkte er, dass Lövgren die Knie etwas gebeugt hielt und dass seine Arme ungewöhnlich lang waren.

»Es ist mir nicht hundertprozentig klar, wie ein Gibbonaffe aussieht«, antwortete er sinnend, »aber ich glaube, dass dich mehrere Dinge von einem solchen Exemplar unterscheiden. Wieso übrigens?«

»Ich war heute bei diesem Klarinettisten draußen, den wir wegen Wingman ein bisschen in die Zange nehmen sollten. Er kam nachmittags in Stockholm an, und ich gab ihm zwei Stunden Zeit, auszupacken. Dann stand ich vor seiner Tür und läutete. Er öffnete sofort. Er ist ein kleiner, dunkelhaariger Kerl, bleichgesichtig, und nach Alkohol hat er gestunken wie…« Er suchte vergeblich nach einem Vergleich, der es mit der Wirklichkeit aufnehmen konnte.

»Schön«, sagte Viggo. »Er stank nach Alkohol und da hast du gesagt: ›Guten Tag, wir kommen von der Kriminalpolizei und wir wollen…‹«

»Gerade das habe ich nicht gesagt, siehst du. Du hast selber behauptet, dass es falsch ist, bei jeder passenden und unpassenden Gelegenheit mit der Polizeimarke zu winken. Ich sagte also nur: ›Mein Name ist Lövgren, darf ich um eine Unterredung bitten?‹ ›Um was handelt es sich?‹, hat er gefragt. ›Es handelt sich um Ihren guten Freund Staffan Wingman‹, sagte ich. Und weißt du, was dann geschah?«

»Keine Ahnung.«

»Er brüllte mich an. ›Geh zur Hölle, du langhaariger Gibbonaffe!‹, schrie er aus voller Kehle. Und dann knallte er mir die Tür vor der Nase zu. Er reagierte auf kein einziges Klingelzeichen mehr.« Lövgren seufzte. »›Geh zur Hölle, du langhaariger Gibbonaffe!‹ Hast du schon so etwas gehört? Weißt du, was ich daraufhin machte?«

»Du bist zum Friseur gegangen und hast dir die Haare schneiden lassen.«

»Ich bin hierher gefahren«, setzte Lövgren unbeirrt fort,

»und habe ihm zwei Burschen auf den Hals geschickt, und eine halbe Stunde später hatte ich ihn hier…« Er zeigte auf den Besucherstuhl. »…gerade hier vor mir, und da hättest du andere Töne hören können. Vor lauter Schreck war er total nüchtern geworden und so entgegenkommend, dass es direkt rührend war. Das heißt, wenn er etwas zu sagen gehabt hätte. Aber er wusste rein gar nichts.«

Nach einer Pause, in der man das laute Ticken der Wanduhr hörte, fragte Viggo vorsichtig: »Was hat er denn über Wingmans Narkotikamissbrauch gesagt?«

Es war, als hätte er ein Zündholz in einen Benzinbehälter geworfen. Lövgren fuhr vom Stuhl empor. »Was sagst du? Narkotika? Hättest du nicht früher damit kommen können? Wer hat das gesagt?«

»Das weiß offensichtlich alle Welt, außer der Polizei, da Wingman niemals bestraft worden ist oder zwecks Entzug in einer Anstalt war. Alle schweigen darüber wie Verschwörer, aus Solidarität, verstehst du.«

»Ach so, aus Solidarität, das kann man sich ja leicht ausrechnen. Sonnenklar ist das. Ja, ja, solche Geschichten kennt man ja. Wenn ich bloß diesen Wingman hier hätte, dann würde ich alles aus ihm herausholen. Er hatte natürlich einige schmutzige Geschäfte in dieser Branche, und jetzt brennt ihm der Boden unter den Füßen. Der Junge, dieser Hermansson, wusste etwas davon. Das ist meine Theorie.«

»Das glaube ich nicht«, sagte Viggo, und er wusste, dass auch Lövgren das nicht glaubte. Er suchte nach Zündhölzern in seinen Taschen und erwischte eine Schachtel mit der Reklame des Trianon auf der Vorderseite. Lövgren griff nach der Schachtel, nachdem Viggo die Zigarette angezündet hatte.

»Ach so, du bist mit dieser Sonja Wallén aus gewesen? Hast du die Narkotikageschichte von ihr?«

»Nein, ich hab sie von Ulla Severin und den andern Filmleuten. Aber Sonja Wallén hat es nicht bestritten.«

»Ich habe die ganze Zeit geahnt, dass der Musiker eine

halbseidene Figur ist. Auch wenn er Hermansson nicht erschossen hat, kann ich genügend Material gegen ihn sammeln, dass ihm ein längerer Aufenthalt hinter schwedischen Gardinen sicher ist.«

»Es ist lange her, seit man einem toten Mann den Prozess gemacht hat«, antwortete Viggo sanft. »Im Mittelalter ging das gut. Sten Sture, der Jüngere, war einer der Letzten, die auf diese Weise ins Kittchen wanderten, das heißt, nicht mehr wanderten.«

»Du glaubst also, dass er tot ist.«

»Ja.«

»Und du meinst immer noch, dass Hermansson und Wingman gleichzeitig erschossen wurden? Ja, ja, das ist nicht undenkbar, aber beweise es... Man kann nicht so schnell reagieren, denk daran. Vor dem Haus war ein ganzer Haufen von Filmleuten, die jeden Augenblick Alarm schlagen konnten. Dass er es dennoch gewagt hat, Hermansson zu erschießen, das haben wir gesehen. Aber zwei – das war einfach zu viel für ihn.«

»Es geht sehr rasch, einen Menschen zu töten«, sagte Viggo dozierend. »Während des Stockholmer Blutbades, zum Beispiel, wurden zweiundachtzig Menschen an einem Tag geköpft. Man hat ausgerechnet, dass man dreißig Köpfe in der Stunde erledigte, das macht jede zweite Minute einen Kopf.«

»Verschone mich, um Himmels willen«, stöhnte Lövgren. »Mir scheint, du liest abends wieder historische Abhandlungen. Berichte lieber, was du heute ausgerichtet hast, und lass nicht ein Wörtchen aus, das jemand gesagt hat.«

Er setzte sich auf den Stuhl hinter dem braun gebeizten und zerkratzten Schreibtisch, nahm einen Pfirsich aus einer Tüte und biss hinein. Viggo unterhielt ihn mit seinen Erlebnissen, wahrheitsgemäß und ohne etwas zu überspringen – außer die Episode, die sich auf der Treppe des Hinterhauses Drottninggatan 77 abgespielt hatte.

Als er Lövgren verließ, war dieser in den Stuhl und in tief

schürfendes Nachdenken gesunken. Am Anfang ihrer Bekanntschaft hatte Viggo Lövgrens Fähigkeiten unterschätzt. Der kleine Mann, der von Fall zu Fall als Leiter des Kommissariats fungierte, war alles andere als ein Dummkopf, aber aus irgendeinem Grund zog er es vor, seinen Intellekt unter einer Maske von Beschränktheit und tölpelhaftem Draufgängertum zu verbergen. Man konnte immer davon ausgehen, dass er selbst an die Theorien, die er produzierte, nicht glaubte. Er hütete sich wohl, seine heimlichen Überlegungen zu enthüllen, besonders vor seinen nächsten Mitarbeitern. Aber statt zu schweigen, redete er drauflos und lockte dadurch die andern, ihre Kenntnisse und Fähigkeiten hervorzukehren und ihn zu unterschätzen.

Er war ein Vollblutegoist, und Viggo zweifelte keinen Augenblick daran, dass er regulärer Kommissariatsleiter werden würde.

Eine Tür im Korridor wurde plötzlich vor ihm geöffnet, und er blieb mit einem Ruck stehen. Aus der Tür trat eine Gestalt, die sein Herz zum Flattern brachte.

»Halt! Inga, warte!«

Sie blieb stehen und drehte sich um. Sie trug ein türkisfarbenes Seidentuch über dem Haar und ein graues Kleid, das sich so eng an ihren Körper schmiegte, dass man nach Luft schnappen musste.

»Kneif mich in den Arm! Bist du es wirklich?«

»Dreidimensional«, antwortete sie trocken. »Du hast mir ja persönlich aufgetragen, meine Beobachtungen auf der Kriminalpolizei zu melden, und das habe ich getan. Der Wachtmeister, der das Ganze aufgeschrieben hat, war nicht gerade so feinfühlig wie du, aber es müsste wohl ein Wunder geschehen, wenn ihr aus meinen nächtlichen Erlebnissen Nutzen ziehen könntet.«

Er erklärte ihr, dass er um Gottes willen doch nicht gemeint habe, sie solle es jemand anderem melden als ihm, er hätte es gern selbst niedergeschrieben und von ihr vorschriftsmäßig unterschreiben lassen.

»Diese Vorschrift ist jedenfalls bereits erfüllt worden«, sagte sie und nickte ihm zu. »Adieu, Viggo. Wir sehen uns gelegentlich.«

Das klang nicht sehr herzlich und überzeugend, und er fühlte, dass infolge seiner Plumpheit ein Tief mit Kaltluft und Regen im Anzug war. Er war sich bewusst, dass er sich wie ein Schuljunge benahm, aber er konnte den aus ihm hervorbrechenden Wortstrom nicht bändigen: »Nein, geh nicht, Inga! Übrigens ja, ich geh mit! Wo willst du hin? Nach Hause? Musst du nach Hause? Können wir nicht irgendwohin gehen? Ich muss unbedingt mit dir sprechen… nur über den Mord, mein Wort!«

Sie war eigensinnig, aber nicht unnachgiebig. Zuletzt hatte er sie zur nächsten Taxistation gelotst und zeigte auf die Gewitterwolken, die sich über den Bäumen des Parks bei der Piperska Muren zusammenzogen.

»Gleich geht's los«, sagte er und half ihr in den Fond eines freien Taxis. »Drottninggatan 77.«

»Nein«, protestierte sie, »was fällt dir ein! Ich fahre heim!«

»Das ist kein Wetter nach Gärdet hinauszufahren. Drottninggatan 77.«

Als der große Chevrolet in die Hantverkargatan einbog, fielen die ersten schweren Regentropfen auf das Dach.

»Na, wobei bleibt's denn?«, fragte der Chauffeur.

Über dem Tegelbaksviadukt sahen sie aus den Wolkenmassen einen blendend weißen Blitz hervorschießen, und einen Augenblick schien die Welt in einem einzigen weiß schwirrenden Licht zu liegen. Der Krach folgte unmittelbar. Viggo fühlte plötzlich eine Hand, die zitternd auf sein Knie flog, und er umfasste sie rasch mit der seinen, bevor sie wieder verschwinden konnte.

»So was hab ich noch nicht gesehen«, stieß der Chauffeur hervor und schob seine Kappe in den Nacken.

Es blieb bei Drottninggatan 77. Sie kamen in die Wohnung hinauf und gingen ins Wohnzimmer, ohne die Überkleider abzulegen. Sie blieben vor dem Fenster in dem dunklen Raum stehen und sahen hinauf zu dem kleinen Stück schwarzen Himmel, das zwischen den zackigen Konturen der Dächer und Schornsteine sichtbar war. Blitze, weiß-blau und manchmal fast grünlich, zuckten durch die Luft. Der Donner kam anfangs wie schweres Geschützfeuer, allmählich entfernter und mit lang gezogenem Poltern, als würde jemand leere Fässer über einen großen Steinboden rollen.

»Uh, das ist schauerlich«, schüttelte sie sich. »Ich habe früher nie Angst vor Gewitter gehabt, aber so etwas habe ich noch nie erlebt.«

Sacht zog sie sich vom Fenster zurück und ging ins Vorzimmer, um Kopftuch und Handschuhe abzulegen. Viggo blieb stehen, fasziniert und ohne daran zu denken, dass er ihr behilflich sein, das Licht anzünden und charmant sein sollte. Der Regen hatte nun erst richtig begonnen. Große, dicke Tropfen platschten auf den Zementboden des Hofes, dann hörte man das Strömen des starken Regens, der das Geräusch der Autos und Busse übertönte. Nach einer Weile stand eine Mauer von Wasser vor dem Fenster. Die Lichtreflexe von den Fenstern und Treppenaufgängen schwammen wie glitzernde Sterne im Wasser des Hofes. Es rauschte und gurgelte in den rostigen Abflussrohren.

»Viggo!« Inga rief und flüsterte gleichzeitig.

Er drehte sich blitzschnell um, denn es war wirklich Unruhe in ihrer Stimme, nicht nur harmloser Gewitterschreck.

»Komm! Da draußen ist was los.«

Er eilte zu ihr hin. Sie stand vor der Eingangstür, die Hand mit dem Kamm im Haar und horchte gespannt.

»Hörst du?«, flüsterte sie. »Das Schloss! Jemand will herein, aber…«

Der Schlüssel verhakte sich wie gewöhnlich. Es dauerte ein paar Sekunden, bevor Viggo die Tür aufbekam, und während der Zeit hörte er Schritte, die davoneilten. Als er hinauskam, sah er sofort im Licht, das aus dem Vorzimmer kam, nasse

Spuren, die zur Dachbodentreppe führten. Er war mit zwei Sprüngen bei der Bodentür, die vor ihm zuschlug. Einen Augenblick zögerte er – es konnte natürlich einer der Mieter sein, der etwas auf dem Boden zu tun hatte. Er stieß die schwere Eisentür auf und blickte hinein. Drin war es pechschwarz.

»Ist jemand da?«, rief er. Er bekam keine Antwort, aber die Stille war undurchdringlich. Irgendwo in der Finsternis hörte er einen zurückgehaltenen Atemzug. Es wirkte, als würde jemand, der gelaufen ist, versuchen, ein atemloses Keuchen zurückzuhalten. Eine Sache war klar: kein harmloser Mieter, der etwas Rechtmäßiges auf dem Boden zu tun hatte, würde sich im Dunkel verbergen und nicht auf einen Anruf antworten.

Viggo tastete nach dem Schalter an der Wand, erinnerte sich jedoch, dass er an der anderen Seite der Tür saß – eine ungewöhnlich ungünstige Stelle für einen Schalter, dachte er, passend zu allen anderen altmodischen Idioten in diesem verdammten Haus!

Entschlossen und so leise wie möglich glitt er durch die Tür hinein und tastete die raue Mauer entlang, bis er den Schalter unter den Fingern fühlte. Er schaltete ihn ein und fast im gleichen Moment fiel der Schlag.

Es war kein besonders harter Schlag, aber er streifte ihn über dem rechten Auge und machte ihn für eine Sekunde blind. Der nächste Schlag explodierte auf der Kinnspitze. Er hatte das Gefühl, dass ein eiserner Hammer ihm die Kiefer zusammendrückte, und es flimmerte ihm hellrot vor den Augen. Bevor alles schwarz wurde, hörte er den Schrei einer Frau, grell und lang gezogen.

Das Letzte, das er wahrnahm, war, dass sein Kopf hart auf den Steinboden aufschlug.

10

Das Gesicht über ihm wogte auf und ab, verschwommen in den Konturen, als würde er es in einem Wasserspiegel sehen. Er schloss die Augen wieder und als er das nächste Mal aufblickte, hatten die Bewegungen aufgehört. Das Gesicht befand sich ganz nahe an seinen, und er fühlte einen schwachen Parfümduft.

Braune Augen, braunes, weiches Haar, das seine Nase kitzelte – mit einem Ruck kam die Besinnung zurück.

»Inga«, murmelte er mit schwerer Zunge, »geh weg von hier… Es steht einer hinter der Tür… der schlägt zu…«

Er versuchte den Kopf zu heben, aber da wurde ihr Gesicht wieder schwarz und begann aufs Neue heftig zu schaukeln.

»Es steht niemand hinter der Tür, lieber Viggo. Oh, du… wach auf!«

Ihre Stimme brach mit einem Schluchzen ab, worauf sein schmerzender Kopf sich zu klären begann. Er setzte sich auf, und der ganze Dachboden machte einen Salto mortale. Nachdem sich alles wieder stabilisiert hatte, konnte er ihr zulächeln. »Keine Angst, Kleines!«

Sie kniete neben ihm, und nichts war natürlicher, als sie an sich zu ziehen. Er sandte dem Unbekannten, der ihn niedergeboxt hatte, einen warmen Gedanken voll Dankbarkeit, als er die zitternden Lippen küsste. Er hätte es sicher nicht gewagt, sie zu küssen, bevor die Untersuchung vorbei war, wenn ihn nicht ein unbekannter Wohltäter in die überlegen tragische Situation eines geschlagenen Helden versetzt hätte.

»Was ist denn geschehen? Viggo?«

»Hast du es nicht gesehen? Ich dachte, ich hätte dich schreien hören.« Mit einem Ruck kam er auf die Beine, schwankend wie ein Flaggenmast.

»Nein, ich habe nichts gesehen. Ich bin unten in der Wohnung geblieben, als du die Treppe hinaufgesprungen bist. Aber ich habe eine Frau hier oben schreien hören, gerade als die Tür hinter dir zugefallen ist. Ich bin heraufgelaufen, aber es hat eine Ewigkeit gedauert, bis ich die Eisentür aufbekommen habe, und dann fand ich dich hier auf dem Boden liegen.«

»Hast du jemand gesehen, der die Treppen hinunterlief?«

»Nein, niemand.«

»Die sind wahrscheinlich über den Dachboden in einen anderen Treppenaufgang verschwunden. Es hat wohl keinen Zweck zu versuchen, sie zu erwischen.«

»Wer kann denn das gewesen sein? Waren es zwei?«

»Ja. Den Schrei hat eine Frau ausgestoßen, aber es war weiß Gott keine weiche Frauenhand, die auf mich losging.«

Inga trieb den Kater, der abwartend auf der Schwelle der Eingangstür saß, in die Wohnung zurück, und sie gingen hinein. Sie war außer sich vor Sorge und wollte einen Arzt herbeirufen, aber er wehrte ab.

»Er hat mir ein probates Schlafmittel versetzt, aber jetzt bin ich wieder vollkommen in Ordnung. Etwas Whisky ist die einzige Medizin, die mir ein vernünftiger Arzt verordnen würde, glaube ich.«

Sie bestand darauf, dass er sich aufs Sofa legte, während sie Flasche und Gläser nach seinen Anweisungen hervorholte.

»Wer, glaubst du, war es, Viggo? Hast du ihn nicht gesehen?«

»Ich bin nicht dazugekommen, etwas zu sehen, aber der Kinnhaken schmeckte nach Patterson. Oder möglicherweise nach Bubi Scholz, aber ich glaube nicht, dass er jetzt noch den Mumm in sich hat.«

»Mach keine Witze darüber. Er hätte dich ja erschlagen können. Willst du nicht die Polizei anrufen?«

»Jeder sein eigener Polizist heißt meine Devise.«

»Ach ja, ich hab ganz vergessen, dass das dein Metier ist.«

Sie führte das Glas an seine Lippen, und er stellte fest, dass das die unschlagbar beste Art war, Whisky zu trinken.

»Halt! Mein Kopf funktioniert wieder!« Er setzte sich rasch auf. »Du hast also auch eine Frau schreien hören, nicht?«

Inga nickte. »Ja, ganz deutlich. ›Nein, lass, tu's nicht‹, hat sie geschrien. Ihr Dialekt war dänisch, wenn ich mich nicht täusche.«

»Du täuschst dich nicht, Liebling. Es war eine kleine, nette Frau, dessen bin ich sicher.«

»Du weißt also, wer sie ist?«

»Ja, eine Dänin, aber für gewöhnlich spricht sie dialektfrei. In der Aufregung scheint sie in ihre Muttersprache verfallen zu sein«, antwortete Viggo und schwang die Beine über den Sofarand. Er rieb sich das schmerzende Kinn und befühlte vorsichtig mit den Fingerspitzen die Brauen des rechten Auges.

»Wirst du versuchen sie zu finden?«

»Genau«, erwiderte er fröhlich. »Ich werde mit dem Herrn sprechen, der auf mich eingedroschen hat. Er hat einiges über Krister Hermansson zu berichten. Aber wir wollen ihnen eine Stunde Zeit lassen, ihre eigenen Angelegenheiten aufzuklären, findest du nicht?«

»Ich verstehe überhaupt nichts, aber darauf legst du wohl auch keinen Wert.«

Vor dem Vorzimmerspiegel legte sie ihr Seidentuch wieder um und zog ihre Handschuhe an, während Viggo nach einem Taxi telefonierte. Er kam mit einem schwarzen Regenschirm heraus, der ihr dünnes Kleid schützen sollte, während sie über den Hof gingen. Dann rannte er mit ihr die Treppen in einem

Tempo hinunter, das nicht für Pfennigabsätze berechnet war. Draußen war der Regen in ein monotones Tropfen von einem düsteren und tintenschwarzen Himmel übergegangen.

Buchhalter Hermansson saß auf einem der härtesten Stühle des Kommissariats mit dem Rücken zur Tür, als Viggo in sein Zimmer kam. Er wandte den Kopf und erhob sich blitzschnell.

»Guten Abend, Herr Kommissar!« Sein Lächeln war höflich und zuvorkommend. »Ich war etwas erstaunt, als ich um diese Stunde hierher gerufen wurde, aber ich nehme an, dass es etwas Wichtiges ist. Ich stehe gerne zur Verfügung. Sind Sie inzwischen weitergekommen?«

»Setzen Sie sich!«, donnerte Viggo.

Hermansson setzte sich hastig. Seine Kieferknochen mahlten, und die Zungenspitze fuhr über die Lippen, die ganz ausgetrocknet waren. »Was wünschen Sie?«

»Sie werden mir jetzt mitteilen, was mir Ihre Frau sagen wollte, als sie heute Abend zu mir kam.«

»Meine Frau? Ich verstehe nicht…«

»Keine Fisimatenten!«, brauste Viggo auf. Sein Kinn und sein Hinterkopf schmerzten noch immer. Wäre er nicht in seinem Dienstraum gewesen, er hätte diesem Ekel die Schläge heimgezahlt.

»Ich weiß genau, dass Sie es waren, der auf dem Dachboden auf mich losgegangen ist, aber darüber wollen wir jetzt nicht sprechen. Es geht um Wichtigeres. Raus damit!«

Er gab dem anderen ein paar Minuten, über die Sache nachzudenken. Die Zigarette, die er entzündete, schmeckte wie Stroh, aber das beruhte vermutlich auf dem eigentümlich geschwollenen Gefühl im Mund und Kopf. Wenn der Mensch da wirklich seinen Geschmack für Zigaretten beschädigt haben sollte, dann…

»Ich will alles hören, vom Anfang bis zum Ende. Ich weiß, worum es geht, aber ich denke nicht daran, Fragen an Sie zu richten … Ich habe Zeit im Überfluss. Und wir sind vollständig allein hier.«

»Drohen Sie mir?«, fragte Hermansson und versuchte seiner Stimme einen einschüchternden Klang zu geben.

Viggo schwieg. Die Wanduhr tickte mit harten Schlägen.

»Na gut«, sagte Hermansson plötzlich, »Sie wissen, worum es sich handelt. Ich war ein verdammter Idiot!!«

Mit einem Surren setzte sich das Aufnahmegerät in Gang, als Viggo den Kontakt drehte. Hermansson unterbrach sich und blickte den Apparat ängstlich und zögernd an. Dann fuhr er fort: »Ich werde alles von Anfang an berichten. Es gibt wohl keine Chance, dass Sie mich verstehen werden, aber das ist egal. Es war an dem Abend, an dem das Unglück geschah und Kristers Schwester – umkam. Der Junge kam völlig verstört heim, halb besinnungslos. Er phantasierte bloß von einem Gesicht, das er gesehen hatte, er erinnerte sich an nichts anderes als an dieses Gesicht im Autofenster. Er konnte sich nicht einmal an die Marke des Wagens erinnern. Er bekam natürlich Beruhigungsmittel von einem Arzt, der zu uns kam, aber immer und immer wieder sprach er von dem Gesicht. ›Es war so schrecklich, Papa‹, sagte er, ›ich habe so ein Gesicht in meinem ganzen Leben noch nicht gesehen.‹ Und er weinte ununterbrochen. Wir dachten selbstverständlich, dass für ihn mit dem Filmen Schluss sein müsste. Er lag eigentlich die ganze Woche zu Bett, aber nach dem Begräbnis schien es, als würde er wieder zu Kräften kommen. Und etwas mussten wir ja für ihn finden, irgendeine Beschäftigung, er konnte doch nicht den ganzen Sommer herumgehen und sich zu Tode grübeln. Und wie es so ging, entschloss er sich selbst, bei den Filmaufnahmen weiter mitzumachen. Krister war in seiner Art ein gesunder, vernünftiger Junge, er wusste selbst, was für ihn das Beste war.«

Er verstummte nach einem Blick auf Viggo, aber da dieser unentwegt schwieg, nahm er den Faden wieder auf: »Am Samstag, bevor sie abfuhren, war er oben in der Filmgesellschaft, und dort sagten sie ihm, was er mitzunehmen hatte und so weiter. Und als er heimkam, war er ganz verändert. Er war mehrere Stunden weg gewesen, und wir waren schon entsetzlich unruhig. Man konnte mit ihm nicht sprechen und noch weniger ihn anrühren. Meine Frau heulte natürlich. Ja, und zuletzt wollte er mit mir sprechen, allein. Er saß ganz gerade und bewegungslos auf einem Stuhl in meinem Zimmer und sagte mit einer merkwürdigen, tonlosen Stimme: ›Ich weiß jetzt, wer Ann-Charlotte totgefahren hat.‹ Erst war ich wie versteinert, aber dann sprang ich auf und wollte die Polizei anrufen. Das war mein erster Gedanke.«

Hermansson sah auf und begegnete Viggos Blick.

»›Wer ist es?‹, habe ich ihn gefragt. Aber er schüttelte nur den Kopf. Er habe versprochen, nichts zu sagen. ›Es war reiner Zufall, dass ich das gesehen habe‹, sagte er, ›und jetzt hätte ich also die größte Chance, das Leben mehrerer Menschen zu zerstören.‹ Ich fragte ihn, was er damit meine. Er berichtete nur so viel, dass er den, der es getan hatte, getroffen habe, und dass der Betreffende ohne Ausflüchte gestanden hatte. Die fragliche Person habe nachher einen Schock gekriegt und zu spät begriffen, dass es wie eine Flucht ausgesehen habe. Jetzt sei er froh, dass Krister draufgekommen sei, hatte er gesagt. Er wolle nur, dass Krister sich die Sache ein wenig überlege, bevor er jemandem etwas sage. Er möge daran denken, dass er ein Menschenleben zerstören würde, ein zweites, das an dem unglücklichen Vorfall zu Grunde ginge – und dass niemand davon einen Nutzen hätte. Die fragliche Person – so nannte er den Mann die ganze Zeit – war ebenso verzweifelt wie Krister, aber man konnte ja nichts mehr ungeschehen machen. Er muss auf Krister Eindruck gemacht haben, denn der Junge wollte mir absolut nicht sagen, wer es war. Er habe sein Wort gegeben, sagte er. Krister hielt immer, was er versprach. Ich wollte ihn nicht weiter drängen, sondern ließ ihn zu Bett gehen. Am nächsten Morgen sagte er, dass er sich entschlossen habe. Er sei sicher, dass es nur ein unverschuldetes Unglück gewesen sei, und dass der Autofahrer selbst einen Schock erlitten hatte und deshalb nicht stehen geblieben sei. Vielleicht hätte man in einer solchen Situation ebenso gehandelt, sagte er. Er wolle um keinen Preis den Menschen anzeigen, dadurch wäre Ann-Charlotte ja doch nicht mehr zum Leben zu erwecken. Er fühlte, dass er allein die Schuld daran trug, er war von dieser Idee nicht abzubringen. Ich ließ es dabei bewenden. Was sollte ich schließlich tun? Der Junge war in einem abnormen Zustand. Es war unmöglich, aus ihm herauszubekommen, wer die betreffende Person war. Tags darauf fuhr er weg und ich… ja, ich versuchte den Kopf in den Sand zu stecken. Das war wohl das Dümmste, das ich in meinem Leben getan habe, aber ich hatte Angst um den Jungen. Als nachher Krister… Natürlich hätte ich dann über die Geschichte sprechen müssen, aber ich hatte Angst, Sie würden glauben… Verstehen Sie mich? Ich glaubte, dass niemand verstehen würde, warum ich so gehandelt habe, wie ich gehandelt habe.«

Dreckskerl, dachte Viggo. Das Aufnahmegerät surrte weich und registrierte alles. Hermanssons Stimme, die zu einem undeutlichen Gemurmel herabgesunken war, und auch Viggos: »Und das Geld?«

»Geld? Welches Geld? Es war nie die Rede von Geld!«

Als er keine Antwort bekam, fuhr er aufgeregt fort: »Als Krister anrief, wurde von Geld gesprochen. Es handelte sich um Entschädigung für… Ich meine, etwas Entschädigung für unsere Auslagen. Sie wissen, für die Beerdigung und anderes. Und Schadenersatz hätten wir ja auch bekommen, wenn die Sache weiterverfolgt worden wäre, ich meine juristisch. Sie glauben doch wohl nicht, dass ich so etwas des Geldes wegen getan hätte? Wie? So unmenschlich können Sie nicht sein. Wenn meine eigene Tochter getötet wurde? Sie verstehen doch, weshalb ich so gehandelt habe? Ich hatte Angst! Das müssen Sie doch begreifen!«

Er machte fahrige Gesten und wandte sich mit zitternder Stimme an Viggo, der unbeweglich hinterm Schreibtisch saß.

»Nein«, schnitt ihm Viggo das Wort ab, »ich habe kein Verständnis für Sie. Sie können jetzt gehen.«

Hermansson erhob sich und stützte sich mit beiden Händen auf die Schreibtischkante. »Sie haben kein Recht, mich zu verurteilen! An meiner Stelle hätten Sie vielleicht genauso gehandelt!«

Viggo wandte sich von ihm ab, stellte das Aufnahmegerät ab und erhob sich. »Gehen Sie!«, sagte er. »Schleunigst!«

Als sich die Tür hinter Hermansson geschlossen hatte, ließ er sich schwer in den Stuhl fallen. Er hätte den Menschen natürlich noch einiges fragen sollen, aber er hielt es nun für gleichgültig. Er war überzeugt davon, dass Hermansson nicht wusste, wer der Unfallverursacher war. Lövgren würde das vielleicht nicht glauben, na schön, dann sollte eben er sich diesen Dreckskerl nochmals vornehmen und ihm die Daumenschrauben anlegen.

Einige Minuten später wurde er von einer fieberhaften Aktivität ergriffen. Die Gedanken tanzten in seinem schmerzenden Kopf. War es möglich, dass der, der Ann-Charlotte Hermansson überfahren hatte, so blind an Kristers Wort glaubte, dass er ihn in dem Glauben erschoss, niemand anderer außer ihm wüsste, wer am Tod des Mädchens schuld war? In diesem Fall war die Sache einfach. Es war zwar nicht geglückt, das Auto und einen Fahrer aufzuspüren, aber es gab etwas, woran man sich festhalten konnte: dieses Gesicht...

Er wanderte zwischen Schreibtisch und Ledersofa auf und ab. Staffan Wingman? Er durfte diesen Faden nicht verlieren. Ein Mensch hatte ihn in der Nacht nach dem Mord gesehen, als er mit seinem Auto wegfuhr. Und jemand anderer, allerdings nur ein kleines Mädchen, hatte ihn in der Zwischenzeit tot im Kohlenkeller gesehen. Und das Auto? Es wurde in der Garage aufgefunden. Er hatte übrigens noch keinen Bericht bekommen, was die Untersuchung des Autos ergeben hatte.

Er musste anrufen. Wingman, Wingman? Es gab noch einen, den man sich ansehen sollte. Wie hieß er, der Klarinettist? Ja, Broman! Was wusste er?

Er durchstöberte einen Haufen Zeitungen auf dem Schreibtisch und fischte eine aktuelle Ausgabe hervor. Die Vergnügungsseite war ein Sammelsurium von Stockholms klimpernden, blasenden, singenden und kulinarischen Sommerattraktionen. Hier… Skansen. Ganz richtig, dort oben spielte Bromans Orchester. Er blickte auf die Uhr. Es war schon ziemlich spät geworden, aber es gab keinen Grund, von einem Besuch an dieser Stätte abzusehen. Es war ihm unmöglich, sich jetzt still auf einen Stuhl zu setzen und zu meditieren.

Er hatte dieses alte Unwirklichkeitsgefühl, das immer auftauchte, wenn sich ein Fall zu bewegen begann. Es war, als würde das Tempo das geistige Vermögen lähmen, und manchmal entstanden kurze Lücken in seinem Gedächtnis. Als er in einem Taxi saß, das schnell, zu schnell den Strandvägen entlangsauste, erinnerte er sich zum Beispiel nicht, dass etwas zwischen seinem Schreibtisch und dem Strandvägen geschehen war. Wie, zum Teufel, bin ich ins Taxi gekommen, dachte er, ich muss jedenfalls telefonisch eines bestellt haben. Er lachte glucksend und blickte vom Hintersitz über die Schulter des Chauffeurs, der das Tempo erhöhte.

Sie schwenkten über die Tiergartenbrücke, und er drehte die Fensterscheibe herab. Einen Augenblick fühlte er den Nachtwind kühlend vorbeistreifen und sah den größenwahnsinnigen Koloss des Nordischen Museums emporschießen und sich nach rechts ausbreiten. Ein schmuckes Boot, das vor dem Museum aufgestellt war, führte seine Gedanken zum Meer und zu dem kleinen, gelben Haus unter den Eichen. Bald kamen sie am Vergnügungspark und an Hasselbaken vorbei, es roch nach Pommes frites und gegrillten Würsten. Er drehte die Scheibe wieder zu.

Bald darauf schwamm Viggo mit dem Besucherstrom durch die Eingänge von Skansens Tanzbahn. Hoch oben tutete eine sehnsuchtsvolle Trompete ein Solo. Die Luft war frisch, fast kühl nach dem Regen und dem Gewitter, und es verwunderte ihn wie immer, dass diese offenherzigen Büsten und Schultern, diese weißen Hälse unter den Pferdeschwänzen nicht froren. Es war keine besonders muntere Gesellschaft, die hier die Glieder verrenkte, aber Freude und Spannung an der Jagd liegen weit entfernt von gewöhnlicher Ausgelassenheit. Raubtieraugen flackerten unter schmalen, schwarzen Lidstrichen und unter den einfachen, schwedischen Schweineborsten, die die Augen der meisten Burschen krönten. Hier und dort sah er ein Paar, zusammengewachsen wie unter einer Kuppel von Einsamkeit und Zärtlichkeit.

Er bahnte sich einen Weg durch die träge Zuschauermasse und kam bis zur Barriere der Tanzbahn, konnte aber nichts vom Orchester sehen. Eine dichte, wogende Menschenmenge bedeckte jeden Zentimeter der Tanzfläche. Als wolle sie ihn höhnen und narren hörte er den Klang der Klarinette.

An der Barriere waren die wirklichen Habitués versammelt. Mädchen, die sich bemühten, älter als vierzehn, fünfzehn Jahre auszusehen, aber es nicht fertig brachten, so sehr sie sich auch streckten und drehten. Ihre Augen wanderten spielerisch umher und erstarrten, wenn sich ein Tanzpartner näherte. Keine schien die Hoffnung aufzugeben, zum Tanz gebeten zu werden, ehe das Orchester eine Pause machte. Mädchen nahmen Zigaretten aus ihren Handtaschen und zündeten sie sich gegenseitig an, man wandte sich der Tanzbahn zu, blickte gelangweilt drein und machte ironische Bemerkungen.

Als der Tanz endete, rauchten sie weiter und sezierten alle, die von der Tanzbahn herunterkamen. Aber eine Minute später war jede Zigarette ausgelöscht, alle waren stumm, die Blicke wanderten wieder umher. Viggo sah sich um. Ein neuer Tanz. Die Klarinette hatte ein Solo, spöttelnd ging sie auf und nieder. Der Spieler war offenbar sehr geschickt.

»Verzeihung, wissen Sie, wann Pause ist?« Er sprach das nächststehende Mädchen an.

Sie schob ihren Kaugummi im Mund umher und hatte bereits ihren Kopf abgewandt, als sie antwortete: »Nää.«

Belustigte Mienen, gebogene Lidstriche.

Bei der Dritten glückte es.

»In einer Viertelstunde«, antwortete sie kurz und war verschwunden. Viggo beschloss, vorher einen Blick auf Broman zu werfen, und er erkannte als einzige Chance einen Tanz. Zögernd suchte er unter den Zuschauerinnen. Man musste sich ein Stück von der Tanzbahn entfernen, um die entsprechenden Altersklassen zu finden. Irgendwo musste es wohl eine über zwanzig geben.

Er kam vor einem Mädchen in Gelb zu stehen. Sie erinnerte schwach an Inga Barr, und er nahm es für ein gutes Omen. Er hatte Takt genug, nicht »Darf ich bitten« zu sagen, verbeugte sich nur stumm und lächelte, so gut es seine schmerzenden Kinnladen zuließen. Sie reagierte unentschlossen, ihre Blicke streiften über seine Schulter hinweg auf der Suche nach etwas Besserem. Aber sie hatte jedenfalls bereits seinen Arm akzeptiert, als er einen harten Stoß in die Seite bekam.

»Mach Platz, Opa!«

Es war ein kurz geschorener Jüngling, der Mitesser und etwas eisig Unerschütterliches im Blick hatte, der Viggo veranlasste, das Mädchen mit einem Achselzucken freizugeben.

Viggos Zorn erwachte einige Minuten zu spät. Er trieb ihn direkt in die Arme einer blonden, nicht mehr ganz jungen Frau, die die Lippen befeuchtete und ihm rasch entgegenkam. Man soll es nicht verachten, jemand glücklich zu machen, dachte er.

Auf der Tanzbahn schmiegte sie sich willig an ihn und lachte ein etwas glucksendes Lachen, als er ihr auf die Zehe in dem offenen Schuh trat. Er konstatierte für sich, dass es verteufelt wehgetan haben müsse.

»Es war mein Fehler«, lächelte sie großmütig.

Keine Spur, dumme Pute, dachte Viggo. Nach ein paar Schritten war er in dem Gedränge etwas in Schwung gekommen und entdeckte, dass er immer noch an Inga Barr dachte. Mit ihr hätte er tanzen wollen, das würde sicher gut gehen. Diese Frau hier hatte einen schlaffen Körper, aber sie war hart korsettiert und sicher von der teuren Sorte.

Sie kamen in die Nähe der Orchesterbühne. Er sah flüchtig einen bärtigen Gitarristen, einen Trompeter, dessen Körper sich in rhythmischen Spasmen bewegte und einen Pianisten, dessen Finger in der Klaviatur wühlten. Er erinnerte sich der Frau dank eines plötzlichen und energischen Drucks gegen seinen Magen und sprach gedämpft: »Haben Sie das Gewitter gesehen? Prachtvoll, nicht?«

»Ja, Gott im Himmel, ich war so ängstlich, dass ich beinahe...«

Er hörte nie, was für ein Unglück ihr beinahe zugestoßen wäre, denn jetzt hatte sein Blick Hans Broman eingefangen. Ein geschmeidiger, gebeugter Rücken, blendend schwarzes Haar. Nun wandte er sich um, die Trompete und die Klarinette hatten einen kleinen Meinungsaustausch, der mit einem lang gezogenen, orgiastischen Geheul der Trompete und einem leicht enttäuschten Gequäke der Klarinette endete. Im nächsten Augenblick waren sie vorbeigetanzt.

Er hatte festgestellt, dass Hans Broman klein und schwarzhaarig war und nervöse Gesichtszuckungen hatte, die auch musikalischen Ursprungs sein konnten. Dafür war es wahrhaftig nicht der Mühe wert gewesen, sich mitten in dieses Geschiebe zu begeben und sich von einem allzu hingebungsvollen Frauenkörper in Schweiß bringen zu lassen.

Eine Weile später stand er hinter der Tanzbahn und wartete auf das Orchester, das eine Pause machte. Seine blonde Partnerin hatte ihm herzlich und überschwänglich gedankt, und er fühlte ihren enttäuschten Blick im Rücken, als er sie verließ.

Nun kam das Orchester, ein Mann nach dem andern... Die Feuerzeuge flammten im Dunkel auf. Da kam Hans Broman. Noch kleiner, noch scheuer und geschmeidiger als vorhin auf der Bühne. Diesmal kam die Polizeimarke zum Vorschein, glänzte unter der Nase des Klarinettisten und löste einen schnellen, finsteren Blick und eine fast unmerkliche Zuckung der Gesichtsmuskeln aus.

»Sie wünschen?«

»Bredberg, Kriminalkommissar. Können wir uns eine Weile unterhalten?«

»Ich war ja schon oben bei einem Kollegen von Ihnen. Es handelt sich natürlich um Staffan. Ich weiß nichts.« Er zuckte ausweichend mit den Achseln.

Viggo zeigte auf eine Bank, die im Dunkel unter einem Baum stand. Der Kies knisterte unter ihren Füßen. Sobald sie sich gesetzt hatten, zündete sich Broman eine Zigarette an und lehnte sich zurück.

»Los, fragen Sie«, sagte er gleichgültig.

Es war schwer, das Gespräch in Gang zu bringen. Sie sprangen von einem Punkt zum andern. Sonja Wallén? Gewiss, kenne er sie, aber er wisse nicht viel von ihr. Er wisse überhaupt gar nichts. Staffan sei keiner, der unnötig quatsche.

»Was hat Wingman für Drogen genommen?«

Die Frage kam blitzschnell, und Broman kam nicht dazu, sie zu parieren. »Darüber weiß ich nichts«, murmelte er mit ausdruckslosem Gesicht.

»Sie wussten, dass er süchtig war.«

»Es wussten doch alle, dass er sich damit abgab. Aber das ist schon lange her. Er hörte damit auf, als wir in… Er hörte auf. Vollständig.«

»Wo hörte er auf?«

»Weiß ich nicht. Fragen Sie mich nicht, woher er es hatte, das weiß ich nämlich auch nicht. Er hat niemals jemandem davon angeboten, und ich war nicht daran interessiert.«

Jetzt lügst du, dachte Viggo. Augen und Pupillen sagten etwas anderes.

»Wann hat er aufgehört?«

»Weiß ich nicht.«

»Sie wissen es.«

Es wurde still. Broman machte einen Versuch sich zu erheben, aber eine Hand legte sich plötzlich auf seine Schulter und drückte ihn nieder, nicht hart, aber entschieden.

»Wann?«

»Als er von England kam«, sagte Broman heiser.

»War er dort in einer Anstalt?«

»Ja, ich glaube. Privat. Es wurde nie bekannt. Ich weiß den Namen nicht.«

»Was ist in England geschehen?«, fragte Viggo. »Ist er zusammengeklappt?«

»Davon hab ich keine Ahnung.«

Broman blieb aggressiv und schnitt hässliche Grimassen mit den Lippen, wenn er rauchte.

»Sie wissen es sehr genau.«

»Hören Sie, ich habe keine Lust, die ganze Pause hier zu sitzen und leeres Gewäsch zu machen. Was, zum Teufel, wollen Sie wissen? Ich weiß nur, dass Staffan bei irgendeinem großen Silvesterfest in einem Restaurant in London gespielt hat und zusammengeklappt ist, genau wie Sie sagen. Es war am Neujahrsabend vor eineinhalb Jahren. Es gab damals einen Skandal, aber man hielt die Zeitungen glücklicherweise aus der Sache raus und brachte ihn in ein Krankenhaus, zu einem Privatarzt. Dort hat er mehrere Monate gelegen und ist dann im Sommer nach Schweden gekommen. Seither gab's für ihn nichts mehr in der Art. Total entwöhnt. Das hat er mir gesagt, und mehr weiß ich nicht.« Er hatte sich erhoben und wippte vor und zurück, von den Absätzen bis zu den Zehen in seinen schwarzen Sämischschuhen. »Die Geschichte ist vorbei und vergessen, und sie hat nichts mit Ihrer Schnüffelei zu tun. Und versuchen Sie keine Tricks mit mir, ich weiß ganz genau, wo ich gewesen bin, als er verschwand und dieser Junge erschossen wurde. Seit dem Beginn der Filmeinspielung bin ich nicht in der Nähe von Staffan gewesen.«

Er salutierte leger mit einem Finger an der Stirn und verschwand hinter der Tanzbahn. Viggo hinderte ihn nicht. Immerhin etwas, dachte er. Er fühlte sich müde und fragte sich, was es verdammt noch mal war, das ihn in dieser Geschichte kein Verhör zu Ende führen ließ.

Langsam wanderte er den Hügel hinab und bei der Skansenpforte hinaus. Er sah sich nach einem Taxi um. Sternenklar, dachte er und blickte zum Himmel auf. Nach einem solchen Gewitter! Seltsam! Er stand lange da und betrachtete die Millionen glitzernder Punkte, bevor ein freies Auto vor ihm Halt machte.

11

»Dürfen wir davon ausgehen, dass er in der Nacht nach dem Mord an Krister Hermansson noch lebte?«, fragte Lövgren.

Er ließ die Blicke zwischen Viggo im Ledersofa und dem kleinen Bergson vom Laboratorium, der im Raum umherging, wandern. Er sah auch, wie Viggos Blick eine Schwindel erregende Umstellung von Unendlichkeit zur Nahaufnahme machte.

»Keineswegs!«, sagte Viggo.

»Mach hier keinen Dauerlauf, Bergson! Setz dich und erhol dich. Keineswegs sagst du. Hm, keineswegs… soso. Schön, dass man immerhin etwas aus dir herauskriegt. Du hast wahrhaftig seit heute Morgen wie ein Kandidat bei einer Quizshow ausgesehen, und außerdem bist du aufgetakelt, dass einem die Spucke wegbleibt. Was ist geschehen?«

Auch Bergson wandte sich mit einem erwartungsvollen Grinsen auf seinem sommersprossigen Gesicht an Viggo und prüfte dessen Eleganz: blendend weißes Hemd, blitzblanke Schuhe, messerscharfe Bügelfalten, sogar die Aufschläge seiner Jacke wirkten gebügelt, und sein Haar war frisch geschnitten.

Lövgren erwartete keine Antwort und fuhr fort: »Wenn also nun Wingman nicht mehr lebt – oder nicht mehr lebte –, wer war es dann, der sein Auto in dieser Nacht fuhr? Du behauptest doch selbst, dass sie ihn gesehen hat, diese… wie heißt sie…?«

»Elsa Brundin hat seine Jacke, seine Brille und sein blondes Haar gesehen, ja«, antwortete Viggo und rieb sich die Nase. »Aber das braucht nicht zu bedeuten, dass…«

»Ja, ja, ja…« Lövgren hatte sich erhoben und machte mit seinen kurzen Beinen eine Runde um den Schreibtisch. Er warf einen Blick auf Viggo, und wieder bestätigte sich Viggos Ansicht, dass Lövgren nicht mehr sagte, als notwendig war – eher weniger.

Bergson dagegen konnte seine Aufmerksamkeit nicht von Viggos Kleidung losreißen, die in so starkem Kontrast sowohl zu seinen sonstigen Gewohnheiten als auch zu seinem Aussehen an diesem Morgen stand. Er hatte eine blau-schwarze Verfärbung über seinem rechten Auge, und der Kiefer wechselte ins Grün-Blaue.

Viggo konnte sehen, dass Bergson sich zu einer Äußerung sammelte. Dessen Nase zog sich wie bei einem Kaninchen zusammen, und sein Gesicht erglühte unter den Sommersprossen. »Es sieht beinahe so aus, als wäre Herr Bredberg… hihihi… verliebt!«

»Halt die Klappe, Bergson, und wiederhole, wie das mit dem Auto gewesen ist.«

Lövgren lachte herzlich und lange, während Viggo grollte.

»Wingmans Auto muss, so weit wir feststellen konnten, während der Nacht weg gewesen sein«, kam die Antwort prompt. »Dieser rote Lehm, der an den Reifen war, findet sich nur auf den Strandwiesen im Westen der Stadt, und dort ist Wingman früher nicht gewesen, so weit wir das kontrollieren konnten. Es handelt sich mithin um…«

»Die suchen dort draußen jetzt«, unterbrach ihn Lövgren brummend, »kilometerlange verfluchte Strandwiesen abzusuchen, keine Kleinigkeit!«

»Wonach werden sie denn abgesucht?«, fragte Viggo sanft.

Im selben Augenblick klopfte es an der Tür und ein Mädchen kam mit dem bestellten Kaffee herein. Lövgren lenkte ihren Blick auf sich und unterließ es, Viggos Frage zu beantworten. In absoluter Stille sahen die drei Männer zu, wie das Mädchen die Bestellung aus dem Korb der Rathauskonditorei auspackte. Becher, Kaffeekanne, Sahnenäpfchen, Zuckerdose und drei Stück Kuchen waren auf einem Tablett, das klirrend auf der Schreibtischplatte landete.

»Was hast du eigentlich mit deinem Gesicht gemacht, Viggo?«, fragte Lövgren, als das Mädchen gegangen war.

»Hermansson hat auf mich losgedroschen«, antwortete Viggo wahrheitsgemäß.

»Was?! Meinst du das im Ernst?«

»Glaubst du, ich hole mir blaue Flecken zum Spaß?«

»Unerhört! Hast du zurückgedroschen?«

»Leider nein. Ich hatte keine Gelegenheit dazu. Ich ging direkt zu Boden.«

Lövgren hatte bereits die Hand am Telefonhörer, aber Viggo hielt ihn zurück.

»Nicht nötig, ich verlange keinen Schadenersatz. Er hat mir bloß einen Gefallen getan. Wäre er nicht so dumm gewesen, dann hätte ich niemals seine unterhaltende Geschichte aus ihm herausgezogen. Seine Frau war auf dem Weg zu mir, um sie mir zu erzählen, aber er scheint ihr gefolgt zu sein. Verständlicherweise, man soll sich nie auf Frauen verlassen. Er hat versucht mit ihr über den Dachboden zu entkommen, bevor ich die Tür aufbekam. Ich hätte sie beinahe erwischt, wenn er mich nicht außer Betrieb gesetzt hätte.«

Sie kauten stumm an ihren Kuchen. Viggo war der Erste, der sich erhob und den Rest seines Kaffees stehend trank. Die Hand auf der Klinke, wandte er sich um.

»Später einmal, wenn ich wieder mal Urlaub habe, werde ich mir diesen Hermansson vornehmen. Am liebsten in einer dunklen Gasse. Dann soll die Rechnung beglichen werden.« Er strich sich vorsichtig über das Kinn. »Nicht wegen der Kleinigkeit da. Aber ich bin es meiner Gesundheit schuldig.«

Der kleine Bergson schüttelte sich vor Lachen, als die Tür hinter Viggo zufiel, aber Lövgren blieb ernst.

Viggo befand sich draußen im Filmatelier. Es glich einem Dampfkessel. Unter dem flachen Dach war es ungefähr dreißig Grad warm, und die Stimmung war hochexplosiv. Mitten im Wirbel schrie und sprang Direktor Fredberg wie das Ventil eines überhitzten Kochtopfes.

»Bredberg... ach so, ja. Oh, guten Tag, Herr Kommissar. Einen Augenblick nur. Was, zum Teufel, ist das da? Was soll das darstellen? Ein Stativ? Ist es neu? Haben wir es gekauft? Ich habe gefragt, ob wir es gekauft haben?« Er sank auf einen Stuhl nieder und bedeckte das Gesicht mit der rechten Hand. Durch die Finger stierte er auf die Techniker, und seine Stimme krächzte in überreiztem Flüsterton. »Wir haben also ein Stativ gekauft? Aus Leichtmetall. Was kostet es, wenn man fragen darf... Aber das geht mich vielleicht gar nichts an, wie? Was sagen Sie? Geht es mich an oder geht es mich nicht an? Wir kaufen also neue Sachen. Gut, gut. Das tun wir. Wir können es uns ja leisten, wie? Wir haben ja nur eine kleine, kleine Summe verloren bei einem Film, der abgebrochen werden musste, und die Filmbranche hat ja jetzt so strahlende, herrliche Zeiten, nicht wahr? Spielt gar keine Rolle, so ein Stativ, stimmt's? Hinaus mit diesem verdammten Stativ, hinaus, ich will es nicht mehr sehen!!!«

Er erhob sich mühsam, ächzte und nahm Viggo am Arm. »Kommen Sie«, sagte er, »kommen Sie mit mir.«

Sein Büro war imponierend. Es war ganz im alten Stil eingerichtet. Schwere, blanke Möbel, ein Schreibtisch in Walnuss, an den Wänden Filmfestivalplakate und einige Zornstiche. Er platzierte Viggo in einen Besuchersessel und sank selbst hinter dem Schreibtisch nieder.

»Eine Zigarre? Ach, richtig. Sie rauchen ja Zigaretten! Hier, bitte, sind noch einige Chesterfield, glaube ich. Ist das nicht Ihre Sorte, Herr Kommissar? Ich erinnere mich jedenfalls. Das freut mich. Ansonsten glaube ich wahrhaftig, dass ich auf dem besten Weg bin, verrückt zu werden. Komplett verrückt. In einer Woche bin ich sicher ruiniert.« Sein Seufzer kam vom Herzen.»Dieser kleine Film jetzt, eine einfache Sache, nur Atelier, die gleichen Schauspieler wie früher, alles so billig wie möglich natürlich. Einige Szenen vom Badestrand konnten wir vom alten Material behalten, im Übrigen sind es, wie gesagt, nur Atelieraufnahmen. Aber wir waren gezwungen, eine Regattasequenz zu machen in… Gott, wie heißt dieses Städtchen nur? Jetzt habe ich das Gedächtnis verloren! Na ja, es kommt wohl wieder. Jedenfalls, Sie wissen, eine Regatta. Die findet nur einmal im Jahr statt und kann an keiner anderen Stelle aufgenommen werden. Ich schicke also zwei Leute runter, den Kameramann und den Regieassistenten, billig und ausreichend, nicht? Sollte man meinen. Sie hatten eine vollkommen neue Kamera mit, die hat ungefähr so viel gekostet wie ein größeres Auto. Mehr übrigens, viel mehr! Ja, die nahmen die Regatta den ganzen Tag auf, authentische Szenen, stellen Sie sich das vor, was? Den nächsten Tag nahmen sie einige Bilder aus einem Boot auf, mit der Küste also, ganz aus eigenem Antrieb, niemand hatte sie drum gebeten. Na ja, ambitiös und gut gemeint. Nachher rufen sie an, und wissen Sie, was sie gesagt haben?«

Viggo wusste es nicht. Fredberg verbarg das Gesicht in den Händen und setzte seine Jeremiade fort: »›Ja‹, sagten sie, ›es war so, Herr Direktor, wir haben uns zufällig im Boot beide gleichzeitig umgedreht, nur einen Augenblick lang, und als wir uns zurückdrehten, war keine Kamera mehr da. Die ist auf irgendeine Weise über Bord gegangen. Und es ging nicht, sie zu bergen, sie war einfach verschwunden‹… Wissen Sie, was ich da gesagt habe? Ja, ich habe gesagt: ›Das macht nichts, meine lieben, jungen Freunde, das macht gar nichts. Ich schere mich nicht darum. Denn ich habe vorhin vom Laboratorium sechshundert Meter doppelt belichtete Regatta erhalten!‹«

»Das war unangenehm«, warf Viggo teilnahmsvoll ein.

»Unangenehm?! Das war eine reine Tragödie! Können Sie sich vorstellen, was es kostet, eine Regatta zu machen? Eine ganze neue, verdammte Regatta mit Segelbooten, Statisten, Schauspielern…?«

»Nein, das kann ich mir wirklich nicht vorstellen.«

»Ich auch nicht, Herr Kommissar, ich auch nicht.«

Tiefes Schweigen im Raum. Viggo konnte das Personal auf den Zehenspitzen an der Tür des Büros vorbeischleichen hören. Fredberg war schweißbedeckt bis über die Glatze.

»Ich wollte einige Fragen an Sie stellen«, murmelte Viggo. Es war ihm, als würde er die Rechnung für einen Leichenschmaus dem nahe stehendsten Leidtragenden präsentieren.

»Bitte, ich werde versuchen Ihnen zu helfen, so gut ich kann.«

»Es handelt sich um die Filmaufnahme, bei der Ann-Charlotte Hermansson als Zuschauerin dabei war, die nachher bei einem Verkehrsunfall getötet wurde. Wer war bei diesen Aufnahmen anwesend?«

»Herrgott, ja, eine Sache trauriger als die andere! Sie beschäftigen sich auch mit dieser Geschichte? Verstehe, alles muss ja aufgeklärt werden. Aufrichtig gesagt…« Er rief seinen Sekretär herbei und gab ihm den Auftrag, den Tagesbericht von diesen Aufnahmen herbeizuholen. »Ja, wenn ich ehrlich sein soll, so entartete diese Angelegenheit damals ein wenig zu einer… wie soll ich sagen… zu einer Party.«

Nach und nach kam sein altes, plapperndes Entgegenkommen zurück, und Viggo stellte fest, dass er netter war, wenn er schrie und ächzte.

»Als Hermansson und seine Schwester heimfuhren, war die Party in meiner Villa bereits in vollem Gang. Aber es kann doch wohl nicht einer der Anwesenden gewesen sein, der sich dieser entsetzlichen Tat schuldig machte, alle blieben ja bis zum Ende der Party, so viel ich weiß. Wir werden gleich die Namen feststellen, einen Augenblick nur.«

Der Sekretär kam nach einigen Minuten mit den Papieren.

»Stimmt das nun auch, wie? Haben Sie nicht wieder die Hälfte vergessen, was? Nein, sagen Sie? Schön, gut. Ich rufe an, wenn irgendetwas fehlen sollte. Ja, ja, gehen Sie, es gibt doch noch anderes für Sie zu tun, nicht? Setzen Sie sich neben mich, Herr Kommissar. Erst streichen wir die Namen von denen, die sich entfernt haben, bevor Hermansson mit seiner Schwester davonfuhr. Sollen wir es so machen? Oder sind Sie auf etwas anderes aus?«

Vielleicht etwas übertrieben, diese Bereitwilligkeit, dachte Viggo, oder bilde ich mir das bloß ein?

Fredbergs Füllfeder strich über einige Namen, die Viggo völlig unbekannt waren, mit Ausnahme von Ulla Severin und Stig Lindh.

»Ulla und Stig sind früher weg. Sie sollten übrigens mehr Sprit holen, kamen aber nicht zurück. Sie blieben in Ullas Wohnung über Nacht, habe ich später gehört.« Er zog eine zweideutige Grimasse und fuhr fort: »In diesen Kreisen ist das was Alltägliches, das kann ich Ihnen sagen. Hier stehen sie manchmal hinter Türen und Treppen und knutschen sich ab. Ich bin in dieser Beziehung etwas altmodisch, ich habe das nicht gern.«

Aus irgendeinem Grund zündete sich Viggo eine neue Zigarette an und zupfte an seinem Schlips. Fredberg blinzelte ihn an, er schien nicht überzeugt zu sein, dass auch der Kommissar altmodisch war.

»Ja, da haben wir die, die geblieben sind.«

Elsa Brundin, Härje Olofsson, Sven Fredberg und Inga Barr waren die Namen, die Viggo kannte. Er fragte, welche von ihnen schwarze Autos hatten. Nur Sven Fredberg. Ob dieses Auto möglicherweise...? Nein und abermals nein. Er hatte die Villa nicht verlassen. Er konnte ja auch unmöglich sein Haus verlassen, in dem die ganze Gesellschaft und eine Menge Whisky war. Und sein Auto stand die ganze Zeit an seinem Platz; es war übrigens abgeschlossen.

Sie blieben noch eine Weile sitzen und gingen die Namen des technischen Personals und die Automarken durch, und wer sich wann von der Villa entfernt haben könnte. Der kleine Filmdirektor schwitzte gewaltig.

Als er ihn verlassen hatte, machte Viggo einen Rundgang durch die Lokalitäten. Er blickte in den kleinen Raum, in dem Kaffee serviert wurde und konstatierte, dass er nichts Interessanteres enthielt als Härje Olofsson, der quer über zwei Stühlen lag und schlief. Viggo zog sich rückwärts gehend zurück und stieß dabei an eine leere Bierflasche, die klirrend über den Boden rollte.

»Hoppla«, sagte Olofsson und hob den Kopf. »Was war das?«

»Eine Bierflasche.«

»Ich meine, wollen Sie was.«

»Durchaus nicht«, sagte Viggo. »Entschuldigen Sie die Störung.«

Er schaute ins Atelier hinein. Wie gewöhnlich war es voll mit Leuten, aber er suchte zum Beispiel vergeblich nach einem Kopf mit kastanienbraunem Haar. Oder nach etwas anderem, das von Interesse war. Womit beschäftige ich mich eigentlich?, dachte er. Komme ich vorwärts? Lövgren ist vielleicht schon viel weiter. Wenn er Kommissariatsleiter wird, kann ich mir eine andere Beschäftigung suchen, als Bienenzüchter oder als Friedhofsdiener.

Im Vorbeigehen blickte er auch in den Vorführungsraum, aber dort war es finster und weit und breit keine Brünette zu sehen. Er beschloss, in die Stadt zurückzufahren.

»Was suchen Sie denn, Herr Kommissar?« Die Stimme hinter ihm war weich, aber sie hatte einen harten Unterton, der ihn davor warnte, falsche Schlüsse zu ziehen.

»Guten Tag, Frau Severin«, sagte er und drehte sich um. »Ärger und Schufterei wie gewöhnlich?«

»Nein, ich bin fertig – das heißt, für heute.«

Sie gingen zusammen durch den Korridor. Sie nahm ihre Puderdose hervor und fuhr sich mit dem Pinsel über das Gesicht. Er fand, dass er ihr sehr wenig zu sagen hatte, und hielt es plötzlich für ratsam, sich vorerst noch etwas im Atelier umzusehen, ehe sie in den Sonnenschein hinaustraten. Ullas Citroën parkte vor dem Eingang. Sie ging hin und schloss ihn auf. Aus der geöffneten Tür sprang ein hellbrauner Riesenpudel heraus und stellte sich mit den Vorderpfoten gegen ihr grünes Kleid. Gleich darauf überfiel er Viggo, hüpfte an ihm empor und suchte mit der Zunge sein Gesicht zu erreichen.

»Aber Mischa, benimm dich! Marsch hinein mit dir, na wird's!«

Mischa machte es sich auf dem Rücksitz bequem, Schwanz und Hinterteil zitterten vor Glück.

»Kann ich Sie mitnehmen?«, fragte Ulla und schlüpfte auf den Fahrersitz, wobei ihre schlanken Beine bis übers Knie sichtbar wurden.

Viggo schüttelte den Kopf und dankte. Der Motor startete, und die Tür schlug zu. Aus dem Fenster winkte sie ihm mit einem lachsfarbenen Lederhandschuh zu, als das Auto davonrollte.

Es war ungefähr zehn Meter gefahren, als das Lächeln von seinem Gesicht wie eine schlecht befestigte Maske abfiel. Der Citroën war bereits um die Ecke verschwunden. Er machte einen stolpernden Schritt vorwärts und hob mit einer halben Geste die Hand, als wolle er den Wagen zurückhalten. Im nächsten Augenblick sank sein Arm herab, schlaff, als wäre ein gespanntes Gummiband in ihm gerissen.

Er hatte es gesehen. Dasselbe Gesicht, das Krister Hermansson zu Tode erschreckt hatte, das unmenschliche, fürchterliche Gesicht ohne menschliche Züge. Ein Gesicht, das nicht lächeln konnte und keine Spur von Mitleid verriet.

12

Viggo hatte keine Eile. Sein Weg führte über die Reichsbrücke und unter dem mit dem Wappenschild des Königreichs Schweden verzierten Steinbogen des Reichstagsgebäudes hindurch, hinein in die Gassen der Altstadt, deren dunkel getönte Gebäude aus dem fünfzehnten Jahrhundert und aus einer entschwundenen Großmachtzeit von besseren Tagen erzählten. Es war schön, im Sonnenschein die Steigung zum großen Dom hinaufzugehen. Schön, eine Bananenschale vor sich herzustoßen, etwas zu pfeifen, das Glucks Furientanz darstellen konnte, wenn man mehr Phantasie als musikalisches Ohr hatte, und zu denken, dass in ein paar Stunden alles aufgeklärt sein konnte. Diese ganze Geschichte, die immer noch die Titelseiten der Zeitungen mit dicken, schwarzen Buchstaben beherrschte. Er hatte keine Eile. Er nahm sich die Zeit, vor einem kleinen Antiquitätenladen stehen zu bleiben und spielte mit dem Gedanken, zwei verschnörkelte Porzellanhunde mit goldverzierten Augen zu erwerben. Das rechte Ohr bei dem linken Hund war übrigens abgebrochen. Sie waren enorm geschmacklos und schön, viel schöner als die moderne und nützliche Alltagsware, die er vorhin auf seinem Spaziergang in einem Schaufenster von Nordiska Kompaniet gesehen hatte. Er entschloss sich schließlich, nicht zu kaufen.

Die Sonne brannte auf den großen Platz herab, und auf der Treppe der Börse schlummerten zwei verschwitzte Obdachlose, die Mützen über die Stirn gezogen. Viggo begann eine leere Bierflasche vor sich herzustoßen. Sie klapperte munter, und er war neugierig, wie lange sie halten würde. Aus dem Nichts tauchte plötzlich ein Polizist auf und näherte sich Viggo mit strengen, bestimmten Schritten.

Näher gekommen, stutzte er, machte Halt, grüßte und grinste verlegen. Viggo ließ die Bierflasche bis auf weiteres liegen. Aus seiner Jackentasche suchte er ein zerdrücktes Papier hervor und begann sich mithilfe eines Bleistiftes in den schmalen Gässchen zu orientieren. Es mochte ungefähr sechs Uhr sein. War es Einbildung, oder hörte er wirklich die Glocken des Stadthausturmes aus dieser Entfernung?

Höre, Sankt Örjan, du bist mein Knecht,
Du sollst meine Sach' nur verri-i-chten...

»Nach Babylon, der schönen Stadt...«, antwortete es aus einem offenen Fenster.

Es war eine warme Bassstimme, die gelegentlich klang, als würde der Sänger dort drinnen an etwas kauen. Hier ist übrigens die Adresse, las er vom Papier. Knirschend öffnete sich die Eichentür, als er die Klinke niederdrückte, und er steckte den Kopf in einen feuchtdunklen Bogengang. Beiderseits gab es Türen und vor ihm lag ein enger und verwinkelter Hof mit Kopfsteinpflaster. Er versuchte die Tür auf der rechten Seite.

Olle Johansson stand auf dem Wisch über der Türklingel. Das O in Olle war ein Gesicht in schwarzer Tuschzeichnung, das den Besucher angrinste. Die Klingel war natürlich kaputt. Er erprobte einen Trommelwirbel gegen die Tür und erhielt von drinnen Antwort.

Es war wieder die Bassstimme: »Herein, zum Satan, und schlagen Sie nicht die Tür ein!«

Es roch nach Gas in einem dunklen Korridor, und durch eine halb offene Tür im Hintergrund drang spärliches Licht. Viggo stieß die Tür ganz auf und trat ein.

»Hallo!«, rief er.

»Nur immer rein!«

Bildhauer Olle Johansson war ein langer hagerer Mann, der gerade ein Kaviarbrot aß. Zwischen den Bissen knetete er an einem unfertigen Lehmmädchen mit seinen knochigen, schwarz behaarten Händen.

»Wohnt Ulla Severin hier?«, fragte Viggo.

»Tut sie. Sie ist unsere pikfeine, sozial hoch stehende Mieterin. Unsere Rangstufe hat sich um zwei Stufen verbessert, seit wir sie hier beherbergen.« Er legte sein Brot weg und fuhr mit hoher weiblicher Stimme, die unverkennbar etwas von Ulla Severin hatte, fort: »Denken Sie bloß, wie phantastisch pittoresk es ist, in einem solchen Milieu zu wohnen, wenn man nun einmal keine richtige Wohnung finden kann! Die ganze Atmosphäre bedeutet ja so viel, vom rein künstlerischen Standpunkt. Ich würde es ganz einfach nicht aushalten, in Gärdet oder Bandhagen zu wohnen, oder wie diese fürchterlichen Bezirke heißen.«

Viggo nahm an, dass dieser Monolog in den nächsten fünf Minuten nicht aufhören würde, und zündete sich deshalb eine Zigarette an.

Der Bildhauer fragte ihn in normalem Ton: »Um von was anderem zu reden: Was halten Sie davon?«

Er wies mit einer großen Geste auf das Lehmmädchen. Ohne eine Antwort abzuwarten, sagte er mit lauter Stimme: »An diesem verdammten Bauch hab ich den ganzen Tag herumgeknetet, und jetzt kann ich mich nicht einmal mehr erinnern, wie ein Frauenbauch aussieht. Hier ist er zu dick, finden Sie nicht?«

»Sie wirkt ein wenig… ein wenig im siebten Monat«, sagte Viggo vorsichtig.

Olle Johansson erstarrte, machte zwei Schritte zurück und betrachtete sein Werk scharf. »Junge«, murmelte er, »da ist was dran. Die Frage ist… ja, die Frage ist, ob sie nicht ganz einfach im siebten Monat ist!«

Seine Miene erhellte sich, und er stopfte den letzten Bissen des Kaviarbrotes in den Mund.

»Das ist eine Auftragsarbeit«, erklärte er. »Sie soll im Stadtpark in Mariestad stehen. Das passt also ausgezeichnet. ›Sechzehn Jahre‹ soll sie heißen.«

»Sagen Sie lieber, achtzehn«, meinte Viggo.

»Siebzehn, wenn Sie darauf bestehen, und kein bisschen älter!«

Er begann den runden Bauch wieder zu bearbeiten, zufrieden die Sankt-Örjans-Melodie von vorher trällernd. Einige Minuten vergingen, und Viggo fingerte an einer Kaffeetasse, die mit Zigarettenstummeln gefüllt war.

»Welche Tür soll ich eigentlich benutzen, falls ich auf die Idee kommen sollte, Frau Severin zu besuchen?«

»Rennen Sie hier nicht herum«, murrte der Bildhauer. »Sie ist übrigens nicht zu Hause. Sie ist ausgegangen, um ihr Abendbrot zu sich zu nehmen, in Gala.«

»Richtige Gala? Für ein Abendbrot, das die halbe Nacht dauert?«

»Nein, nur so eine Zweistundengala.«

»Ach so«, sagte Viggo und ging zur Tür.

»Ach so und ach so! Unterhalten Sie mich ein bisschen, das können Sie sich schon leisten! Glauben Sie vielleicht, das da ist ein reines Vergnügen? Ich sage Ihnen, das kann die langweiligste Arbeit von der Welt sein… wenn man nicht…« Sein großer Daumen strich sanft über den seidenweichen Lehm, und seine Zungenspitze irrte zwischen den Mundwinkeln umher: »…wenn man auf keine Idee kommt. Wie die da… mit dem siebten Monat. Woher einem das nur alles zufliegt? Ja, Herrgott, Begabung!«

»Haben Sie ein gutes Gedächtnis?«, fragte Viggo.

»Ich habe überhaupt kein Gedächtnis.«

»Dann erinnern Sie sich also nicht an den dreizehnten Juli?«

»Klar, dass ich mich an den dreizehnten Juli erinnere.«

Viggo sah ihn misstrauisch an.

»Mein Geburtstag. Dreißig Jahre. Das haben Sie nicht gedacht, was? Gott im Himmel, war das eine gigantische Feier, die wir hatten!«

»Hier?«

»Ja, klar. Wir hatten sechs Liter Gin und eine ganze Batterie…«

Ehe er sich in Details vertiefte, unterbrach ihn Viggo. »Und Ulla Severin, kam sie damals so gegen halb elf mit einem Verehrer heim?«

»Stimmt. Sie hatte den Dingsda im Schlepptau, alle Weiber sind wie verrückt hinter ihm her. Er schaut ungefähr ebenso verschlafen aus wie du. Sie wollten Sprit holen. Aber den hatten wir uns ja ausgeliehen. Sie hat mit dem Fuß aufgestampft, ganz wütend war sie. Aber der Sprit war aus. ›Ausgesoffen‹, sagten wir. Wir haben ihr gewöhnlichen, einfachen Spiritus angeboten, aber den wollte sie nicht. Silver Top musste es sein.«

Viggo fand dieses ungewöhnlich gute Gedächtnis eine Chesterfield wert. Er wollte dem Bildhauer Feuer geben, aber dieser brach die Zigarette in zwei Teile und steckte den einen in die Tasche seines Sporthemdes.

»Sparsamkeit ist eine Tugend!«

»Erinnern Sie sich, ob die zwei geblieben sind?«

»Auf meinem Geburtstagsfest? Nein, mein Freund, so fein war die Feier auch wieder nicht.« Er lachte laut und lang.

»Ich meine, ob sie drinnen bei ihr geblieben sind, beide«, verdeutlichte Viggo, »ob er über Nacht bei ihr war.«

Die Augen des Bildhauers verengten sich zu zwei glitzernden Schlitzen, und er schüttelte sich vor lautlosem Lachen. Dann zog er eine Grimasse, die zeigte, dass das Gesicht am Türschild ein Selbstporträt war.

»Können Sie mir vielleicht sagen, warum ich Ihnen das auf die Nase binden sollte, wie?«

Viggo zuckte die Achseln und ging zur Tür.

»Was? Können Sie das?«

Viggo war bereits halb draußen, als ihn die Bassstimme zurückrief. »Aus purem Mitleid will ich es verraten! Sie ging gleich wieder. Zusammen mit dem Lausejungen.«

Viggos Gesicht drückte Misstrauen aus.

»Bombensicher«, versicherte der Bildhauer und streckte einen lehmigen Daumen in die Höhe.

Im dunklen Vorraum stieß er mit Fredbergs Schwager Petrén zusammen, und erst jetzt erinnerte er sich an die keimende Romanze im Stadthotel der kleinen Hafenstadt, und er verstand, wohin Petrén wollte. Er war äußerst elegant in einem lichtgrauen Sommermantel und verbreitete einen schwachen Duft von Old Spice um sich.

Beide traten unter Entschuldigungen beiseite, um einander den Weg frei zu machen.

»Ich war gerade drin und habe nach Frau Severin gefragt, aber sie ist nicht da«, erklärte Viggo, als Petrén bereits den Finger auf der Klingel hatte.

»Oh! Ich hatte die Absicht, sie zu einem Abendessen zu animieren. Na ja, dann werde ich eben allein essen müssen.«

Sie verließen den Flur, und die kleine Höflichkeitszeremonie wiederholte sich bei der Haustür.

»Sollten Sie auch auf dem Weg zu einem einsamen Abendessen sein, Herr Kommissar, dann könnten wir vielleicht einander Gesellschaft leisten.«

»Cattelin«, schlug Viggo vor. Er hatte das Gefühl, dass das Restaurant eigentlich etwas zu einfach für den eleganten Sommermantel war, aber Petrén akzeptierte mit einem leichten Kopfnicken. »Eine ungewöhnlich bezaubernde junge Frau, Fräulein Severin«, plauderte Petrén aus sichtlich übervollem Herzen. »Außerordentlich stilvoll, ja, fast etwas altmodisch. Erziehung und gute Herkunft, das sind Dinge, die heutzutage nur selten zu finden sind. Wenn man in die Jahre gekommen ist wie ich und ein wenig vernünftiger geworden ist, dann weiß man solche Vorzüge wirklich zu schätzen – ich nehme an, Sie verstehen mich.«

Er leidet an so genannter Altersleidenschaft, dachte Viggo und antwortete. »Gewiss.«

Petrén hob eine Augenbraue und lachte auf. »Ich fürchte, ich habe mich in Ihrem Alter geirrt, Herr Kommissar. In diesem Fall bitte ich um Entschuldigung wegen meiner voreiligen Bitte um Verständnis für einen alten Mann.«

Er drückte sich sehr präzise aus, und Viggo wurde so verzagt, dass er seine künftige Lebensbahn bereits in sechs, höchstens sieben Jahren steil gegen das Grab abfallen sah. Heute Abend rauche ich keine einzige Zigarette mehr, entschloss er sich, und ab morgen früh beginne ich jeden Tag mit einem Glas Saft.

»Ich sehe vielleicht etwas älter aus, als ich bin«, murmelte er, »aber mit den Hormonen und Vitaminen bin ich noch ziemlich in Ordnung.«

Petrén lachte herzlich und klopfte ihm auf die Schulter. »Ja, ja, es kommt vor, dass ich diesbezüglich auch gewisse Regungen verspüre.«

Er blinzelte verständnisinnig mit dem rechten Auge und versuchte Viggos Blick einzufangen.

Sie betraten das Restaurant Cattelin durch den Pommes-frites-Dunst des Speisesaals für das gemeine Volk und entdeckten einen Ecktisch im Speisesaal für die »bessere« Kundschaft. Petrén breitete die Abendzeitung aus und zeigte auf die Mordrubriken, die endlich von ausführlichen Artikeln über den skandalösen Zustand auf gewissen Landstraßen verdrängt wurden.

»Eine traurige Geschichte«, kommentierte er und meinte den Mord. »Haben Sie etwas erreicht?«

»Doch, doch, es geht langsam vorwärts.«

»Ja, es ist auch unmenschlich zu verlangen, dass ein so komplizierter Fall in ein paar Tagen gelöst werden soll, aber die Zeitungen scheinen alle Maßstäbe zu verlieren, wenn es um einen Mord geht. Fräulein, können wir bestellen?«

Beide bestellten Filet Mignon, und Viggo schlug eine Flasche Macon vor, um allen Ausschweifungen zuvorzukommen. Auch dies wurde mit einem leichten Kopfnicken genehmigt, das Viggo nun als eine Art Herablassung empfand, die ungefähr andeutete: Na ja, bitte, chacun à son gout.

»Außerdem muss es ja unendlich mühevoll sein, all die Fakten zu sammeln, die Sie unbedingt benötigen. Sie haben ja wahrscheinlich nicht die Erfahrung gemacht, dass die Leute gerne aussagen.«

Er bestrich ein geröstetes Brot mit Butter und wartete auf Antwort. Viggo hatte den Eindruck, dass diese Konversationsübungen ihre spezielle Technik und ihre eigenen Regeln hatten, die ihm ebenso kompliziert vorkamen wie zum Beispiel Cricket. Er versuchte zu lächeln, einvernehmlich und vieldeutig.

»Es entsteht offenbar eine Art falsches Solidaritätsgefühl, wenn man mit der Polizei zu tun hat. Es wirkt, als hätte jeder Bürger Angst vor ihr. Wie zum Beispiel diese Geschichte draußen im Atelier. Alle schienen zu wissen, dass Staffan Wingman Morphinist ist, aber keiner kam auf die Idee, es Ihnen zu berichten. Das ist wirklich merkwürdig. Niemand, außer der kleinen Ulla Severin!«

Er war wieder bei seinem Lieblingsthema angelangt, und Viggo hörte mit halbem Ohr, wie er sich darüber ausbreitete. Hier und da schob er ein »Gewiss« oder noch besser ein »Sicherlich« ein und er ließ seinen Mund in einem ständigen Lächeln verharren. Es schien ihm plötzlich, als habe er nicht mehr so viel Zeit. Er begann sich im Gegenteil darüber zu beunruhigen, was geschehen könnte, während er hier saß und Filetstücke auf die Gabel spießte und mit größtem Phlegma den herben Wein kostete.

War sie nun heimgekommen? Saß sie in ihrem Sessel und las *Ladys Home Journal* oder hatte sie eine neue Teufelei erfunden? Und wie konnte er diesen Quatschkopf loswerden und so rasch wie möglich seiner Wege gehen?

Das Problem löste sich von selbst, da Petrén sich erinnerte, dass er eine Sitzung in der Vereinigung der Hausbesitzer hatte, und überstürzt um die Rechnung bat. Es entspann sich zum dritten Mal eine kleine chinesische Zeremonie, als Petrén erklärte, er habe ein so großes Vergnügen an der Gesellschaft des Kommissars gehabt, dass er auf der Bezahlung der Kleinigkeit bestehen müsse. Eine vorsichtige Andeutung Viggos, dass ihre Beziehungen nicht ausschließlich auf freundschaftlicher Basis beruhten, brachte ihn dann doch dazu, von seinem Anliegen abzusehen. Er sah auf seine Uhr – die Datum, Nacht und Tag, Sekunden und Bruchteile von Sekunden, wenn man es wollte, zeigte und auch normale Zeit, wenn man sie ganz genau betrachtete –, dankte herzlich für die angenehme Unterhaltung und eilte zu seiner Sitzung.

Es war dunkel geworden, als Viggo herauskam. Der Abend war behaglich und lau temperiert wie alter, feiner Rotwein. Aus einem offenen Fenster schallte ein hitziger Rock-'n'-Roll-Rhythmus, der nicht zu den verschwenderisch ornamentierten Hausfassaden passte. Er hatte nur einige Schritte zu dem Haus zu gehen, in dem Ulla Severin wohnte, und als er es erreichte, hielt gleichzeitig ein Taxi vor dem Eingang. Im Rücksitz sah er flüchtig blondes Haar und stellte sich wartend vor den Eingang. Ulla Severin war offenbar nicht auf einer Antialkoholversammlung gewesen, da sie ihren eigenen Wagen nicht benutzte.

»Hallo!«, rief sie, als sie ihn erblickte.

»Haben Sie etwas dagegen, wenn ich eine Weile mit Ihnen hinaufkomme?«

»Das klingt gefährlich, aber los!«, lachte sie.

Sie ging vor ihm durch das Dunkel des Bogenganges und legte den Finger auf die Lippen, als sie vor der Tür des Bildhauers standen. »Jetzt schleichen wir uns still hier durch«, flüsterte sie, »sonst fallen wir meinem so genannten Hauswirt in die Hände.«

Sie gingen leise durch den dunklen Korridor, und er hörte, wie sie eine Tür öffnete. »Hier, bitte.«

Sie ließ ihn eintreten und machte Licht. Ihr Zimmer war groß und hatte weiß gekalkte Fensternischen mit romantischen Gardinendrapierungen. Eine Sitzgruppe in hell olivgrünem Plüsch verriet Stil und gute Herkunft und das dazugehörige Geld, dachte er und erinnerte sich an Petréns verliebte Suada.

»Nehmen Sie Platz, Herr Kommissar. Darf ich Ihnen einen Whisky anbieten? Oder vielleicht trinken Sie keinen Alkohol im Dienst?«

Das war ein neuer und faszinierender Gesichtspunkt, und er wusste nicht, was er antworten sollte.

»Sherry«, schlug sie vor. »Macht es Ihnen was aus, wenn ich Sie ein paar Minuten allein lasse? Ich hole nur Mischa, den ich bei einem Nachbarn gelassen habe. Ich habe ihn nicht gleich mitgenommen, weil Mischa immer bellt und Lärm macht und ich vermeiden wollte, dass wir mit Herrn Johansson zusammenstoßen. Er ist wirklich nicht gerade komisch, und Sie wären ihn eine Stunde lang nicht losgeworden.«

Sie seufzte und machte eine resignierte Geste mit ihren schlanken manikürten Händen.

»Aber man muss sich damit abfinden. Dieses Milieu hat jedenfalls etwas Eigenes an sich – pittoresk, nicht wahr? Ich würde es wirklich nicht ertragen, in Häkarängen oder Bandhagen zu wohnen. Jetzt habe ich jedenfalls eine Chance, zu Weihnachten eine Dreizimmerwohnung auf Narvavägen zu bekommen. Mit allem Drum und Dran, hochmodern. Klingt verlockend, nicht? Entschuldigen Sie mich einen Augenblick.«

Die Chance für die Dreizimmerwohnung auf Narvavägen saß vermutlich jetzt in der Sitzung der Hauseigentümervereinigung, dachte Viggo. Er blieb allein mit seinem Sherryglas und pickte mit den Fingerspitzen gesalzene Mandeln aus einer Glasschüssel, wobei einige auf den Teppich fielen. Ulla Severin war wirklich in ein paar Augenblicken zurück – eine Sekunde lang hatte er vermutet, es sei ein Trick von ihr. Sie brachte ihren hastig atmenden Pudel mit.

»Man bildet sich immer ein, in diesem Viertel leben lauter interessante Menschen. In gewisser Hinsicht stimmt das auch. Aber meistens sind es… ja, Leute wie überall.«

Sie schnitt eine lustige Grimasse, die andeutete, dass das Wort Leute nur ein Euphemismus war. Viggo kraulte den Pudel hinterm Ohr und schwieg.

»Wenn man bedenkt, wie menschlich solche Tiere aussehen können«, bemerkte er nach einer Pause.

»Ja, nicht wahr?«, plauderte Ulla. »Und Sie ahnen nicht, wie menschlich sie sein können. Für mich ist Mischa eine richtige Zerstreuung. Ich spreche mit ihm, und er versteht mich. Nicht wahr, Mischa? Sollst leben!«

Sie hob ihr Sherryglas und lächelte. Gleich danach nahm sie eine sehr geschäftsmäßige Haltung ein und stellte ihr Glas brüsk auf die Mosaikplatte des Tisches. »Aber – ich nehme an, dass wir über anderes zu sprechen haben.«

Viggo hatte den Kopf des Pudels zwischen seine Hände genommen und betrachtete ihn gedankenvoll. Ohne den Blick zu heben, erwiderte er. »Nein, gerade darüber will ich sprechen. Wie menschlich Hunde aussehen können. Wie erschreckend menschlich sie aussehen können.«

Ulla Severins Porzellanaugen fixierten ihn kalt. In ganz anderem Ton fragte sie: »Was meinen Sie damit, Herr Kommissar?«

13

»Ich bekam fast den gleichen Schock wie Krister Hermansson«, setzte Viggo fort, ohne ihren Einwurf zu beachten. »Nachher musste ich natürlich über das alles lachen. Er sieht ja eigentlich bloß lustig aus. Ein kleiner Hund im Autofenster … aber das Dunkel und der Schock müssen für Krister den Kopf unnatürlich vergrößert haben, er sah in ihm menschliche Züge, sodass er alles andere vergaß. Sogar, dass es ein schwarzer Citroën war, den er gesehen hat, eine Automarke, die man kaum verwechseln kann.«

Ulla Severin saß in angespannter Haltung auf dem grünen Plüschsofa. Er musste ihre Beherrschung bewundern – kein Muskel rührte sich in ihrem schönen und unzugänglichen Gesicht. Schließlich sagte sie leise: »Sie wollen also andeuten, dass ich die Ursache für Ann-Charlottes Tod gewesen bin?«

Viggos Blick begegnete dem ihren, und die plötzliche Stille machte Mischa unruhig. Er heulte und kratzte mit den Pfoten an Viggos Bein.

»Es würde mich amüsieren zu wissen, wie Sie eine so barocke Behauptung zu beweisen beabsichtigen.«

Ihr Ton war jetzt leichter, sogar ein wenig höhnisch. Viggos Antwort ließ auf sich warten. Mischa jaulte, und abrupt brach sie aus: »Sei still, zum Teufel, Mischa! Kusch!«

»Sagen Sie mir nur eines«, sagte Viggo rasch. »Wie haben Sie es fertig gebracht, von ihnen wegzufahren? Zwei Kinder auf einer Landstraße! Das eine …«

»Still, um Gottes willen! Hören Sie auf, hören Sie auf!«

Sie schlug die Hände vors Gesicht und sprang auf. Er hörte einige trockene, krampfhafte Schluchzer. Doch als sie ihm ihr Gesicht wieder zuwandte, waren die Augen tränenlos.

»Was haben Sie für Beweise? Haben Sie irgendwelche Beweise? Sie können nicht bloß kommen und mich beschuldigen... Was wissen Sie überhaupt? Was wissen Sie überhaupt?«

Er wusste eigentlich nichts, aber er schwieg. Das nackte Gesicht der Schauspielerin berührte ihn unangenehm. Dies ist vermutlich das Ende von Ulla Severins viel versprechender Filmkarriere. Gerichtsverhandlung, Gefängnis und nachher Schluss mit lustig! Gestrichen von der Liste mit einem einzigen Federstrich.

Sie setzte sich wieder aufs Sofa und versuchte Ruhe zu gewinnen. Sie fingerte an einer Zigarette herum, die sie aus einer Schachtel vom Tisch genommen hatte.

»Sie müssen versuchen zu verstehen«, sagte sie leise. »Ich werde alles von Anfang an erzählen, hören Sie mir bitte genau zu. Es ist eine sehr hässliche Geschichte, aber ich konnte nicht anders handeln.«

Es wunderte ihn, dass sie so leicht aufgab. Er hatte sie für härter gehalten. Hart wie Glas und ebenso scharf.

»Ich saß am Steuer«, begann sie. »Ich leugne es nicht. Sie wissen vielleicht, dass wir draußen bei Fredberg ein bisschen in Stimmung kamen, wir waren alle nicht mehr ganz nüchtern. Stig Lindh und ich sollten zu mir heimfahren, um mehr Alkohol zu holen, wir fuhren in die Stadt, und er saß am Steuer. Da bemerkte ich, dass er eigentlich zu betrunken war, um zu fahren. Ich dachte, es ginge besser, wenn ich auf dem Rückweg fahren würde. Und als wir zu dieser Abzweigung kamen – ich habe ihn zu spät gesehen und machte eine scharfe Wendung... Das Moped habe ich überhaupt nicht gesehen. Es ging alles so schnell... Mir wurde eiskalt, und als ich aufblickte, sah ich den Jungen am Wegrand stehen. Ich glaubte, er sei allein. Ich schwöre, dass ich das Mädchen nicht gesehen habe. Ich habe das Mädchen nie gesehen!«

Schluchzend begrub sie das Gesicht in den Händen, und der Hund winselte mitfühlend zu ihren Füßen. Viggo empfand die Luft im Zimmer als drückend. Vorsichtig öffnete er den Hemdknopf unter dem Schlips.

»›Fahr! Fahr!‹, schrie Stig. Er war sternhagelvoll. Und ich fuhr. Ich weiß nicht, was ich dachte. Ich tat alles automatisch. Nur weg. Wir kamen in die Stadt zurück und fuhren wieder zu mir. Es gelang uns, ungesehen hineinzukommen. Da war es ja schon zu spät, nochmals den Weg zurückzufahren – oder war es das nicht?«

»Das Mädchen war bereits tot, wenn Sie das meinen«, antwortete Viggo.

Aber das meinte sie nicht. Sie wollte bloß wissen, ob es zu spät war, der Schuld zu entgehen, den Folgen, der Strafe. Hinter ihrem hübschen, glatten Gesicht gab es nichts anderes als den Wunsch, sich zu retten, vorwärts zu kommen, koste es, was es wolle.

»Sie verachten mich«, flüsterte sie.

Viggo antwortete nicht.

»Sagen Sie doch wenigstens etwas«, schrie sie hysterisch. »Was wollen Sie wissen? Wie der Junge draufgekommen ist? Genauso, wie Sie annehmen. Als er am Samstag Mischa im Auto sah, begriff er, was für ein Gesicht er gesehen hatte. Stig war natürlich ganz außer sich, er ist immer ein dummer Feigling gewesen!«

Sie spuckte die Worte aus. »Aber von da an übernahm ich das Kommando. Sie glauben natürlich, dass ich keine Reue empfand. Aber es war ja nichts mehr gutzumachen – eine Tote kann man nicht mehr zum Leben erwecken. Jetzt konnten nur noch zwei Menschen zusätzlich ruiniert werden, wenn es herauskam. Auf irgendeine Weise gelang es mir, den Jungen dazu zu bringen, das einzusehen. Von Geld war nicht die Rede, erst später. Sie dürfen nicht glauben, dass eine Erpressungsgeschichte draus wurde! Glauben Sie das vielleicht? Sie nehmen wohl immer von allen das Schlechteste an, nicht wahr?«

Viggo schloss die Augen und schüttelte den Kopf. Ihre Stimme mit der deutlichen Theaterdiktion hatte einen scharfen Tonfall, der nahe der Hysterie schwebte und ihm in den Ohren wehtat.

Etwas ruhiger fuhr sie nach einer Pause fort: »Ich überredete ihn, fünfhundert Kronen entgegenzunehmen. Aber das war nicht leicht. Und von dem Moment an sah ich ein, dass das nicht lange halten würde. Er hatte mich auf seine kindliche Art zu hassen begonnen. Verbohrt und unüberlegt. Ich begriff, dass es nur eine Frage der Zeit war, und er würde hingehen und alles der Polizei oder seinen Eltern erzählen…«

»Und da?«, fragte Viggo.

»Und da? Was meinen Sie?«

Das Blut verschwand aus ihren Wangen, ihre Haut wurde weiß und spröde wie Papier. Wenn das gespielt war, war es geschicktes Spiel.

»Was meinen Sie?«, wiederholte sie. »Sprechen Sie!«

Sie sprang vom Sofa auf und ging mit über der Brust verschränkten Armen im Zimmer umher, als fröstle sie in der drückenden Luft. »Ich habe keine Angst vor Ihren Anklagen. Ich verstehe genau, dass Sie versuchen wollen mich zu beschuldigen, ihn ermordet zu haben. Aber dieser Bluff wird Ihnen nicht gelingen. Sie wissen genauso gut wie ich, dass ich ein klares Alibi für den Zeitpunkt habe, als es geschah. Ich habe mit einer Freundin zusammen am Strand gebadet. Das ist Ihnen bekannt.«

»Ja, das ist mir bekannt«, antwortete Viggo, »aber es gibt eine Person, die kein so wasserfestes Alibi hat: Stig Lindh.«

Sie blies den Zigarettenrauch in die Luft und sah ihn mit einem ironischen Blick an, der andeutete, dass sie die Herrschaft über ihre Nerven wieder gefunden hatte. »Glauben Sie ernsthaft, dass dieser Feigling fähig wäre, einen Menschen zu erschießen? Er würde dabei einen Herzschlag erleiden.«

»Unwahrscheinlich ist es keineswegs. Er hatte gute Gründe. Ein Grund wären zum Beispiel Sie.«

»Glauben Sie, er hätte es meinetwegen tun können? Irgendeines Menschen wegen? Da kennen Sie Stig Lindh schlecht. Im Übrigen müssen Sie wohl die Sache mit ihm direkt aufklären. Mich geht sie nichts an.«

»Doch, die Sache geht Sie an.«

Sie blieb stehen und sah ihn mit hochgezogenen Augenbrauen an.

»Sie wären in diesem Zusammenhang als Mitschuldige zu betrachten«, setzte er langsam und deutlich fort.

Das Wort ließ sie zusammenzucken. Zum ersten Mal sah sie hilflos aus. »Aber ich habe doch nicht... Wie kommen Sie dazu, so etwas zu sagen...! Das ist völlig absurd!«

»Das ist völlig logisch!«

Viggo hatte sich erhoben und sprach mit harter, geschäftsmäßiger Stimme. Ulla Severin hörte ihm zu, und ihre Augen wurden immer größer und dunkler.

»Sie haben ein Mädchen überfahren und es getötet. Sie verlassen den Unfallort – möglicherweise unter einem Schock stehend, nehmen wir das an. Aber Sie kehren nicht zurück, nachdem der erste Schock vorbei ist. Sie überreden den Jungen zu schweigen, als er Sie als Täterin entdeckt. Vermutlich wenden Sie in der Szene mit ihm Ihr ganzes schauspielerisches Können an. Außerdem bringen Sie ihn dazu, Geld von Ihnen anzunehmen. Das war geschickt. Sie wissen, wie man es nennt, Geld für Schweigen zu nehmen: Erpressung. Aber dieses Delikt ist auch gefährlich für den gebenden Teil. Allmählich würde das wohl auch der Junge einsehen. Ihnen wird klar, dass der Junge früher oder später die Sache an die große Glocke hängen wird – die Gewissenslast wird ihm zu schwer werden. Er hat Sie zu hassen begonnen. Erzählt er, was er weiß, ist Ihre ganze Karriere am Ende. Sie werden nie mehr vor einer Filmkamera oder auf einer Bühne stehen können. Sie fragen, wie ich dazu komme, zu sagen, dass Sie Krister Hermansson ermordet haben? Und ich sage: beweisen Sie, dass Sie es nicht getan haben! Mit Stig Lindh als Werkzeug!«

Ulla Severin hatte sich von Viggo zurückgezogen, so weit sie konnte. Sie drückte ihren schmalen Rücken gegen einen Bücherschrank und stand in einer starren und hilflosen Stellung da.

»Wie soll ich beweisen können, dass ich es nicht getan habe? Ich verstehe Sie nicht...«

Viggo zeigte auf das Telefon.

»Soll ich anrufen? Wen soll ich anrufen? Es gibt niemand, der bezeugen kann... Ich gestehe alles andere, Herr Kommissar! Alles! Aber nicht, dass ich ihn getötet habe. Ich habe es nicht getan. Ich gestehe, dass ich froh war, hören Sie, ich war froh, als ich erfuhr, dass er tot ist, es fiel mir ein Stein vom Herzen!« Sie drehte sich mit dem Gesicht zum Bücherschrank, und ihr Rücken zitterte.

»Beweisen«, flüsterte sie schließlich. »Ich kann nichts beweisen. Sie glauben jetzt, dass Sie mich in der Falle haben, nicht? Sie sind... unmenschlich sind Sie! Sie beschuldigen nur und verurteilen. Sie wissen nicht, wie es zugegangen ist. Sie können das vielleicht verstehen, wenn Sie selbst einmal auf dem Weg gewesen wären, Karriere zu machen. Man kann keine Rücksichten nehmen? Man kann nicht!«

Er ging zu ihr und nahm sie vorsichtig bei den Schultern. Behutsam führte er sie zum Telefon, das auf einem Tischchen bei der Tür stand. Er legte den Hörer in ihre Hand. »Wählen Sie die Nummer von Stig Lindh. Haben Sie sie im Kopf? Gut. Sagen Sie ihm nur Folgendes: ›Stig, nun ist der Kommissar darauf gekommen, dass ich Ann-Charlotte Hermansson überfahren habe.‹ Haben Sie mich verstanden?«

»Ja«, flüsterte sie. Sie hatte bereits den Zeigefinger auf die Wählscheibe gelegt.

»Und nachher sagen Sie ihm: ›Er ist auch draufgekommen,

dass du es warst, der Krister erschossen hat‹… nicht mehr. Dann übergeben Sie mir den Hörer. Rasch.«

»Nein«, sagte sie leise. »Das können Sie nicht von mir verlangen. Ich bin sicher, dass Sie es nicht verlangen dürfen. Dazu haben Sie kein Recht.«

»Wie Sie wollen«, sagte Viggo mit einem Achselzucken und wandte sich weg.

»Ich rufe an«, wisperte sie fast unhörbar, und in der nächsten Sekunde rasselte die Wählscheibe. Es dauerte eine Weile, bis sich jemand meldete.

»Bitte, Herrn Lindh. Ach so. Danke sehr.« Sie sah auf.

»Wissen Sie, wo er sein kann?«

»Im Künstlerhausrestaurant, glaube ich. Aber ich weiß nicht, wo ich…«

»Wie Sie wollen«, sagte er wieder kalt.

Noch einmal rasselte die Scheibe. Nach einer Weile hatte sie festgestellt, dass Lindh dort war, und wartete, dass man ihn an den Apparat holte. Sie atmete kurz und stoßweise in den Hörer.

Zuletzt brachte sie mit Anstrengung ihre Stimme ins Gleichgewicht und rief etwas übertrieben unbefangen. »He, Stig! Hier ist Ulla. Nein, ich bin nicht zu Hause. Du… hör mich an. Es geht um etwas Wichtiges. Es ist wegen des Kommissars Bredberg, du weißt, der die Untersuchung hat… Ja, ja… Er ist draufgekommen, dass ich Ann-Charlotte Hermansson überfahren habe.« Ihr Blick suchte den Viggos, und plötzlich reichte sie ihm den Hörer.

»Ich kann nicht«, flüsterte sie.

Beide hörten Stig Lindh am andern Ende der Leitung Ullas Namen rufen. Viggo trat ein paar Schritte zurück, sodass sie ihn mit dem Hörer nicht erreichen konnte. Sie zögerte und legte dann den Hörer wieder ans Ohr.

»Du, Stig, er ist auch draufgekommen, dass du… dass du Krister Hermansson erschossen hast.«

Viggos Hand schloss sich rasch um den Hörer, der warm

und feucht von ihrem Griff war. Entfernt und verschleiert hörte er eine Stimme: »Ulla, bist du übergeschnappt? Ich habe doch den Hermansson nicht erschossen! Ulla, hörst du mich? Wie kannst du glauben, dass ich so was… Hörst du mich? Ulla, so hör doch…«

14

Am Meer hatten die Septemberstürme begonnen. Nachts wälzten sich blau-schwarze Wogen mit wutschäumenden Kämmen über die lang gestreckten Stranddünen, und weit drin im Land, im Schutz der Bäume, die immer noch grün waren, konnte man das Meer toben hören. Der Morgen war windig, aber nicht stürmisch. Am Wassersaum hüpften verfaulter Tang und öldurchtränkte Vogelleichen auf und nieder. Einige Kühe waren vor kurzem am Strand gewesen und hatten auf den Sund und zum in der Ferne schimmernden Festland hinausgeglotzt. Nun waren sie auf dem Weg ins Land hinein, vorbei an den verlassenen Sommerhäusern und den verfallenen Bootshütten. Ihre Hufe rissen die weichen Rasenstücke der Strandwiesen auf und hinterließen klaffende Wunden, die rot vom Lehm waren.

In einiger Entfernung hörte man das Geräusch eines Automotors. Ein Rotkehlchen flog aus einem Gebüsch auf und begann Kreise zu ziehen. Möwen stiegen in die Höhe, und die Luft füllte sich mit ängstlichen und feindlichen Vogelschreien. Das Auto kam näher.

Es war ein kleiner grüner Austin, der in der Nähe des Stengårdshotels parkte. Zwei Männer und eine Frau stiegen aus, und die Frau atmete die Salzluft in tiefen Zügen ein. Sie bekam aber auch den verfaulten Gestank von den Dünen in die Nase und verzichtete auf weiteres Atemholen.

»Frisch ist es!«, rief einer der Männer, der sportlich gekleidet war und mit elastischen Schritten ging. »Meinst du nicht auch, Karin?«

»O ja«, antwortete die Frau. Sie fror.

»Ja, es ist vielleicht nicht die geeignetste Zeit, hier herauszufahren und sich nach einem Sommerquartier umzusehen. Aber frisch ist es, herrlich frisch. Nun müssen wir uns entschließen. In der Stadt wohne ich nächstes Jahr auf keinen Fall mehr. Diese Gluthitze mache ich nicht mehr mit!«, verdeutlichte er seine Abneigung gegen einen weiteren Sommer in der Steinwüste.

»Ja, aber das hier ist doch nur ein kleiner Badeort«, sagte die Frau mit dem Namen Karin etwas klagend. »Das ist doch nicht wie Stockholm oder wie ...?«

Es gelang ihr nicht, sich einer weiteren Stadt zu erinnern, und sie zog ihren Mantel enger zusammen. Der andere Mann der Gruppe trug einen blauen Arbeitsanzug, Mütze und Stiefel und stapfte auf den Bootsschuppen und das Haus zu.

»Die Bootshütte ist authentisch«, erklärte der erste Mann wieder. »Siehst du die Silberfarbe am Holz, Karin?«

»Aber bläst es hier nicht sehr?«

»Ja, aber Liebling, es ist doch Herbst. Im Herbst bläst es überall am Meer, das musst du doch einsehen.«

»Ich glaube, hier bläst es immer.«

Der Mann im Arbeitsanzug antwortete nicht, sah aber sehr verschlagen drein.

»Was für ein komischer roter Lehm«, sagte Karin und stocherte mit den Fußspitzen im Gras. »Schau, Ernst, hier sind Kühe gegangen!«

»Jawohl, Liebling.«

»Aber da müssen wir einen Zaun machen. Hörst du, wir müssen unbedingt einen Zaun haben!«

»Ja, ja. Johansson! Haben Sie den Schlüssel zum Haus?«

»Ja. Aber im Haus ist nicht viel zu sehen. Ich glaube, Sie werden ein neues bauen müssen, Herr Fabrikant. Und der Bootsschuppen kann auch jeden Augenblick zusammenfallen.«

»Den behalten wir, wie er ist. Solche alten Bootsschuppen sind sehr wertvolle kulturelle Erinnerungsstätten.«

Eine Möwe schrie grell über ihren Köpfen.

»Ernst, ich finde, das hier ist nicht sehr…«

Ihre Stimme drang in dem starken Wind nicht bis zu den Männern. Beide waren zu einem Brunnen gekommen, und sie beeilte sich, sie zu erreichen.

»Einen Brunnen gibt es hier also auch. So nahe am Strand? Hier sprudelt vielleicht eine kalte Süßwasserquelle hervor.«

»Der Brunnen ist sicher eingetrocknet«, vermutete Johansson und begann an dem Brunnendeckel herumzuhantieren, um ihn herunterzukriegen. Der Sportgekleidete war ihm behilflich, und sein Gesicht wurde rot vor Anstrengung.

»Muss gereinigt werden.«

Der Deckel plumpste auf die Erde. Die Männer beugten sich über den Brunnenrand.

»Karin!« Der Sportgekleidete wandte jetzt einen scharfen Kommandoton an. »Karin! Schau nicht her! Hörst du, was ich sage, du sollst nicht herschauen!«

Aber Karin hatte bereits den Kopf vorgestreckt, und nun schrie sie auf. Ihr Schrei war grell und lang gezogen und übertönte den Wind und die flatternden Möwen. Sie schlug die Hände vors Gesicht und schrie aufs Neue.

»Karin! Nur Ruhe…!«

Johansson stand stumm und starr am Brunnenrand. Er sah tief unten ein Stück Tuch, eine Jacke war es, grün gesprenkelt. Zuoberst lag eine Brille. Neben der Jacke sah man helles Haar und etwas, das ein Gesicht gewesen war, schimmern.

15

Stockholm war gleich geblieben. Die Leute waren von ihren diversen Urlauben zurückgekehrt, und in den Korridoren des Polizeigebäudes wimmelte es von braun gebrannten Sklaven, die wieder in ihre Ketten gekrochen waren, um das Rad der großen Mühle in Gang zu halten.

Die Mühle der Gerechtigkeit mahlte, und sie mahlte langsam. Skandalös langsam, meinten manche Zeitungen, und Lövgrens Magengeschwür wurde immer schlimmer. Eines Morgens hatte er in der Scheelegatan eine Konversation angehört, als er auf dem Weg zum Rathaus hinter zwei Anwälten gegangen war. Gut informierte Herren. Der eine hatte seine Betrachtung über den Fall Hermansson mit den Worten geschlossen: »Das Einzige, wozu sie sich aufschwingen, ist, diesen Schauspieler Lindh von Zeit zu Zeit auf die Kriminalpolizei zu rufen und ihm einige Fragen zu stellen. Er ist schon längst als Verdächtiger abgeschrieben, aber das geht jetzt nur noch routinemäßig. Ich glaube, die regeln das oben einfach nach dem Kalender. Alle zwei Wochen eine Verhörportion Lindh. Völlig zwecklos, aber damit eben nach außen was geschieht. Es sollte mich nicht wundern, wenn der arme Teufel eines schönen Tages ein Geständnis ablegt, bloß aus Ermattung und um endlich Ruhe zu kriegen.«

Wie Recht hatte der Anwalt! Lindh war abgeschrieben. Lövgren kaute an Bleistiften, seit ihm der Arzt alles Obstessen verboten hatte, und die Magennerven zogen sich zusammen und schmerzten. Es hieß allgemein, dass auch Kommissar Bredberg auffallend blass aussah. Er machte in der letzten Zeit ganz einfach den Eindruck eines leidenden Menschen.

»Gestern hat er von mir verlangt, ich soll ihm statt Bier einen Jogurt holen. Der macht's nicht mehr lang«, berichtete der jüngste Laufbursche der Telefonistin.

Man diskutierte, worauf Bredbergs Aussehen zurückzuführen sei, und viele hielten es für Überanstrengung.

»Er säuft heimlich«, war Oberwachtmeister Svenbergs Kommentar, während Bergson vom Laboratorium kicherte und mit bedeutungsvoller Miene verkündete, der Kommissar habe sich in eine Liebesgeschichte verwickelt. Lövgren, der am besten Bescheid wusste, meinte, dass eine Kombination sämtlicher Faktoren vorlag, aber behielt seine Ansicht für sich.

An diesem kühlen Septembernachmittag mit tiefblauem und glasklarem Himmel saß Lövgren und drehte seinen Bleistift, um eine Stelle zu finden, die noch nicht angenagt war. Vor ihm saß Viggo. Die beiden Herren sahen zum ersten Mal seit langem heiter-feierlich aus. Auf dem Schreibtisch lag ein Telegramm.

»Also«, sagte Lövgren und räusperte sich. »Also, mein lieber Freund.«

Diese ungewöhnliche und durch und durch falsche Anrede schien Viggo zu behagen, denn er bot Lövgren höflich eine Zigarette an.

»Nein, danke bestens. Ja, also.«

»Dort lag er also«, äußerte Viggo in leichtem Konversationston.

»Das tat er. In einem Brunnen.«

»In einem Brunnen, ja.«

Lövgren nahm das Telegramm auf und fingerte daran herum. »Nun gilt es, festzustellen, ob er mit der Kugel erschossen worden ist, die in der Tapete seines Zimmers steckte. In diesem Punkt sind wir klug wie die Schlangen gewesen.«

Dieses »Wir« verwunderte Viggo keineswegs. Er betrachtete es auch nicht als falsch. Gewiss war er es gewesen, der die Theorie entwickelt hatte, dass Wingman in seinem Zimmer gleichzeitig mit – oder besser gesagt kurz vor – Krister Hermansson erschossen worden sei. Aber dieses »Wir« bekräftigte nur, was er die ganze Zeit geglaubt hatte: dass Lövgren selbst die gleiche Ansicht hatte. Aber dass er dieselbe gern als sein Eigentum betrachten wollte. Er lächelte deshalb mild und ließ Lövgren fortfahren.

»Jacke und Brille lagen zuoberst. Welchen Schluss ziehen wir daraus?«

Viggo antwortete ihm zuvorkommend: »Wir erinnern uns der interessanten Zeugenaussage der Schauspielerin Elsa Brundin über ihre Tante Honorine und andere Gespenster und ziehen daraus unsere Schlüsse.«

»Das tun wir. Wir ziehen unsere Schlüsse, wie du dich richtig ausdrückst.«

Lövgren lächelte ein katzenhaftes Lächeln. Er erhob sich, streckte sich, klagte über Magenschmerzen, und dabei sah er die ganze Zeit so zufrieden aus, als wären Magengeschwüre nur ein kleiner, angenehmer Zusatz zu allen Genüssen, die die Arbeit eines Kriminalintendanten diesem bescherten.

»Und was machen wir jetzt?«

»Wir denken an eine Sache.«

»Gut. Und wir verdoppeln dieselbe.«

Plötzlich wurde er ernst und sehr effektiv. »Du fährst zu Broman«, ordnete er an. »Die Sache überlasse ich gerne dir. Ein hartgesottener Bursche. Aber jetzt soll er mit allen Mitteln zum Sprechen gebracht werden. Aus ihm muss jedes Detail über Narkotika herausgepresst werden, das er kennt. Welches Gift hat Wingman angewendet? Nicht einmal das wissen wir. Ich habe jeden Einzelnen dieser ganzen Filmbande angezapft, aber niemand weiß es. Und ich glaube tatsächlich, dass sie es nicht wissen. Wenn ich dir meine aufrichtige Meinung sagen soll, so glaube ich, dass Broman Angst hat. Oder? Weißt du übrigens, wie er mich genannt hat? Na ja, das ist gleichgültig. Auf in den Kampf, lieber Freund! Ich verlasse mich darauf, dass du ihn auspresst wie eine Zahncremetube.«

Er salutierte mit seinem zernagten Bleistift und begann an der Wählscheibe des Telefons zu drehen, bevor Viggo zur Tür hinaus war.

Viggo rief einige Male bei Broman an, erhielt aber keine Antwort. Erst nach einigen Stunden ging der Telefonistin ein Licht auf, dass die Sache eilig war, und ihre eifrige Stimme meldete: »Das Signal geht nicht durch. Der Kunde hat vermutlich die Rechnung nicht bezahlt.«

»Stellen Sie das fest.«

Nach einigen Minuten bekam er Bescheid: »Der Anschluss ist gesperrt. Es stimmt sicher, was ich gesagt habe – er hat die Rechnung nicht bezahlt.«

»Hören Sie mich jetzt an.« Sein Ton war mild überredend, wenn auch etwas angestrengt: »Das ist kein Gesellschaftsspiel, liebe Frau Olsson. Erkundigen Sie sich jetzt genau, ob der Apparat ausgeschaltet ist, weil der Kunde nicht bezahlt hat oder weil er verreist ist.«

»Jawohl, das mache ich sofort. Wie geht es Ihnen, Herr Kommissar?«

»Großartig«, ächzte er.

»Oh, wirklich?«

Sie schien ihm nicht zu glauben. Er zündete sich eine Zigarette an und brachte es fertig, zu rauchen und gleichzeitig die Fingernägel zu beißen. Es verging eine Minute, es vergingen zwei Minuten. Da läutete das Telefon munter.

»Jawohl, Herr Kommissar, es ist genau, wie ich geglaubt habe. Er hat nicht bezahlt.«

»Gut. Danke.«

»Bitte. Danke.« Sie schien gekränkt zu sein und auf etwas zu warten.

»Danke, liebe Frau Olsson, vielen, vielen, herzlichen Dank. Wollen Sie so lieb sein, mir auch noch ein Taxi zu bestellen.«

»Gern, Herr Kommissar, aber wir haben sicher ein Auto frei, das sie fahren kann. Ich werde gleich…«

»Verehrte Frau Olsson, bitte, seien Sie so gut und bestellen Sie mir ein Taxi, ja?«

Das wollte sie tun, versprach sie. Im Stillen fragte er sich, ob sie nicht doch vorher noch eine Runde fertig strickte. Das Auto war aber bereits da, als er hinauskam. Er gab die Adresse an: Lorensbergsgatan 16. Das Haus lag eingekeilt zwischen ein paar großen Mietskasernen aus den Dreißigerjahren. In einigen Fenstern waren die Sonnenreflexe so stark, dass man glauben konnte, es rase darin ein stiller, aber fürchterlicher Brand.

Die Chance, Broman zu treffen, war gering. An und für sich war es nicht unmöglich, dass er um diese Zeit zu Hause war. Die Treppen knarrten unter seinen Füßen, als er an Türen vorbeiging, deren Namen ihm nichts sagten. Er fand das Schild mit den Namen Lindeberg und Broman im zweiten Stock, klingelte und wartete. Nichts rührte sich. Plötzlich näherten sich schnelle Schritte der Tür. Sie wurde geöffnet, und Viggo stand einem Schwarzen gegenüber.

Viggo starrte, und der Schwarze lächelte. Er war mit einem hellblauen Anzug mit Streifen in dunklerem Blau gekleidet. Dazu trug er ein rosafarbenes Hemd und einen schwarzen Seidenschlips. Bei jedem anderen hätte diese Zusammenstellung affektiert gewirkt, bei ihm schien sie natürlich zu sein.

»What canna do for you, Sir?«

Der Schwarze trat aus der Wohnung heraus und schloss die Tür hinter sich. Er erklärte Viggo, dass Broman verreist und Lindeberg ausgezogen sei. Er selbst war dabei, auszugehen. »Sorry, Sir!«

Er lächelte Viggo warm an und begann vor ihm die Treppen hinabzugehen. Als sie auf die Straße hinauskamen, zeigte er zum Himmel hinauf, auf dem sich blau-schwarze Wolkenfetzen zusammengezogen hatten.

»Do you know what that means?«, fragte er unergründlich

und gab sich selbst die Antwort »It means I won't be able to go swimming, 'cause them clouds we see mean it'll rain.«

Er winkte mit den Badehosen und wollte ins Haus zurückkehren, als Viggo ihn fragte, ob es denn nicht jetzt, gegen Ende September, sowieso zu kalt im Wasser sei.

»No, no, Sir.« Er benutze natürlich ein Innenbad, das Zentralbad. Was er meinte,war einfach, dass er Angst hatte, seinen schönen Anzug zu beschädigen, wenn der Regen kam.

Er war einer der sympathischsten Lügner, die Viggo je getroffen hatte, und seine Frechheit war entwaffnend. Vermutlich lauerte Broman hinter den Gardinen dort oben, um zu sehen, wie die Sache ablief. Viggo bat den Mann, einen Augenblick mit hinaufkommen zu dürfen. Er würde ihm gern ein paar Fragen stellen.

Da erinnerte sich der Schwarze blitzartig, dass er seinen Regenmantel im Auto vergessen hatte. Wenn er Viggo in die Stadt fahren könne, so täte er es gern. Er könnte ihn ja während der Fahrt fragen.

Man konnte gegen diesen immer lächelnden Mann nicht hart vorgehen. Viggo akzeptierte, und sie gingen um die Ecke, um den Wagen zu holen. Es war ein großer Ford Fairland mit schwarzem Dach. Die Karosserie war hellrot. Viggo nahm vorne Platz und sah sich um. Kein Regenmantel weit und breit. In leichtem Ton fragte er den Mann, ob er Jazzmusiker sei. Oder Sänger, vielleicht?

»Yeah! Josia Hammonds Quartett.«

Sobald er gestartet hatte, begann er zu singen. Es war verlockend, ihm zuzuhören, aber Viggo unterbrach ihn. Ob er wisse, wo sich Broman befand? Hatte Broman nicht davon gesprochen, wohin er die Absicht habe zu fahren?

»Somebody told me he is in town«, sagte Viggo. Er zog seine Polizeimarke hervor und hielt sie ihm unter die Nase.

Der Musiker stieß einen Pfiff aus. »Somebody is crazy as hell«, antwortete er dann unbekümmert.

Als sie sich dem Zentrum näherten, fragte er, wo er Viggo

absetzen dürfe. Dieser erklärte ruhig, dass er ebenfalls ein Bad für angebracht hielte und es ihm deshalb ein Vergnügen machen würde, Mister Hammond Gesellschaft zu leisten. Der wäre beinahe mit einem Straßenbahnwagen zusammengestoßen. Viggo fühlte Erleichterung und wohlige Wärme in den Gliedern. Er fragte, wo er parken wolle.

»I dunno.« Mister Hammond wirkte nicht mehr fröhlich.

Sie fanden einen Parkplatz in einer Seitenstraße nicht weit von Drottninggatan 77 und gingen die Steigung hinab. Als sie zum Zentralbad gekommen waren und ihre Karten gelöst hatten, behauptete Viggo, dass man seine Wertsachen am Eingang abgeben müsse. Die Schlüssel ebenfalls.

Der Mann legte die Sachen in Viggos ausgestreckte Hand und sah zu, wie dieser sie ablieferte. Zusammen gingen sie hinein, um sich auszukleiden, und der Schwarze verschwand mit einem ziemlich matt gewordenen Grinsen in einer der Kabinen.

Viggo wartete fünfunddreißig Sekunden, bevor er wieder hinausging. Am Eingang kritzelte er einige Zeilen auf ein Blatt seines Notizbuches und übergab es der Dame in der Kasse mit der Bitte, es dem schwarzen Herrn zu übergeben, wenn er seine Brieftasche und seine Uhr holte.

»Der Rest gehört mir.«

Die Dame an der Kasse lächelte mit spitzen Zähnen. Dumme Gans, dachte er, darauf dürftest du nicht eingehen. Munter pfeifend trat er auf die Drottninggatan hinaus. Der Schlüsselbund klirrte bei jedem Schritt in seiner Tasche. Mister Hammond würde den Verlust des Schlüssels sicher mit Humor nehmen. Außerdem hatte er auf das Blatt geschrieben, dass er in der Lorensbergsgatan warten und ihm öffnen werde, wenn er zurückkomme. Er ahnte dunkel, dass das nicht gerade die korrekteste Methode war, Bromans habhaft zu werden. Aber im Namen des Gesetzes die Tür aufzusprengen, hineinzustürmen und mit dem Haussuchungsbefehl zu winken, war unter den vorliegenden Umständen etwas zu zeitraubend. Und bei Leuten wie Broman waren kleinliche Rücksichtnahmen nicht angebracht.

Als er zum zweiten Mal vor der Tür stand und die Klingel in Bewegung setzte, blieb es auf der anderen Seite still wie im Grab. Viggo fühlte, dass seine Lippen trocken wurden, als er noch einmal den Finger auf den Knopf drückte. Immer noch Totenstille, obwohl er sein Gehör auf das Äußerste anstrengte. Entschlossen steckte er den Schlüssel ins Schloss und drehte ihn um.

Broman stand ganz nahe an der Tür. Mit entsetzten Blicken taumelte er nach rückwärts.

»Was, zum Teufel, machen Sie hier?«, stammelte er.

Er duckte sich zusammen und sah einem wilden und gefährlichen Tier noch ähnlicher. Er glich dem Fuchs, der in seinem Schlupfwinkel aufgespürt wurde.

Ohne weitere Umstände trat Viggo in ein Zimmer ein, von dem er annahm, dass es der Wohnraum war. Es war verraucht und reichlich ungepflegt. Aber es hatte einen gewissen unbekümmerten Charme, genauso wie ihn vermutlich sein Besitzer hatte, wenn er nicht gerade in Panikstimmung war. Ein niedriger Marmortisch mit verschnörkelten Eisenbeinen stand vor dem kornblauen Sofa. Broman hatte vor dem Fenster, das auf die Straße führte, die leuchtend gelben Gardinen zugezogen Auf dem staubigen Parkettboden lagen Teppiche in dramatischen Farben, die Wände waren mit Kohlezeichnungen geschmückt, alles Nacktstudien von der gleichen Hand. Es gab ein paar Sessel, ein Bücherregal und ein Radiogerät. Das Zimmer war so groß, dass die Möbel bei weitem nicht ausreichten, es auszufüllen. Keiner sagte ein Wort.

Viggo setzte sich auf das Sofa, das bedenklich seufzend unter seinem Gewicht nachgab. Broman war in der Tür stehen geblieben und fixierte ihn feindlich.

»Zeit, auszupacken, Broman«, sagte Viggo. »Wir haben Staffan Wingmans Leiche gefunden.«

Er hatte nicht geglaubt, dass diese Nachricht den andern so erschüttern würde. Bromans Augen weiteten sich, und er stöhnte wie ein Hund, der im Schlaf winselt. Langsam schlich er zu dem Ledersessel an Viggos Seite und sank darauf nieder.

»Ist das wahr?«

»Leider.«

Viggo fragte sich, was ihn derart mitgenommen hatte – die Nachricht von Wingmans Tod, oder dass man seine Leiche gefunden hatte.

»Herrgott, hat der verfluchte Idiot es doch gemacht!«, murmelte er.

»Welcher Idiot?«

Viggos Stimme knallte wie eine Peitsche, aber Broman war nicht mehr zu erschrecken.

»Das weiß ich nicht«, sagte er stumpf.

»Aber von wem sprechen Sie denn?«

»Das weiß ich nicht. Das ist ja das Verdammte – ich weiß es nicht.«

16

Es hatte zu dunkeln begonnen, und sie hatten keine Lampe angezündet. In der Dämmerung schimmerte Bromans weißes Gesicht. Drei Stunden waren vergangen. Viggo drückte seine Zigarette im übervollen Aschenbecher aus. Zum ersten Mal sagte der Klarinettist: »Ich kann nicht mehr. Hören Sie, ich bin fertig…«

Er strich das Haar aus dem Gesicht und lehnte sich schlapp im Sessel zurück. Während der Sekundenzeiger auf Viggos Uhr zwei Runden machte, hörte man nichts anderes als die Atemzüge der beiden Männer. Es sauste in Viggos Ohren vor Müdigkeit, und er fühlte den Überdruss wie einen faden Geschmack im Mund. Durstig war er auch. Und heiser. Er musste sich zwingen, seinen Blick weiter auf Bromans Gesicht zu richten, das vor seinen Augen zu flattern und sich aufzulösen schien. Da kam das, worauf er gewartet hatte. Es klang wie ein tierisches Stöhnen, als ob Broman seine letzten Kräfte verbraucht hätte, um das Wort über die Lippen zu bringen.

»Okay«, sagte er.

Seltsamerweise empfand Viggo keine Befriedigung. Er rieb sich seine brennenden Augen und nickte. »Gut, Broman.«

Er stand auf und entzündete die Lampe über dem Sofa. Der Musiker blinzelte wie eine Eule und befeuchtete die Lippen mit der Zungenspitze.

»Ich werde Ihnen etwas zeigen«, sagte er und erhob sich. »Dann werden Sie alles begreifen.«

Beim Bücherregal begann er mit seinen schmalen, nervösen Händen in einem Haufen von Papieren zu graben und kam schließlich mit einer alten Wochenzeitung in der Hand auf Viggo zu. Er warf sie ihm zu und Viggo konnte sie noch zwischen den Knien auffangen. Es war eines der bekanntesten Sensationsblättchen mit einem üppigen Pin-up-Girl auf der Titelseite. Die Nummer war vom siebenten Juni.

Langsam blätterte er sie von der ersten Seite durch: eine Reportage aus einem Flüchtlingslager, ein Preisausschreiben für den besten Text zu einem Scherenschnitt, eine Zusammenstellung der neuesten Jazzschlager – hier zögerte er einen Augenblick und sah auf, aber der Musiker schüttelte den Kopf. Als er zu einem Artikel mit dem Titel »Ich hatte Gift im Körper« kam, nickte Broman.

»Das ist es«, sagte er. »Lesen Sie selbst.«

Der Artikel hatte den Untertitel: »Sie sind mitten unter uns! Zweiter Artikel in Ove Pallanders Serie über Drogensüchtige und ihre Methoden.« In einem rauchigen Lokal sah man ein ekstatisches Publikum, das einem aufgeputschten Musiker, der auf einem Kornett blies, verzückt lauschte.

Viggo begann zu lesen. Er ahnte bereits am Anfang, dass der Artikel von Wingman handelte. Pallander hatte einen anonymen Musiker, der Drogenmissbrauch getrieben hatte, interviewt. Er war geheilt worden und wollte nun alle warnen, die in den verhängnisvollen Kreis von Neugierde – Begehren – Missbrauch hineinzugleiten drohten. Es waren starke Worte: »Ich weiß, worüber ich spreche. Ich war selbst vollständig am Ende. Ich konnte nicht auftreten, ohne etwas in mir zu haben. Als mich zuletzt ein Arzt in die Hand bekam, war ich ein Wrack. Er glaubte wahrscheinlich nicht, dass es für mich noch eine Hoffnung gab…«

Am Ende kam ein heftiger Ausfall gegen die Drogenhaie von Pallander selbst: »Dieser Musiker war vielleicht schlimmer dran als die meisten. Das Gift, das er anwendete, war gefährlicher, aber auch schwerer zu bekommen. Aber er konnte es sich verschaffen. Jemand verkaufte es ihm. Jemand, der Geld verdienen wollte, viel Geld, und bereit ist Menschenleben zu zerstören, wenn er nur daran Geld verdienen kann. Wer ist dieser Jemand? Niemand weiß es. Nicht einmal der, der das Gift von ihm kauft. Wenn der Mann, bei dem die Heilung glückte, wüsste, wer diese Hyäne ist, würde er keinen Augenblick zögern, gegen ihn vorzugehen.«

Die letzten Worte waren trotz ihrer gedrechselten Formulierung nicht misszuverstehen. Es war eine Drohung. Viggo verstand plötzlich, was Broman meinte. Er las den Artikel nochmals durch und legte die Zeitschrift dann auf den Tisch.

»Es war also Wingman?«

Broman nickte.

»Sie meinen also, dass der Mann, der Wingman mit Drogen versorgte, das gelesen hat und dann die Lieferungen einstellte?«

»Nein, nicht direkt. Ich werde versuchen es Ihnen zu erklären.« Er hatte seine Angst noch nicht überwunden. Sie lauerte auf dem Grund seiner Augen, und es sah aus, als lausche er die ganze Zeit mit halbem Ohr hinaus ins Vorzimmer.

»Ich weiß, dass Staffan Anfang Mai begonnen hat, Pallander zu treffen«, sagte er stockend. »Ich glaube, dass Pallander gleich von Anfang an auf die Artikelserie aus war. Staffan erwähnte etwas über einen Reporter, der eine Artikelserie über Narkotika und so was machen wollte, und ein Interview mit jemandem bringen wollte, der die anderen warnen könnte. Zuletzt willigte Staffan jedenfalls ein. Ich sagte ihm, dass er ein verfluchter Idiot sei, wenn er glaube, Pallander könne so über die Sache schreiben, dass man nicht sofort verstand, dass Staffan gemeint sei. Ich warnte ihn. Anfangs diskutierten wir ziemlich viel hin und her, aber dann wurde es still. Staffan wollte nicht mehr darüber reden. Ich habe natürlich geglaubt, dass er die Idee aufgegeben hätte. Aber er veränderte sich während der Zeit völlig. Es kam zum Krach mit seiner Freundin… Eva… und zuletzt merkte ich, dass er Sonja wieder zu treffen begann. Ich stritt mit ihm darüber, weil meiner Meinung nach Eva was Reelles und Richtiges war, und ich sagte ihm, es wäre Zeit, dass er endlich einmal bei was Festem bleiben solle. Aber er behauptete, er und Sonja träfen sich bloß in Geschäften. Ja, und dann kam der Artikel. Mich traf fast der Schlag. Er war schlimmer, als ich geglaubt hatte. Man hätte ein Vollidiot sein müssen, um nicht zu begreifen, dass er von Staffan handelte, wenn man ihn nur halbwegs kannte. Und dass er keinen Augenblick zögern würde, gegen ihn vorzugehen, wenn er wüsste, wer die Hyäne sei... Das hat ihm bestimmt nicht gefallen.«

»Welchem ›ihm‹?«

»Na, dem Kerl, der den Stoff an Staffan verkauft hat, der Hyäne! Ich hatte eine Stinkwut auf Staffan, das sagte ich ihm, und ich sagte ihm auch, er hätte wissen müssen, dass man sich auf den Pallander nicht verlassen könne. Aber Staffan war wie umgewandelt, man konnte einfach nicht mehr mit ihm reden. Und dann begann ich zu kapieren, dass er einen Wahn gekriegt hatte, einen reinen, ausgewachsenen Wahn!«

»Wieso?«

»Er wollte tatsächlich herausbekommen, wer die Hyäne war! Der Mann also, der ihm das Gift verkauft hatte. Ich nahm ihn mir natürlich ordentlich vor, ich sagte ihm, dass er die Hände davon lassen solle, und dass es keinen Zweck habe und lebensgefährlich sei, und dass er froh sein solle, keine Hyäne mehr zu brauchen und so in dem Stil. Wissen Sie, was er geantwortet hat? Ja, dass ich davon nichts verstehen würde und kein Verantwortungsgefühl hätte und dass das Recht auf seiner Seite sei. Aber ich weiß, dass ich Recht hatte!«

»Sie sprachen darüber, dass er Sonja wieder traf. Glauben Sie, er wollte damit der Sache auf den Grund kommen?«

Broman gab den letzten Widerstand auf. Er schien sich wohl bewusst zu sein, was seine Worte bedeuteten.

»Ja«, sagte er leise. »Ich glaube nicht, dass sie es ist, Gott bewahre! Aber ich glaube, dass sie weiß, wer es ist.«

»Woher wissen Sie das?«

Broman schnitt eine Grimasse. »Fragen Sie mich nicht, denn darauf kann ich nicht antworten. Ich glaube, dass Pallander ihm den Floh ins Ohr gesetzt hat, herauszubekommen, wer es war, und dann damit zur Polente zu laufen. Es muss Pallanders Idee gewesen sein, nur so ein Zeitungsschmierer ist so dumm, dass er mit so was zu spielen wagt. Und Staffan – ja, das ist unbegreiflich. Aber er war manchmal so. Aber Pallander, der ist fein raus, der weiß ja von nichts, sonst würde er nicht mehr leben, oder was meinen Sie?«

Viggo äußerte dazu keine Meinung. »Was für Gift war es?«, fragte er.

Das hatte eine eigentümliche Wirkung auf Broman. Er sah misstrauisch aus und es schien, als wolle er wieder zu schweigen beginnen, aber nach einer Pause brachte er ein Wort hervor: »Morphium.«

»Nicht so gewöhnlich. Na, und Sie?«

Der Musiker tat, als verstünde er nicht. Er vollführte mit den Achseln und mit den Händen eine Reihe von Bewegungen, die eine vollständige Unkenntnis von allem, was Narkotika heißt, bekunden sollten.

»Wenn wir schon so weit gekommen sind, spielt es keine Rolle mehr«, brummte Viggo und unterdrückte ein Gähnen. »Sie sind wohl noch nicht bei so starken Sachen angelangt, oder?«

»Nein«, kam es kaum hörbar.

»Wurde es Ihnen noch nicht angeboten?«

Broman sprang auf und begann wieder seine geschmeidige und rastlose Wanderung durch das Zimmer.

»Hören Sie auf«, schrie er empört. »Ich habe Ihnen mit dem geholfen, was ich weiß, und Sie sollten sich nicht einbilden, dass es Ihnen gelingen wird, mich in das hier hineinzuziehen, genau wie dieser gottverdammte Pallander den Staffan hineingezogen hat! Ich habe keine Lust erschossen zu werden!«

Er war zu erregt, um zu überlegen, was er sagte. Praktisch

genommen, war das ja ein halbes Bekenntnis, dass er etwas wusste. Viggo nahm den Faden auf und machte sich resigniert auf weitere zwei, drei Stunden Belagerung gefasst.

»Hat man Ihnen etwas angeboten oder nicht?«

»Nein, sage ich!«

»Weshalb glauben Sie dann, dass man Sie erschießen sollte?«

»Ich habe gesagt, dass ich nichts weiß.«

»Das haben Sie früher auch gesagt.«

»Aber ich weiß darüber nichts: Nicht mehr, als ich schon gesagt habe!«

»Weshalb haben Sie Angst, zu viel zu sagen?«

»Ich habe keine Angst, und es gibt nichts, vor dem ich Angst zu haben brauche. Ich weiß nicht mehr.«

»Hat man Ihnen Morphium angeboten?«

»Ich weiß nicht.«

»Sie wissen nicht, ob man Ihnen Morphium angeboten hat?«

»Ja, aber ich…«

»Wann?«

»Nein, ich habe nie welches gekriegt. Hören Sie, was ich sage? Nie!«

»Beantworten Sie meine Frage!«

»Nein, sage ich! Man hat mir nie welches angeboten!«

»Wann?«

»Ich habe doch nicht… Lassen Sie mich in Frieden! Ich habe Ihnen ja alles Mögliche beantwortet.«

»Wurden Sie angerufen?«

Broman schwieg.

»Wurden Sie angerufen? Antworten Sie!«

»Ja… zweimal.«

Bromans Verfassung war nicht die Beste. Er gab nach der ersten Runde bereits auf und starrte nun bitter und feindselig auf Viggo. Aber er fuhr unaufgefordert fort. »Staffan hatte wahrscheinlich an mich gedacht, nehme ich an. Er war damals total am Boden, nicht mehr derselbe Mensch. Aber das begreifen Sie ja nicht. Jedenfalls rief mich einer eines Abends an und fragte, ob ich interessiert wäre. Ich sagte Nein. Als er das zweite Mal anrief, hab ich ihn gebeten, zur Hölle zu gehen. Ich bekam Angst.«

»Wann war das?«

»Vorigen Herbst.«

»Würden Sie die Stimme wieder erkennen?«

»Es ist zwei Jahre her«, sagte Broman ausweichend. »Vielleicht.«

Viggo beugte sich zu ihm vor. »Hören Sie, begreifen Sie, warum Staffan das getan hat?«

Broman schüttelte den Kopf mit aller Energie, die er aufbringen konnte. Das war nicht viel.

»Er tat das«, setzte Viggo fort, »weil er keine Angst hatte! Sie haben Angst. Sie haben solche Angst, dass Sie es nicht wagen würden, mich anzurufen, auch wenn Sie diese Stimme wiederhören und erkennen würden. Es ist ein Unterschied, sich auf so eine Sache allein einzulassen, wie Wingman es tat. Es ist heroisch, aber nicht besonders zuträglich. Aber jetzt sind wir mehrere, die sich der Sache annehmen. Wir leben in keinem Gangsterland, Broman!«

Es war beinahe unbehaglich, einen so leicht beeinflussbaren Menschen vor sich zu haben. Bromans Augen weiteten sich und hingen fest an seinem Blick.

»Staffan Wingman ist tot und kann in der Sache nichts mehr tun. Wenn Sie jetzt die Wahrheit gesprochen haben, Broman, so können Sie auch nicht besonders viel tun, aber Sie können die Ohren offen halten. Sollten Sie diese Stimme wiederhören, dann rufen Sie mich an. Ich glaube, dass es Staffan recht wäre.«

Viggo erhob sich und streckte knackend seine Glieder. »Danke für heute!«

Er versuchte Broman anzulächeln, der mit einem kaum sichtbaren Zucken des Mundes antwortete. Er sah todmüde aus.

Bevor er die Wohnung verließ, suchte er im Telefonbuch nach Ove Pallander. Redaktion Malmskillnadsgatan, Wohnung in Hässelby. Er wählte die Privatnummer und erhielt von einer schläfrigen Frauenstimme den Bescheid, dass der Herr Redakteur noch auf seinem Arbeitsplatz war.

Ein paar Minuten später war er auf dem Weg die Treppen hinab. Er entschloss sich, zum nächsten Taxistandplatz zu gehen, und stellte fest, dass ihm das Stadtviertel eigentlich nicht so fremd war. Früher einmal hatte er in einem der hohen, braun-gelben Häuser eine allein stehende Dame besucht, oft mit Blumen in der Hand. Er lächelte bei der Erinnerung. Die Dame hatte eine einzige Leidenschaft gehabt und die war – leider – gutes Essen.

Es war spät geworden. Als er zur Malmskillnadsgatan kam, hatten die Mädchen des horizontalen Gewerbes bereits mit ihren Wanderungen begonnen, fröstelnd in der kühlen Luft. Aber es waren nicht viele, die Malmskillnadsgatan hatte ihre Geschäftszeit am Nachmittag.

Beim Eingang der Redaktion drückte sich ein blau gefrorenes Mädchen herum, das er erkannte.

»Hallo, Bibi.«

»Hallo.«

»Kalt heute Abend.«

»Es geht.«

Er stieg die Treppen hinauf, und sie sandte ihm einen misstrauischen Blick nach und zog ihr Jäckchen enger zusammen.

»Willst du was?«

»Nein, ich hab hier zu tun.«

Mit einem Achselzucken setzte sie sich in Bewegung und begann den Gehsteig entlangzugehen. Viggo stellte fest, dass die Pforte geschlossen war. Er blieb stehen und wartete, dass jemand mit einem Schlüssel kommen und hineingehen würde, und folgte dem Mädchen mit den Blicken. Sie hatte nicht besonders gesprächig gewirkt. Vermutlich trieb sich ihr Zuhälter in der Nähe herum. Wenn er sich recht erinnerte, war es ein schmächtiger Bursche Mitte zwanzig, der niemals eine feste Arbeit gehabt hatte.

Nach einigen Minuten kam ein Herr mit Aktentasche und ließ ihn hinein. Nicht ohne Erklärung.

»Komisch, dass hier abgesperrt ist, wenn oben eine Zeitungsredaktion ist.«

»Wochenzeitung«, antwortete der Herr kurz und drückte auf den Liftknopf.

Im Aufzugspiegel studierte Viggo das Gesicht des Herrn. Es war kein sehr anziehender Anblick. Saft, dachte er, Saft und Dampfbad und keine einzige Zigarette.

Die Tür zur Redaktion sah schlicht aus. Er drückte auf die Klingel und wartete.

»Redakteur Pallander?«

»Bin ich.«

Akademiker, dachte er. Staatsrecht und Nationalökonomie. Weißes Hemd und getupfte Krawatte, Pullover und klein karierter Anzug – fast typisch Staatsrechtler.

»Bredberg, Kriminalkommissar. Kann ich eintreten?«

Pallander deutete mit einer Kopfbewegung an, dass er die Angabe gern bestätigt sehen wollte. Viggo zeigte seine Marke. Wortlos ließ Pallander ihn ein und ging vor ihm durch einen mit allerlei Kram voll geräumten Korridor.

»Bitte.«

Sie traten in einen ordentlich eingerichteten Büroraum mit hohen Regalen und Lehnsesseln für die Besucher. Pallander setzte sich hinter den Schreibtisch und presste die Hände um einen gläsernen Briefbeschwerer.

»Es handelt sich um Staffan Wingman.«

Pallander senkte den Kopf.

»Man hat ihn gefunden – tot.«

Er konnte das Gesicht des Redakteurs nicht sehen, für einen Augenblick verbarg dieser es in den Händen. Dann blickte er auf und strich sich müde über die Augen.

»Sie haben im Sommer einen Artikel über ihn geschrieben.«

Pallander nickte.

»Sie kamen nicht auf den Gedanken, zuerst mit uns zu sprechen?«

»Nein, darauf kam ich nicht.«

»Das war dumm von Ihnen.«

»Das war feige«, antwortete Pallander und presste die Hände hart um den Briefbeschwerer, der die Form eines Fisches hatte.

»Wann trafen Sie Wingman zum ersten Mal?«

»Dieses Jahr im Mai.«

»Wo?«

»Bei einem Jazzkonzert.«

»Wurden Sie gute Freunde?«

»Man kann es vielleicht so nennen. Nicht sofort, aber später. Ich kannte seine Freundin, die Eva.«

»Wann kamen Sie mit Ihrem Vorschlag, ein Interview zu machen?«

»Bereits bei einem unserer ersten Zusammentreffen. Er fasste es nicht als eine Aufdringlichkeit von meiner Seite auf, und nach einer Weile versprach er mitzuwirken.«

»Handelte es sich nur um einen Artikel – nicht um eine Detektivarbeit?«

»Nicht am Anfang. Aber so allmählich und nach einigen Grogs – ich spreche von mir selbst – tauchte der Plan auf. Ich möchte, dass Ihnen drei Dinge klar werden«, setzte er fort und strich sich mit der Hand über sein aschblondes Haar. Das farblose Gesicht war eigentümlich ernst. »Erstens bin ich schuld daran, dass er nach der Person zu suchen begann, die ihm das Morphium verkauft hat. Zweitens war der Artikel, den ich schrieb, ein Fehler. Staffan war leicht zu erkennen. Nicht für jeden, aber für den, auf den es ankam. Aber zu diesem Zeitpunkt war es bereits zu spät, ihn aufzuhalten. Er war von dem Gedanken, diesen Blutsauger ausfindig zu machen, ganz besessen. Blutsauger war sein eigenes Wort«, fügte er kurz hinzu.

»Und drittens?«, fragte Viggo.

»Drittens war es reine Feigheit, dass ich der Polizei nicht früher etwas mitgeteilt habe. Ich hatte Angst um meine eigene Haut. Unlogisch?«

»Kommt drauf an, wie viel Sie wissen.«

»Nicht viel. Eigentlich gab es keinen Grund, deshalb von Panik ergriffen zu werden.«

Pallander begann zu erzählen. Er berichtete über Restaurantbesuche und späte, nächtliche Diskussionen, über Wingmans leicht erregbares Temperament. Offenbar bereute er, was er getan hatte, auf seine exakte und trockene Art.

»Staffan vertraute mir an, dass es Sonja Wallén war, die ihm den Tipp zum ersten Mal gab. Sie selbst wendete keine Narkotika an. Er war überzeugt davon, dass sie – vielleicht als Einzige – wusste, wer der Drogenhändler war. Er entschloss sich, es auf diesem Weg zu versuchen und ließ sich deshalb wieder mit ihr ein. Dadurch kam es zum Bruch mit Eva. Aber nichts konnte ihn mehr zurückhalten, er hatte bloß eine einzige, fanatische Idee: den Mann zu finden. Sonja lachte ihn natürlich aus und behauptete, er sei vollkommen auf dem Holzweg. Sie sei niemals in die Sache verwickelt gewesen, er täusche sich. Er könne sich doch auf seine Erinnerung an diese Zeit nicht verlassen, damals sei er tagaus, tagein in einem Dämmerzustand herumgegangen, ohne etwas klar erfassen zu können. Aber Staffan war seiner Sache sicher. Er bot ihr Geld an, viel Geld, wo er es hernehmen sollte, wusste er, glaube ich, selbst nicht. Und eins versprach er ihr hoch und heilig: Ihr Name würde nie genannt werden. Eines Abends – es war knapp vor seiner Abreise zu den Aufnahmen – kam er zu mir herauf. ›Sonja hat Angst‹, sagte er. ›Nicht um sich selbst, denn sie weiß, dass ich ihr nie etwas tun würde. Aber sie hat trotzdem eine unnatürliche Angst, und das kann bloß auf einem Umstand beruhen‹, sagte er.«

Viggo lauschte aufmerksam, am Fenster stehend, den Rücken gegen einen Stoß Aktenordner gelehnt.

»›Sie ist in den Kerl verliebt.‹«

Pallander klopfte mit dem Briefbeschwerer nachdrücklich auf die Schreibtischplatte und sah Viggo an. »Sie finden vielleicht, dass das wie eine übereilte Schlussfolgerung klingt? Ich fand es auch. Aber eine Sache ist sicher: Staffan kannte Sonja in- und auswendig. Und der Grund, warum er ihrer überdrüssig wurde, war ihre Kälte. Aber wenn diese Frau sich einmal für jemanden oder für etwas erwärmt, dann geschieht es hundertprozentig. Sie verzettelt ihre Gefühle nicht für den alltäglichen Gebrauch, sie findet wahrscheinlich, dass sie sich so etwas nicht leisten kann. Einen gewöhnlichen Liebhaber hätte sie sicher billig verkauft, sagte er. Seine eigenen Worte.«

Der Briefbeschwerer pochte wieder nachdrücklich. Viggo hatte den Eindruck, jedes Mal, wenn der energische Staatswissenschaftler mit dem Glasfisch auf die Schreibtischplatte schlug, zerrte jemand an den Nervenspitzen in seinem Innern. Die Müdigkeit begann die Beine hinaufzukriechen.

»Urteilen Sie selbst, bitte. Das hier weiß ich. Was ich glaube, ist eine andere Sache. Genügt Ihnen das?«

Viggo gab endlich der Verlockung des Sessels nach. Wie üblich saß man schlecht darin. »Nein, mein sehr geehrter Herr Redakteur Pallander, jetzt fangen wir erst an. Darf ich Sie um einige Bogen Schreibpapier bitten. Ich will jedes Detail Ihrer Begegnungen mit Wingman wissen, jedes Datum, jede Replik.«

Er lächelte aufmunternd, und zum ersten Mal lachte Pallander.

»Wenn die Inspiration nachlässt, muss man die bürokratischen Methoden anwenden«, erklärte Viggo. »Das soll ein Verhörbericht werden, wie es ihn seinesgleichen nur in der Ideenwelt gibt.«

17

Die Blecheimer der Putzfrauen klirrten noch in den Korridoren, als Viggo ins Kriminalamt kam. Er hatte in einem Café, das um sechs öffnete, gefrühstückt. Dünnen Kaffee und große Brote mit Leberpastete, serviert von einem verschlafenen Mädchen in einem zerdrückten Baumwollrock. Einen offenen Frisiersalon für eine Rasur hatte er auf seinem Weg von der Malmskillnadsgatan zu dieser Tageszeit allerdings nicht gefunden.

»Was machen Sie denn so zeitig hier, Herr Kommissar? Wie sehen Sie denn aus?« Alle Putzfrauen im Treppenhaus blickten ihm nach, und das Klirren und Klappern hörte für einen Augenblick auf.

Er trat in seinen Dienstraum und atmete den Geruch von frisch gescheuertem Fußboden mit geblähten Nasenflügeln ein. Er betrachtete sein Gesicht im Spiegel und stellte fest, dass es bei ihm nicht lange dauern würde, sich einen Vollbart stehen zu lassen. Ein paar Sekunden blieb er in der Mitte des Zimmers stehen und fuhr sich mit der Hand durch das Haar. Dann drückte er die letzte Zigarette der Nacht aus und zündete die Erste des Tages an.

Nach ein paar Minuten hatte er Lövgren telefonisch geweckt und konnte eine Siesta auf dem Ledersofa halten, während er wartete. Es kam ihm vor, als hätte er kaum den Kopf auf die Sofalehne gelegt und sei noch gar nicht eingeschlummert, als die Tür aufgerissen wurde und Lövgren hereinstürmte.

»Morgen! Es fängt also an, sich zu bewegen! Gut!«

»Lies!« Viggo wies auf den Rapport, den er auf den Schreibtisch geworfen hatte.

Lövgren streifte seine Jacke ab und ergriff das erste Blatt des Papierstapels. Brummend sah er ihn durch. »Ach so, Pallander, ja. Hat er sich das jetzt aus der Nase ziehen lassen! Höchste Zeit!«

»Hast du davon gewusst?«

»Was sagst du? Ach so, du meinst den Artikel? Ja, ja. Hab ich das nicht gesagt? Ist mir sicher entfallen.«

»Du hast also gewusst, dass Pallander einen Artikel über Wingman geschrieben hat?«

»Über Wingman? Nein, das wusste ich nicht. Aber ich hatte meine Ahnungen, dass der Artikel ihn betreffen könne. Pallander hat es abgeleugnet. Er hat behauptet, alles sei erdichtet. Na ja, ein Sensationsblatt! Was steht denn da?«

»Ich hatte angenommen, dass irgendeine Form von Zusammenarbeit die erste Voraussetzung von…«

Viggo vollendete seine Bemerkung nicht, er wusste zu genau, wie überflüssig sie war.

»Ja«, sagte Lövgren, nachdem er den Rapport zu Ende gelesen hatte, »so weit ich die Sache verstehe, müssen wir diese Sonja Wallén vorsichtig behandeln. In diesem Stadium wird sie wohl kaum etwas sagen. Wir müssen versuchen sie zu ertappen, sie dazu bringen sich selbst zu verraten. Ein paar Mann müssen sie beschatten. Wenn es so ist, wie Wingman glaubte, dass der Betreffende ihr…«

»Liebhaber ist.«

»In diesem Fall wird sich das ja herausstellen. Sie müssen sich wohl treffen, nehme ich an.«

Er griff nach dem Telefonhörer, und Viggo setzte sich im Sofa auf.

»Und du?«, fragte Lövgren mit der Hand an der Wählscheibe. »Was machst du?«

»Ich gehe nach Hause und rasiere mich.«

»Willst du nicht erst auf das Resultat von Bergson warten? Wegen der Kugel?«

»Könnte interessant sein«, antwortete Viggo und sank auf das Sofa zurück.

Ein paar Stunden später hatten sie Bescheid. Der kleine Bergson stapfte im Zimmer herum und stieß seine Meldungen mit energisch gerunzelten Brauen hervor. »Kein Zweifel, absolut kein Zweifel! Krister Hermansson und Staffan Wingman wurden mit derselben Pistole erschossen. Wingman aus zirka zwei Meter Abstand.«

Er rieb seine roten, schlaflosen Augen und blickte zwischen Lövgren und Viggo hin und her. Beide schwiegen.

»Ja, das wäre alles. Sonst nichts zu finden. Nichts auf der Jacke und an der Brille. Außer Wingmans eigenen Haaren auf der Innenseite des Kragens – die Brille wurde übrigens offenbar abgeputzt.«

»Kannst du das wirklich nach so langer Zeit sagen?«

»Der Brunnendeckel hat die Öffnung fast luftdicht abgeschlossen. Ja, auf der Jacke und den Hosen war Kohlenstaub, und Kohlenflecken im Hemd. Aber das wusstet ihr wohl?«

Viggo nickte. »Wir haben diesbezüglich unsere Vermutungen gehabt.«

»Es wäre wahrhaftig… hi, hi«, sagte Bergson kichernd und sein Gesicht zog sich in heftigen Zuckungen zusammen, »…es wäre schön, wenn man den Herren ein einziges Mal mit etwas anderem als mit einer Bestätigung kommen könnte… sozusagen mal als eine Neuheit vom Laboratorium.«

»Was ist mit dir los?«, fragte Lövgren und Bergson machte, immer noch kichernd, die Tür hinter sich zu.

»Nichts«, murmelte Viggo.

»Nein, nichts, bis auf den Inhalt seiner Taschen natürlich.« Lövgren holte eine Papiertüte hervor und legte einige Sachen in pedantischer Ordnung auf den Tisch: eine Uhr, Kleingeld, einen Kamm, ein Taschentuch, ein Paket Kaugummi und ein Feuerzeug. Zuletzt hielt er noch eine Brieftasche in der

Hand und winkte mit ihr vor Viggos geschwollenen Augen herum.

»Hier«, sagte er und warf sie ihm zu.

Sie fiel zu Boden.

»Du lieber Gott, hast du aber heute ein schwaches Reaktionsvermögen! Schau nach, dann wirst du sehen!«

Viggo zog drei schmutzige Zehner und eine Fünfkronennote hervor. »Das ist nicht viel.«

Er fand ferner das Foto eines kleinen Mädchens von etwa fünf Jahren mit der Aufschrift »Lena 1956«, ein Amateurbild von Eva Rehnfelt, einige Mitgliedskarten der Musikervereinigung, Briefmarken, diverse Benzinquittungen und eine Postquittung auf eine eingeschriebene Sendung. Automatisch blickte er auf das Datum. »Das also ist des Pudels Kern?«

»Genau das. Am Mordtag, lieber Freund! Wingman schickt einen eingeschriebenen Brief an demselben Tag, an dem er ermordet wurde! Wenn er am selben Tag wie Hermansson ermordet worden ist, heißt das.«

»Nun rede nicht herum. Wir rufen das Postamt an.«

Sie bestellten das Gespräch und warteten stumm.

»Hör auf die Nägel zu beißen«, ermahnte Lövgren. Er legte seinen zerkauten Bleistift mit einem schiefen Lächeln auf den Tisch. Das Telefon klingelte.

»Lass mich sprechen«, sagte Viggo. »Ich war während meines Urlaubs mehrere Male dort und habe mit der Telefonistin geflirtet.«

Lövgren reichte ihm den Hörer.

»Guten Tag, hier spricht Kriminalkommissar Bredberg aus Stockholm. Es handelt sich um eine eingeschriebene Briefsendung, die am 19. Juli von Ihnen aus abgesandt worden ist. Nach der Quittung an die Zeitung *Dagens Nyheter*, Stockholm. Es war dieser Musiker Straffan Wingman, der sie abgegeben hat… ja, der. Sehr bedauerlich. Erinnern Sie sich noch an dieser Sache? Nein? Ja, vielleicht. Kann ich mit ihr sprechen? Danke.«

»Jetzt kommt sie«, flüsterte er Lövgren zu. »Sie war braunäugig und hatte fast rotes Haar. Ja, hallo... guten Tag. Hier spricht Kommissar Bredberg.«

»Oh, guten Tag. Das ist aber lange her!«

»Ja, leider. Ich bedaure es sehr.«

»Ooh! Ist das wahr?« Sie kicherte.

»Ich möchte Sie nur fragen, meine Liebe, ob Sie vielleicht eine Erinnerung an Staffan Wingman haben, ja, den Musiker. Er soll am 19. Juli bei Ihnen gewesen sein und einen eingeschriebenen Brief abgeschickt haben.«

»Ja, das war doch derselbe Tag, an dem der Junge erschossen worden ist. Daran erinnere ich mich. Er war früher noch nie hier gewesen.«

»Haben Sie ihn erkannt?«

»O ja.«

»Nach der Quittung schickte er den Brief an *Dagens Nyheter*, Stockholm.«

»Aber warum fragen Sie danach, Herr Kommissar?«

»Ich weiß, dass Sie ein außerordentlich gutes Gedächtnis haben. Sie erinnern sich doch sogar an mich.«

»Na, hören Sie! Wo wir so nett miteinander geplaudert haben. Machen Sie keine Scherze!«

»Ich meine es sehr ernst, meine Liebe. Können Sie sich möglicherweise erinnern, an wen dieser Brief gerichtet war?«

»Aber Herr Kommissar! Jetzt muss ich sagen, dass Sie ein schlechtes Gedächtnis haben!«

»Ich?«

»Jaa...«

»Versuchen Sie doch«, sagte Viggo irritiert, »bitte, sich zu erinnern, an wen der Brief gerichtet war.«

»Ja, daran erinnere ich mich nicht so genau, aber es war doch Ihr Brief!«

»Mein Brief?«

»Ja, natürlich, wissen Sie das nicht mehr, Herr Kommissar?«

»Bitte, sagen Sie das nochmals, liebes Fräulein. Ruhig und langsam.«

»Aber es stand doch drauf: Absender Kommissar Viggo Bredberg, Eichenvilla… Und es war eine Antwort auf eine Annonce, glaube ich. Kennwort ›Wilhelm Tell‹, *Dagens Nyheter*… glaube ich. Es ist nicht so leicht, sich nach so langer Zeit noch daran zu erinnern. Aber es ist klar, dass ich aufmerksam wurde, als Wingman mit dem Brief kam. Er ist ja so bekannt… Ich meine, er war bekannt… Ist das nicht schrecklich?«

»Ja, schrecklich. Danke, danke, jetzt erinnere ich mich an alles«, murmelte er. »Wirklich sehr lieb von Ihnen. Wir sehen uns bald. Adieu, meine Liebe.«

Es zwitscherte immer noch aus dem Hörer, als er ihn in die Gabel legte.

»Na?«, fragte Lövgren.

»Ja, Wingman war am 19. dort… Er schickte eine Antwort auf das Kennwort ›Wilhelm Tell‹ an *Dagens Nyheter.*«

»Jaa?«

»Und jetzt kommt noch etwas… Halt dich fest! Absender ›Kommissar Viggo Bredberg, Eichenvilla‹ und so weiter.«

»Verflucht und zugenäht!«, sagte Lövgren. »Entschuldige.«

Die Stille war einen Augenblick vollkommen. Dann bemerkte Lövgren trocken: »Du scheinst in diese Geschichte ganz schön verwickelt zu sein!«

Während Lövgren mit der Annoncenabteilung von *Dagens Nyheter* diskutierte, lag Viggo auf dem Ledersofa und dachte an die Weihnachtsferien seiner Kindheit. Damals hatte man Überraschungen mit stoischem Gleichmut ertragen. Nun lag man hier wie ein entzwei gegangener Sack.

Lövgren misshandelte das Telefon. Er gebrauchte Ausdrücke, die im Wörterbuch noch nicht vermerkt waren. Viggo schloss die Augen. Er erwachte erst, als Lövgren vor ihm stand und mit einem Blatt Papier vor seiner Nase herumfuchtelte.

»Da hast du den ›Wilhelm Tell‹! Die haben eine solche Annonce schon lange nicht mehr gehabt, aber als sie Wingmans Antwort erhielten, schickten sie sie an den, der zuletzt unter dem Kennwort ›Wilhelm Tell‹ annonciert hatte. Es war eine Annonce wegen einer Wohnung, die am 30. Mai frei wurde.«

Viggo las auf dem Papier: Hillevi Cederberg, Birger Jarlsgatan 104, Stockholm.

»Die Frau hat kein Telefon, aber wir machen ihr einen Blitzbesuch. Ein Wagen steht schon draußen.«

Sie fuhren die Odengatan hinauf in einem großen, schwarzen Wagen mit einem Chauffeur in Polizeiuniform. Viggo wurde es übel. Der Wagen bog nach links ab und in die Birger Jarlsgatan, an der roten Kirche und ein paar Cafés vorbei und bremste sacht vor der Nummer 104, einer Mietskaserne, schmutzig gelb und massig. Lövgren war eifrig. Er eilte die Treppen hinauf und las die Tafel mit den Namen der Bewohner.

»Hier wohnen ja eine Million Menschen«, gähnte Viggo. »Du hättest dich erkundigen sollen, in welchem Trakt sie wohnt.«

»Da haben wir sie. Links, im Erdgeschoss.«

Sie standen vor der Tür, und Lövgren schob ihn beiseite. »Ich bin neugierig, was das hier für ein Herzchen sein wird.«

»Wingman verkehrte nur mit Garnitur Eins A«, sagte Viggo.

»Jetzt läute ich«, erklärte Lövgren und drückte auf den Knopf. Er streckte die rechte Hand in die Rocktasche und sah grimmig drein.

Man hörte von innen leichte Schritte, und dann wurde es totenstill. Nach einer Weile öffnete sich die Tür einen Spalt breit. Ein kleines Gesicht wurde sichtbar. »Sie wünschen?«

Sie hatte dünnes, weißes, straff zurückgekämmtes Haar und ein Paar ängstliche Vogelaugen, in einem verrunzelten Gesicht. Sie war sicher über siebzig. Aus der Wohnung drang ein Geruch, den Viggo seit langem nicht mehr gerochen hatte und den er nicht recht definieren konnte. Es war ein sehr altmodischer Geruch – der Geruch von Armut.

»Frau Cederberg?«

»Jaa…«

»Wir kommen von der Kriminalpolizei«, sagte Lövgren.

»Ach, du meine Güte!« Sie legte die Hand auf den Mund, und ihre Augen blinzelten verschreckt.

»Können wir hineinkommen?«

»Ja, gewiss, aber…«

»Wir sind nicht gefährlich«, sagte Viggo und lächelte ihr zu.

»Oh!«, sagte sie nur.

Als sie die Tür ganz öffnete, klingelten einige kleine Glöckchen mit sprödem, dünnem Klang, und sie traten in ein kleines Vorzimmer, das vollkommen finster war. Sie führte sie in das einzige Zimmer und bot ihnen Platz auf einem Plüschsofa an, über dem ein ovales Bild hing, das zwei spielende Kätzchen mit lichtblauen Seidenbändern um den Hals darstellte. Sie selbst setzte sich nach einigem Zögern in einen Lehnstuhl vor einem hohen, braun gebeizten Schrank, hinter dessen Glasscheiben eine ganze Sammlung alter Kristallgläser stand. Sie zupfte immer wieder an ihrem schwarzen Kleid. Schließlich legte sie die Hände in den Schoß.

»Am dreißigsten Mai annoncierten Sie in *Dagens Nyheter* unter dem Kennwort ›Wilhelm Tell‹«, begann Lövgren, und die Stille des Raumes wurde durch seine Stimme zerschnitten. »Stimmt das?«

»Ja… allerdings, das stimmt…«

»Sie annoncierten, dass Sie eine Dreizimmerwohnung zu vermieten hätten.«

»Jaa, vielleicht… Ich…«

»Wissen Sie nicht…«, begann Lövgren barsch, aber Viggo versetzte ihm einen Tritt gegen das Schienbein, dass sein eigener Fuß schmerzte. Lövgrens Gesicht färbte sich langsam blutrot. »Bekamen Sie einige Antworten?«

»Ja, eine Menge. Ich bekam eine ganze Menge.«

»Welches war die letzte Antwort, die Sie erhalten haben?«

»Die letzte kam sehr spät. Es war bereits Juli. Aber die anderen bekam ich auf einmal. Einen Tag, nachdem die Annonce in der Zeitung stand.«

»Haben Sie die Briefe noch?«

»Nein, die habe ich verbrannt.«

»Auch den Brief, den Sie im Juli erhielten?«

»Den habe ich auch verbrannt.«

»Wie hat dieser letzte Brief ausgesehen?«

»Oh, daran erinnere ich mich gut, der war so komisch. Weil er so spät kam. Zwei Monate, ja, mindestens zweieinhalb Monate nach der Annonce. Und er enthielt nichts anderes als einen Zettel mit einem Namen darauf. Keinen Brief oder so etwas, nur einen Namen.«

»Und wie war der Name?«

»Wingman, glaube ich. Stellan oder vielleicht Staffan Wingman.«

»Staffan Wingman vielleicht?«

Sie nickte und schluckte. Lövgren neigte sich vor und sah ihr in die Augen. »Stand nichts anderes in dem Brief?«

»Nein, es war nur ein abgerissener Zettel mit diesem Namen darauf. Aber der Brief hatte einen ganz anderen Absender. Wenn ich mich bloß erinnern könnte… Kommissar… Kommissar Viktor…«

»Viggo Bredberg?«

»Ja! Jawohl, so war es!«

Sie wurde plötzlich ganz klein im Stuhl und sagte seufzend: »Oh, Sie wissen bestimmt alles.«

»Na, und die Wohnung? Haben Sie sie vermietet?«

Die Hände strichen über den Stoff ihres Kleides. Ein paar weiße Flecken zeigten sich auf ihrem Hals über dem weißen, ausgelaugten Kragen. »Es ist am besten, ich sage, wie es ist«, flüsterte sie. »Ich hatte keine Wohnung zu vermieten.«

»Und trotzdem annoncierten Sie?«

»Jaa…«

Lövgren wandte sich an Viggo und schüttelte den Kopf. Viggo seinerseits beugte sich zu der alten Dame und fragte: »Fanden Sie vielleicht, es sei lustig, so viele Briefe zu bekommen?«

»Jaa… das war der Grund.«

Eifrig wandte sie sich an ihn und berichtete: »Sehen Sie, einmal hatte ich eine Wohnung, die leer stand. Das war die Wohnung meiner verstorbenen Schwester, die ich annoncierte. Ich verwendete dieses Kennwort. Aber das ist fast zwei Jahre her. Ich bekam damals furchtbar viele Antworten. Einen ganzen Haufen von Antworten, kann ich Ihnen sagen. Und nun wollte ich bloß ein bisschen Spaß machen… Es kamen so viele Antworten, und man hatte so viel zu lesen. Aber es war sicher nicht recht von mir.«

Lövgren lächelte wie eine Sphinx. Sein Lächeln schwebte im Raum, während Viggo fragte: »Warum haben Sie die Briefe verbrannt?«

Ihre Haut, die trocken und dünn wie alte Seide war, färbte sich schwach.

»Ich weiß es nicht«, antwortete sie und schüttelte energisch den Kopf.

»Das wissen Sie sehr gut«, sagte Lövgren.

»Nein.«

Nun war sie verschlossen wie eine Muschel. Viggo studierte sie nachdenklich und stellte fest, dass nichts stimmte. Wenn sie bloß annoncierte, um Briefe zu bekommen und in ihrer Einsamkeit etwas zum Lesen zu haben, warum hatte sie dann die Briefe verbrannt? Und konnte sie sich diesen Annoncenscherz überhaupt leisten? Eine gewöhnliche Annonce kostete ungefähr zwanzig Kronen.

Lövgren versuchte es noch mit einigen Fragen. Aber die alte Frau schüttelte nur ihren Vogelkopf und sah ängstlich aus.

Viel zu ängstlich, dachte Viggo. Das Bedürfnis nach einer Zigarette packte ihn, und er machte Lövgren ein Zeichen, sich zu erheben. Erleichtert führte die Alte die beiden hinaus durch das dunkle Vorzimmer.

»Wir kommen wieder«, war Lövgrens letztes Wort.

Auf der Straße wartete das Auto. Sie stiegen ein, und Viggo bat, an der Roslagsgatan abgesetzt zu werden.

»Was hast du dort zu tun?«

»Ich möchte nur eine Sache bei der Frau von Hermansson kontrollieren. Fahrt nur, ich bin bald zurück.«

Er wurde abgesetzt und wartete einen Augenblick vor dem Haustor. Als der Wagen verschwunden war, ging er rasch die Roslagsgatan hinunter und zurück zur Birger Jarsgatan. In weniger als zehn Minuten war er wieder bei Nummer 104.

Die Alte ließ sich diesmal lange Zeit, ehe sie öffnete. »Oh, Sie kommen zurück?«

»Ja, darf ich eintreten?«

Als er wieder auf dem Plüschsofa saß, sagte er: »Sehen Sie, ich bin Kommissar Bredberg. Es war mein Name, der auf der Rückseite des Kuverts bei der letzten Annoncenantwort stand. Aber der Absender bin nicht ich! Wir glauben, dass der, der den Brief schickte, mir etwas melden wollte – wir wissen nicht was. Wissen Sie, was es sein kann, Frau Cederberg?«

»Nein, wie sollte ich das wissen? So seltsam… Es stand ja drauf: Im Fall der Unzustellbarkeit soll die Sendung an den Absender retourniert werden.«

»Ja, der Betreffende hat wohl geglaubt, dass das geschehen wird.«

»Ich verstehe das alles nicht«, sagte sie vorsichtig. »Aber Sie wissen vielleicht… Vielleicht muss ich Ihnen berichten, wie es das erste Mal war. Es ist nur so schrecklich peinlich.«

Er wartete geduldig, aber sie brachte keinen Laut über die dünnen Lippen.

»Staffan Wingman ist tot. Wussten Sie das nicht, Frau Cederberg?«

»O nein!«

»Ermordet.«

»Entsetzlich! Das wusste ich nicht. Sicher hat es in den Zeitungen gestanden. Aber ich lese nie etwas Unangenehmes. Das getraut man sich nicht, wenn man allein wohnt. Kann es mit diesem Brief zusammenhängen?«

»Wir nehmen es an. Versuchen Sie uns zu helfen, meine Liebe.«

Sie nickte. »Gern, aber das ist so schwer. Sie verstehen, das erste Mal, vor zwei Jahren, als ich die Annonce wegen der Wohnung meiner verstorbenen Schwester aufgegeben hatte, da habe ich so schrecklich viele Antworten bekommen. Unter anderem bekam ich einen Brief, in dem Geld lag.«

»Für die Wohnung?«

»Nein, das war das Eigentümliche. Außer dem Geld lag kein Brief in dem Kuvert... nur schrecklich genau gefaltete Banknoten und dazu ein kleiner Zettel mit einem komischen Namen... einem komischen Namen. Rico stand darauf. ›Rico‹ und ›Buff‹ – und an mehr erinnere ich mich nicht.« Sie verbarg das Gesicht in den Händen und zitterte wie Espenlaub.

»Es war viel Geld«, flüsterte sie. »Schrecklich viel Geld... Und ich habe es behalten.« Sie blickte auf, als hätte sie erwartet, die Decke würde einstürzen. Darauf blieben beide eine Weile stumm sitzen.

»Liebes Fräulein«, flüsterte Viggo, »darf ich rauchen?«

»Aber bitte! Ich werde Ihnen etwas holen, warten Sie. Einmal habe ich einen Aschenbecher bekommen, von meinem Neffen. Hier...«

»Wie kamen Sie darauf, dieses Kennwort ›Wilhelm Tell‹ anzuwenden?«, fragte er.

»Wissen Sie, bei jedem Kennwort, das ich angab, sagten sie auf der Annoncenabteilung, dass es schon für denselben Tag verwendet wurde, an dem ich die Annonce drin haben wollte. ›Baldigst‹ und ›Sonnige Lage‹ oder ›Ab ersten Oktober‹ und Ähnliches, alles war schon besetzt. Und die Angestellten waren ja so furchtbar beschäftigt, die hatten keine Zeit, etwas für mich zu finden. Ich ging also wieder nach Hause und versuchte mir etwas auszudenken. Aber wissen Sie, es war schrecklich schwer, etwas Gutes und Originelles zu finden. Nun ist die Sache die, dass ich alte Zeitungen aufhebe, verstehen Sie. Man kann sie ja zu allem Möglichen verwenden. Ich nahm sie und las Annoncen in alten Zeitungen, und dabei fand ich dieses Kennwort. Stellen Sie sich vor, ›Wilhelm Tell‹! Ich erinnere mich noch, wie ich diese Oper gesehen habe. Aber damals war ich noch jung. Damals war ja alles ganz anders als heute, ganz anders… Ja, ich wählte jedenfalls dieses Kennwort, und in der Annoncenabteilung sagten sie, das ginge sehr gut, es sei augenblicklich nicht so populär. Und dann, ja, dann kam dieses Geld. Sie verstehen sicher nicht, dass ich… Ja, ich schäme mich. Aber ich hatte es damals so schrecklich beschwerlich… gerade mit dem Geld, meine ich…«

Viggo unterbrach sie hastig. Er wollte fragen, warum sie die Annonce ein zweites Mal aufgegeben hatte. War es in der Hoffnung wieder Geld zu erhalten? »Im Mai…«, begann er vorsichtig.

Sie kam ihm selbst zu Hilfe: »Da ist natürlich kein Geld mehr gekommen.«

»Erinnern Sie sich an den Namen, der auf dem Zettel stand? Buff und Rico, waren es mehrere?«

»Es waren fünf Briefe. An mehr Namen erinnere ich mich nicht. Jack vielleicht, aber ich bin mir nicht sicher.«

Viggo nahm einen tiefen Zug aus der Zigarette und schoss eine gezielte Frage ab: »Sagen Sie, wie viel Geld war es eigentlich?«

»Es war viel Geld, schrecklich viel… Mehrere hundert Kronen in jedem Brief.« Sie beugte den Kopf, und ihr magerer Körper wurde von einem trockenen Schluchzen geschüttelt. Verzagt flüsterte sie: »War es ein großes Unrecht von mir?«

Sein Blick wanderte von ihrer schwarzen Kleidung zu den

gestopften Tüllgardinen im Fenster, zur Topfpalme und zu dem Porträt eines Seekapitäns mit aufgezwirbeltem Schnurrbart. Er sah sie an.

»Ich weiß nicht«, antwortete er leise.

18

Sonja Wallén kam aus dem Eingang ihres Hauses, gerade als die Straßenbahn bei Narvavägen auftauchte. Im Laufen zog sie sich die Handschuhe an und sah in ihrer Handtasche nach, ob sie Kleingeld hatte. An der Haltestelle standen bereits eine Dame mit einem Pudel an der Leine und hinter ihr zwei kleine Kinder, die einander krampfhaft an den Händen hielten. Weiter weg beim Historischen Museum bemerkte sie flüchtig einen Mann in hellem Regenmantel, sonst wirkte die Straße menschenleer. Leer, abweisend und stinkvornehm, wie gewöhnlich, dachte sie.

Sie trug eine große Einkaufstasche mit sich und eine lange Einkaufsliste. In der Straßenbahn nahm sie die Liste heraus und begann durchzustreichen und Kostenberechnungen zu machen, mit jener effektiven Genauigkeit, deren sie sich ein wenig schämte, die ihr aber in Fleisch und Blut übergegangen war. Sie blickte dabei überlegend auf und sah eine vergessene Zeitung auf der Bank gegenüber liegen. Sie hatte die gestrige Abendzeitung nicht gelesen und auch kein Radio gehört. Bleich bis zum Haaransatz raffte sie ihre Sachen zusammen und sprang aus dem Wagen, bevor dieser die Haltestelle bei der Tiergartenbrücke verließ. In der Hand hatte sie die Zeitung.

Sie sank auf eine Bank nieder und fischte ein Zigarettenpäckchen aus ihrer Handtasche. Schräg hinter ihr kaufte der Mann im hellen Regenmantel beim Kiosk nebenan eine Tafel

Schokolade, und sie sah ihn, ohne ihn eigentlich wahrzunehmen.

»Musiker in einem Brunnen ermordet gefunden – Sommergäste machten fürchterliche Entdeckung.«

Die Aufregung sandte bald kalte, bald heiße Schauer durch ihren Körper. Sie las mehrmals den Artikel, konnte aber etwas eigentlich Neues außer der Meldung der Rubrik nicht finden. Staffan Wingmans Leiche war von drei Leuten, die einen Sommeraufenthalt am Meer ungefähr drei Meilen von der Hafenstadt entfernt, gesucht hatten, gefunden worden. Jacke und Brille waren über dem Körper gelegen, ein Schuss hatte die Stirn durchlöchert.

Sie hatte das seltsame Gefühl, dass das nicht Staffan gelten könne – nicht dem Staffan, den sie kannte. Sie musste an Eva Rehnfelt denken und zog eine irritierte Miene. Zu dumm jetzt an das Mädchen zu denken. Sie empfindet die Sache sicher tragisch. Als sie ihre Zigarette zu Ende geraucht hatte, war sie sich bereits im Klaren, dass es keinen Grund gab, auf einer Bank auf Stranvägen zu sitzen und über alte, traurige Geschichten nachzugrübeln. Gott sei Dank besaß sie eine komplexfreie Veranlagung und ein gewisses Gefühl für seelische Hygiene. Sie erhob sich und ging zur Haltestelle.

Die nächsten zwei Stunden war sie intensiv mit ihren Einkäufen beschäftigt. Sie klapperte auf spitzen, hohen Absätzen durch die Abteilungen des NK-Warenhauses, strich von ihrer Liste ab, lächelte Bewunderern zu, begrüßte flüchtig einige Bekannte und dachte an nichts anderes als an ihre Besorgungen. Um elf Uhr war sie bei der Friseurin angemeldet, und sie wollte bei dieser Gelegenheit gleich auch eine Gesichtsmassage machen lassen. Als sie den Stureplan kreuzte, sah sie den Mann im Regenmantel wieder und dachte zum ersten Mal, dass es komisch war, einander sooft zu treffen wie in einer Kleinstadt.

Eineinhalb Stunden später kam sie aus dem Schönheitssalon mit gestrafftem und erhitztem Gesicht und steuerte auf einen Taxistandplatz zu, erinnerte sich jedoch, dass sie etwas zum Lunch kaufen musste. Sie ging durch die Drehtür in Norrmals Lebensmittelgeschäft.

Da sah sie ihn wieder. Zweifellos. Er war es. Der helle Mantel war am Fenster vorbeigehuscht, schnell und wie zufällig. Irritiert kaufte sie rasch ein Kalbskotelett und einen Bund Spargel, bezahlte und ging, ohne auf die Quittung zu warten. Sie beschleunigte das Tempo, ohne sich umzuwenden, schlängelte sich zwischen Lieferwagen und Mopeds hindurch und blieb schließlich vor einem Antiquitätengeschäft stehen. Mit gerunzelten Brauen blickte sie ins Schaufenster, in dem altes Kristall und zerbrochene Spiegel lagen. Sie konnte nicht einmal ihr eigenes Spiegelbild erkennen, noch weniger, ob jemand hinter ihr stand. Ihr Magen zog sich zusammen, und ihre Wangen wurden heiß. Dieser verdammte alte Kram nimmt einem jeden Ausblick, dachte sie, und setzte ihren schnellen Marsch fort.

In der Regeringsgatan wagte sie zum ersten Mal, sich umzuwenden. Sie machte das blitzschnell und tat geschickt, als habe sie sich plötzlich erinnert, in ein Tabakgeschäft zu gehen, das sie eben passiert hatte.

Nun sah sie ihn wieder. Ihre Hände zitterten, als sie die Tür des Tabakladens öffnete.

»Eine Abendzeitung«, murmelte sie.

»Die ist noch nicht gekommen. Es ist erst halb zwölf.«

»Dann bitte einen *Dagens Nyheter*!«

Die Dame hinter dem Verkaufspult warf der *Dagens-Nyheter*-Ausgabe, die aus der Einkaufstasche der Kundin herausragte, einen prüfenden Blick zu und reichte ihr dann ein neues Exemplar mit von Druckerschwärze beschmutzten Händen.

Es wurde ein wahrer Tanz durch die City. Sie machte anfangs keinen Versuch, ihn abzuschütteln, wollte bloß sehen, ob er ihr weiter auf den Fersen war. Aber dann lachte sie über ihre Angst von vorhin. Wovor sollte sie sich fürchten. Ein gewöhnlicher Polizeispitzel, der es nicht einmal verstand, sich unauffällig zu benehmen. Nun sollte er sie kennen lernen! Trotz ihrer hohen Absätze eilte sie wie ein Wiesel dahin. Manchmal war er auf langen Strecken verschwunden, und sie glaubte schon, er habe es aufgegeben. Aber dann tauchte der Mantel wieder auf, und alles war wie zuvor.

Sie kehrte zum Stureplan zurück, ging die Bibliotheksgatan hinauf und drängte sich zwischen den Lastwagen außerhalb Arvid Nordquists Liefereingang durch. Ohne sich umzusehen, eilte sie über die Straße zur Bibliothek. Sie setzte sich auf eine Bank im Humlegarden und rauchte eine Zigarette. Das tat ihr gut. Sie saß unter dem Denkmal einer hässlichen, alten Frau und fragte sich, wer das sein könne.

Eine halbe Stunde später war er endgültig verschwunden. Sie beschloss, heimzugehen. Sie wurde so müde, dass es in ihrem Kopf surrte, und kleine Schweißperlen rannen über ihre Schläfen. Sonderbarerweise fühlte sie sich fast enttäuscht.

Sie fuhr mit einem Taxi nach Hause und legte ihr Kotelett in die Bratpfanne. Nach dem Essen wollte sie einen wichtigen Anruf machen. Aber als sie die Hand auf den Hörer legte, fiel ihr ein, dass man sie vielleicht auch auf diesem Weg überwachte. Es war ein widerlicher Gedanke, und sie verzichtete darauf, zu telefonieren.

Sie fingerte an einem abgebrochenen Nagel herum und sah zum Fenster hinaus. Dort stand er wieder. Er war vielleicht von einem anderen abgelöst worden, einem, der die Kunst, sich zu verbergen, besser verstand. Sie fühlte sich unentschlossen, ein Zustand, den sie sonst nicht kannte. So lange der da unten vor dem Historischen Museum stand und aufpasste, war sie nicht fähig, etwas zu tun.

Plötzlich nahm sie Hut und Mantel und eilte die Treppe hinunter. Nun trommelten die italienischen Absätze triumphierend auf den Stufen. Er sollte eine Lehre erhalten!

Vor dem Historischen Museum stand Assistent Wikman und rauchte. Er hatte jede Denktätigkeit ausgeschaltet und wurde von einem einzigen Empfinden ausgefüllt: Schmerz in den Füßen. Teuflischen, ziehenden, brennenden Schmerz. Die Schuhe waren nicht neu, aber so gut wie. Wie hatte er bloß so idiotisch sein können, sie gerade heute anzuziehen! Guter Gott, lass sie dort oben sitzen, bis ich abgelöst werde, Amen! Liebe, bezaubernde, kleine Mikrofonschönheit, sei nett und lies ein Buch oder strick einen Jumper oder mach, zum Henker, was du willst! Bloß heute nicht noch mal um den Stureplan jagen wie ein verwundetes Füchslein! Klar, wenn sie wirklich etwas Interessantes unternehmen würde, könnte man von den schmerzenden Füßen absehen. Wenn sie ihn direkt in die Arme des Unbekannten führte, nach dem sie suchten…

Assistent Wikman träumte einen Traum: Vor sich sah er Bredbergs Ledersofa und in demselben saß Intendant Lövgren.

»Ja, junger Mann«, sagte der Traum-Lövgren, »das haben Sie brillant gemacht. Wurden Sie schwer verletzt?«

»Nicht der Rede wert!«, Assistent Wikman lachte hart. »Nur eine Schramme.«

»Nun haben wir ihn also. Wir haben uns wirklich nicht denken können, dass er es war. Gut, Wikman«, erklärte der Traum-Lövgren markig. »Aber Sie müssen sicher recht übel zugerichtet worden sein.«

Er betrachtete den Verband, der ein abgerissener Unterrock war, und sah, wie das Blut auf den Boden tropfte. Wikman dachte sich gerade eine Antwort aus, als sein Traum ausgeträumt war und Lövgrens Stimme sagte: »Ach so, er war es also! Ja, wie wir vermutet haben.«

»Unser Verdacht ging in diese Richtung«, kam es vom Schreibtisch, an dem Kommissar Bredberg saß und aussah, als ob er halb schliefe.

Außerdem bewegte Wikman die Beine und stöhnte leise.

Und obendrein sah er noch Sonja Wallén aus dem Haus kommen! Sie hatte große Eile, und die Straßenbahn war beinahe schon an der Haltestelle. Regelmäßig hatte sie Glück mit Straßenbahnen! Er startete mit einem Fluch und fühlte, wie die abgeschabte Haut sich gegen das harte Leder des Schuhs rieb. Hätte sie nicht zu Hause bleiben können?

Am Normalmsplatz stieg die Sängerin aus und ging mit beschleunigten Schritten zum Kungsträdspark. Sie trällerte, als sie an den Austeilungsschaukästen vorbeiging, und das blonde Haar flatterte lustig unter einem kleinen, grünen Hut.

Auf der offenen Teeterrasse am Karlsplatz war es ruhig und still in der Nachmittagssonne. Sie setzte sich an einen der äußersten Tische, und eine Kellnerin war fast augenblicklich bei ihr.

»Einen Tee und ein Stück Zuckerkuchen, bitte. Kann ich auch gleich bezahlen, ich hab's ein bisschen eilig. Wollen Sie mir bitte auch ein Taxi bestellen? Hier draußen in zehn Minuten.«

Die Kellnerin verschwand. Sonja Wallén machte eine Vierteldrehung auf dem Stuhl und schielte hinter sich. Dabei zündete sie umständlich eine Zigarette an und wartete. Als die Kellnerin zurückkam, bezahlte sie und dankte für die Taxibestellung.

»Und noch etwas. Ich bekomme in Kürze Gesellschaft. Einen Herrn. Darf ich Ihnen etwas sagen?«

Die Augen der Kellnerin rundeten sich, und sie beugte sich vor.

»Vorsichtig sein mit der Bezahlung. Er pflegt… Ja, ich wollte Sie nur darauf aufmerksam machen.«

»Ich verstehe«, antwortete die Kellnerin rasch. »Ich werde daran denken.«

Sie blinzelten einander zu, und Sonja Wallén machte sich daran, den Saft aus ihrer Zitronenscheibe zu pressen. Das Einzige, das sie sah, war eine Zeitung in Mannshöhe hinter einem Baum. Er ist wirklich köstlich, fand sie.

Hinter dem Baum stand Wikman, seine Augen tränten vor Schmerz, und er stierte auf den Handelsteil der Zeitung. Ein Stuhl!, dachte er. Ein Stuhl zum Sitzen, damit man die Beine ausstrecken und die Schuhe abstreifen und sacht, ganz sacht die Zehen bewegen kann! Jetzt sitzt sie dort und lässt sich's gut gehen. Kanaille!

Er blätterte um. Ob er es wagen könnte, die Schuhe zu lockern, nur eine Spur hinten bei der Ferse? Aber es hatte wohl wenig Sinn. Sie geht sicher bald, wenn sie den Tee ausgetrunken hat, dachte er. Ein erwachsenes Weibsbild, sitzt da und trinkt Tee, wenn sie doch ganz was anderes trinken könnte... ein Bier zum Beispiel, ein kaltes Bier! Aber sie ist sicher verrückt.

»Guten Tag!«

Er blickte über den Rand der Zeitung und brachte keinen Laut über die Lippen.

»Werden Sie nicht langsam müde?«

Da stand sie. Ihre Augen glitzerten grasgrün, und eine Locke blonden Haars flatterte vor ihrem Gesicht. Er hatte Sonja Wallén früher kaum richtig betrachtet.

»Hm... tja«, sagte er.

Aber sie rettete ihn auf noble Art. »Bitte, kommen Sie doch und trinken Sie eine Tasse Tee mit mir, bevor wir weitermachen. Das würde Ihnen sicher gut tun.«

Natürlich nicht! Nie im Leben! Wie konnte sie sich einbilden, er würde so etwas im Dienst tun!

»Ich weiß nicht«, antwortete er zögernd.

»Ich werde es niemandem sagen.«

Sie hatte jedenfalls verflucht hübsche Augen. Er schielte zur Teeterrasse hinüber. Keine Menschenseele, die er kannte, auf keinen Fall einer vom Kriminalamt. Und vor allem – der Stuhl!! Als er die bequeme Sitzfläche vor sich sah, brach sein Pflichtgefühl zusammen. Aus den Trümmern kam ein Stammeln hervor: »Sicher wäre das... würde das gut tun.«

Ehe er sich darüber bewusst wurde, saß er ihr gegenüber,

eine Teetasse in der Hand, und wusste nicht, was er sagen sollte. Sie plauderte höflich über das Wetter, über den Bau der Untergrundbahn und über das kommende Fußballmatch Schweden – Uruguay.

»Ja«, sagte er und: »Gewiss, das stimmt.«

Er bereute seine Handlungsweise tief. Wie konnte er auf eine so unvorschriftsmäßige Idee kommen? Er wagte es nicht einmal, die Schuhe zu lockern. Sie bluffte natürlich. Es war am besten, sie anzubehalten. Ein neuer Start konnte jede Sekunde losgehen.

»Ja«, sagte sie, »jetzt habe ich leider keine Zeit mehr. Danke für die Gesellschaft.«

Genau wie er vermutet hatte! Wie der Wind war sie über den Rasen davon. Er bemerkte ein Taxi auf der Straße. Verschlagenes, kleines Biest! Aber diesmal irrte sie sich!

Er warf drei Kronen auf den Tisch und stürzte davon. Gott sei Dank, dass ich die Schuhe nicht gelockert habe, dachte er. Dort stieg sie ins Taxi. Gab es keines in der Nähe?

»Hallo, mein Herr!«

Er sah sich um. Es war die Kellnerin, die ihm nacheilte.

»Sie haben vergessen, zu bezahlen.«

»Das Geld liegt auf dem Tisch«, rief er und wollte weiter.

»Hallo, halt! Bleiben Sie stehen, bitte!«

»Ich habe das Geld auf den Tisch gelegt, sage ich! Drei Kronen. Halten Sie mich nicht auf!«

Sie hatte ihn bereits erreicht und sagte energisch: »Einsfünfundachtzig.«

»Aber hören Sie denn nicht…?«

Es war schon zu spät. Das Taxi hatte sich in Bewegung gesetzt. Wütend nahm er zwei Kronen aus der Tasche und warf sie in ihre Hand.

»Bei uns sind zehn Prozent Zuschlag für die Bedienung üblich.«

»Bitte sehr, nehmen Sie! Sind Sie jetzt zufrieden?«

Seine langen Beine flogen über den Rasen. Er sah ein Taxi

kommen und es gelang ihm, es anzuhalten. »Folgen Sie dem Auto!«

»Welchem?«

»Dem Taxi dort. Dort, dem schwarzen Chevrolet!«

Der Chauffeur begriff und startete rasch. Nach einer Weile musste er resignieren. »Nee, das geht nicht…«

Das Taxi war wie vom Erdboden verschluckt. Sie fuhren im Kreis, fanden es aber nicht.

»Na, was machen wir jetzt?«, sagte der Chauffeur. »Wohin soll ich fahren?«

Assistent Wikman zog seine Brieftasche hervor und blickte hinein. »Fahren Sie für sieben Kronen herum. Und dann zur Kriminalpolizei.«

Danach streifte er vorsichtig und unter verzerrten Grimassen die Schuhe ab und lehnte sich aufseufzend in den Sitz zurück.

Im Kriminalkommissariat thronte Lövgren wie ein majestätischer Buddha hinter seinem Schreibtisch. Vor sich hatte er eine Kartothek und studierte sorgfältig jedes Blatt.

»Du verstehst dich auf alte Ziegen«, sagte er anerkennend zu Viggo. »Unglaublich, dass sie das Geld behalten hat! Ihr Gewissen muss sie ordentlich gezwickt haben, wenn sie in der Nacht schlafen wollte. Wir werden es zuletzt noch aus ihr herauslocken, wie viel es war – glaubst du nicht?«

»Kann sein.«

»Nach Bromans Angaben scheint der Kerl mit seinen Kunden zuerst per Telefon in Kontakt getreten zu sein, um ihnen seinen Dreck anzubieten. Für seine alten Kunden hat er sicher ein anderes Kennwort gehabt – vielleicht reichte die Annonce, vielleicht kam noch etwas dazu, um zu verhindern, dass das Geld auf eine andere Annonce mit demselben Kennwort eingeschickt wurde. Wie jetzt bei der Alten. Angeblich hat sie nur fünf Briefe mit Geld erhalten, aber das kann man glauben oder auch nicht. Er hatte wohl noch andere Kennworte und andere Annoncen. ›Wilhelm Tell‹ war nur eines davon.«

»Vermutlich«, erwiderte Viggo.

»Und die Kunden hatten Decknamen. Buff, Rico und Jack zum Beispiel. Wie er nachher die Ware lieferte, wissen wir nicht, aber die Hauptsache für ihn war ja, dass er Geld bekam.«

»Wir wissen vieles noch nicht.«

»Ganz richtig. Und nun haben wir die Karten hier... zusammen dreiundzwanzig Wilhelm-Tell-Annoncen im Laufe eines Jahres. Für einen Teil hat Wingman sicher das Geld eingeschickt, das stimmt mit der Zeit gut überein. Aber dreiundzwanzig scheint mir wenig, er muss mehr gehabt haben.«

Viggo ging zum Schreibtisch und blätterte unter den Karten der Annoncenabteilung. Nach Angabe derselben waren sämtliche Annoncen per Post bestellt worden, wurden im Voraus bezahlt, und eine Adresse, an die die Antworten gesendet werden sollten, war den Bestellungen beigefügt. Es waren nicht dreiundzwanzig verschiedene Adressen, die sie auf diese Weise herausbekamen, aber fast so viele. Ordentliche Namen und vollständige Adressen.

Stud. Phil. Otto Vendelius, Götgatan usw., Frau Larsson, Lyckselevägen, Fräulein Britta Edin, Prokurist Olle Stensson, Kaufmann Göte Arvidsson und einige andere.

Nichts war merkwürdig an diesen Namen, außer einer Sache: Alle hatten die Anmerkung »zu Händen von« und einen weiteren Namen.

»Ist das hier so einfach, wie es aussieht, dann ist er ein Idiot, und wir erwischen ihn heute Abend«, sagte Lövgren. Laut las er von einer Karte: »Institut für Heilgymnastik Ester Carleman c/o Lundin,Tegnérlunden, usw.... Hast du schon so was gehört? Einige können natürlich ebenso unschuldig sein wie die Annonce der alten Tante, aber nicht alle. Nicht mit diesem ›zu Händen von‹. Hier liegt der Hund begraben.«

Er wurde von einem Klopfen an der Tür unterbrochen und blickte auf. »Ja, herein!«

Ein blasses Mädchen steckte den Kopf herein. »Besuch für Herrn Kommissar Bredberg.«

»Wer ist es?«

»Eine Dame, die ihren Namen nicht nennen will.«

»Wir haben jetzt keine Zeit für deine Frauenzimmer!«, entschied Lövgren brüsk.

»Die Dame scheint es sehr dringend zu haben«, verdeutlichte das Mädchen in der Tür, und Viggo errötete langsam.

Plötzlich wurde die Tür aufgerissen. Sie hatten das Gefühl, das blasse Mädchen würde von einer Sturmböe beiseite gefegt und in einer Wolke von Chanel No. 5 trat Sonja Wallén ein. Sie hatte die Augenbrauen hochgezogen und lächelte eisig.

»Ich hatte das Gefühl, dass die Herren mich treffen wollen«, erklärte Sonja Wallén. »Ist es nicht so?«

Die beiden Männer sahen einander in ungewöhnlichem Einverständnis an.

»Na ja… hmm«, murmelte Lövgren und raffte seine Karten zusammen. Er sandte Viggo einen bittenden Blick zu.

Dieser versuchte es mit einem flotten Lächeln: »Eine angenehme Überraschung, Sie hier zu begrüßen!«

Die Sängerin musterte ihn kalt und fuhr fort, ohne sich unterbrechen zu lassen: »Ich habe das Riesenbaby, das Sie hinter mir hergeschickt haben, den ganzen Tag an meinen Fersen gehabt, und ich bin dieser Anhänglichkeit jetzt reichlich müde. Was wollen Sie eigentlich von mir?«

19

Viggo überquerte den Zementhof von Drottninggatan 77 im Dunkel. In seinem Hirn mahlten trotz Schlaflosigkeit und einem immer nagenderen Hungergefühl hartnäckige Gedanken: Wilhelm Tell; unglaublich, wie ungeschickt dieser Wikman war. Ich muss ein paar Stunden schlafen. Was Lövgren jetzt wohl im Schilde führt?

Knifflig von Wingman, die Annonceantwort an mich zu schicken, knifflig und schnell gehandelt. Wusste er, dass es in der letzten Minute war? Er muss gewusst haben, wer Wilhelm Tell war, aber ohne den leisesten Beweis. Vielleicht war er auch seiner Sache nicht ganz sicher. Die Bestätigung erhielt er erst, als der Schuss fiel. Er dachte wohl, er könne die Polizei ohne Beweise nicht anrufen. Heroisch, aber unpraktisch. Er glaubte sicher, er würde lange genug leben, um etwas zu finden, das einem Beweis glich. Um allen Eventualitäten zu begegnen, entschloss er sich, einen Brief an mich zu schreiben. Aber er kam nicht darauf, was er schreiben sollte. Es war eine lange Geschichte, und er fühlte sich gehetzt. Er stand da mit dem Papier und dem Kuvert in der Hand und hatte plötzlich die Idee, die übliche Annoncenantwort aufzuschreiben. Er verließ sich darauf, dass ich den Rest erraten würde, wenn etwas geschehen sollte. Andernfalls war er selbst da, um die Sache zu erklären und uns auf die Spur zu bringen. Aber er hatte Pech mit der kleinen, alten Frau Cederberg. Von ihr konnte er natürlich nichts wissen.

Viggo pochte gegen die Scheibe von Frau Landbergs Küchenfenster und sah ihr spitznasiges Gesicht ins Dunkel herausblicken.

»Ich bin's nur – Bredberg.«

»Was wollen Sie denn?« Sie öffnete das Fenster und beugte sich heraus.

»Haben Sie ihm zu essen gegeben, wie ich gesagt habe?«

»Jawohl, mehrere Male. Aber jetzt war ich eine Zeit lang nicht oben, weil sich andere um ihn kümmern. Zwei Damen.«

»Zwei?«

»Ja, zwei. Die eine hat offenbar einen eigenen Schlüssel.«

Er wollte diese Behauptung weder bekräftigen noch dementieren.

»Und die eine hat die andere offenbar hineingelassen.«

»Wer war die andere?«

»Woher soll denn ich das wissen?«, antwortete sie kurz, bereit, ihm das Fenster vor der Nase zuzuwerfen.

»War sie hübsch?«

Ihr Blick sagte ihm, dass sie ihn nicht nur lasterhaft, sondern auch schamlos fand. »Das war sie. Aber sie war trotzdem eine feine Dame.«

Das Fenster krachte zu, und seine Dankesbezeigungen verhallten zwischen Mülleimern und Fahrrädern. Er sprang die Treppen hinauf, sein Herz flatterte wie ein Vogelflügel. Kein gutes Zeichen beim Treppensteigen? Sausen in den Ohren konnte er dagegen noch nicht vermerken.

Er nahm an, dass die Stimmung oben in der Wohnung eisig war, wenn auch die andere Dame hübsch sein sollte. Um sie auf sein Kommen vorzubereiten, klingelte er, bevor er den Schlüssel ins Schloss steckte.

Inga kam ihm im Vorzimmer entgegen. Seine Hand umschloss ihren Nacken, aber sie drehte sich spielerisch aus seinem Griff und legte den Finger auf die Lippen. »Du hast Besuch. Ein Mädchen, das Eva Rehnfelt heißt.«

»Oh, richtig, zum Teufel…«

»Pssst, Viggo... Sie tut mir Leid. Sie war Staffan Wingmans Braut, oder wie man das nennen soll. Sie hat die Nachricht in den Zeitungen gelesen. Sie hat fast die ganze Zeit geweint.«

Eva saß auf dem Sofa, die Beine mit einem Mantel bedeckt, den er als Ingas Eigentum erkannte. Er ging zu ihr hin und sank neben ihr auf das Sofa. Wortlos lehnte sie ihren Kopf an seine Schulter und blieb ganz still so sitzen.

»Mein armes, kleines Mädchen!«

»Es ist schon besser, Viggo, viel besser. Frau Barr war so lieb zu mir. Ich sitze hier schon ein paar Stunden, glaube ich. Ich musste mit jemand sprechen.«

Er ahnte, dass es keinen Sinn hatte, sie mit neuen Fragen zu peinigen, sondern versuchte sich auf der Oberfläche von Alltäglichkeiten zu halten, als er mit ihr sprach. Sie war blass und hatte geschwollene, rote Wülste unter den Augen. Ihr Kleid war zerdrückt, als habe sie darin geschlafen. Er blieb neben ihr auf dem Sofa sitzen und hörte Inga in der Küche mit dem Geschirr rumoren. Rund um das Sofa kreiste hasserfüllt der Kater.

»Siehst du nicht, dass er dich begrüßen will?«, sagte Eva und zog den Mund zu einem Lächeln, das so schief und gezwungen war, dass er Angst hatte, sie würde wieder zu weinen beginnen.

»Bitte, kommt und esst eine Kleinigkeit.« Inga stand in der Tür, ein Handtuch umgebunden, erhitzt und mit hellwachen Augen. Aus der Küche strömte ein Duft, der ihn lebhaft an Toast mit gebratenem Fleisch erinnerte, und sein Magen machte einen Purzelbaum vor Seligkeit und Hunger.

»Versuchen Sie einen Bissen zu essen, Fräulein Rehnfelt. Ich bin sicher, es wird Ihnen gut tun.«

Inga lotste sie behutsam in die Küche hinaus, und Viggo hatte sich bereits mit Messer und Gabel an das köstliche Mahl herangemacht. Er erinnerte sich nicht, wann er zuletzt etwas so Delikates gegessen hatte. Ihm gegenüber stocherte Eva appetitlos in dem belegten Toast.

Die Liebe war wie gewöhnlich. Sich selbst genug und grausam. Unter dem Tisch ging ein fortgeschrittener Fußflirt zwischen dem Kommissar Bredberg und der Zahnärztin Barr vor sich. Das Brot war goldbraun geröstet und knusprig und das Fleisch kaum durchgebraten mit einer duftenden, braunen Kruste und gekrönt mit einem gebratenen Ei. Er war im siebenten Himmel. Alles schmeckt besser als Kaffee und Kuchen, dachte er. Das war seine Diät in den letzten Tagen gewesen. Plus Zigaretten.

Da läutete das Telefon. Er stand widerwillig auf und ging ins Wohnzimmer. Ein zweites Signal zerriss seine behagliche Stimmung, ehe er den Hörer abnahm. Er vernahm einen heftigen Atemzug und dachte sofort an Broman. Er war etwas asthmatisch, am Telefon merkte man es am deutlichsten.

»Bredberg?«

»Ja.«

»Broman. Können Sie herüberkommen?«

»Natürlich.«

»Es eilt... Ich habe...« Et atmete einige Male heftig. »Ich weiß jetzt, wer es ist.«

»Was sagen Sie? Wer? Der Narkotikamann?«

»Ja. Es war reiner Zufall, dass ich darauf gekommen bin. Vor ein paar Stunden. Aber ich musste es zuerst kontrollieren. Jetzt bin ich sicher. Können Sie herkommen?«

»Ich komme, aber sagen Sie mir zuerst...«

»Beeilen Sie sich!«

Die Verbindung brach ab. Er starrte auf den Hörer in seiner Hand. Das hätte er nicht gedacht. Der feige Broman. Oder war es ein falscher Alarm? Hastig drückte er die Gabel nieder. Dann rief er ein Taxi.

»Willst du weggehen?«

Sie duftete nach Essen und Eau de Cologne in einer keineswegs unbehaglichen Mischung.

»Ja, es ist wichtig.«

»Viggo, hast du heute Nacht geschlafen?«

»Wo ich geschlafen habe? Nimm dich in Acht, Kleines…« Er tappte nach ihren Händen.

»Nein, ich habe dich gefragt, ob du überhaupt geschlafen hast. Hast du?«

Er erhob sich und küsste sie hastig.

»Du musst schlafen, Viggo.«

»Adieu, Liebling. Bitte, kümmere dich um Eva, sei so lieb. Es wird wahrscheinlich spät für mich werden. Adieu, Eva. Bleib noch eine Weile und leiste Inga Gesellschaft.«

Im Taxi dachte er an den Fleischtoast und ärgerte sich, dass er das Ei übrig gelassen hatte. Der Kater fraß es vermutlich auf.

Die Wohnung war erleuchtet. Er stand vor dem Haus in der Lorensbergsgatan und wippte auf den Füßen vor und zurück, ein wenig unentschlossen. Die gelben Gardinen waren zugezogen.

Die Haustür war nicht verschlossen. In dem alten Haus ließ sich die knarrende Tür vielleicht überhaupt nicht abschließen. Eine plötzliche Unruhe ergriff ihn, als er die Treppen hinaufsprang. Hatte Broman irgendeine Teufelei im Sinn? Man konnte das bei ihm nie wissen. Sein Blick hatte ihm nie gefallen. Er war ängstlich, übermäßig ängstlich, aber in seiner Tiefe lauerte auch etwas anderes. War es nicht etwas seltsam, dass er, der immer solche Angst um seine eigene Haut hatte, plötzlich so dienstwillig war? Oder war es bloßes Gequatsche? Viele hatten schon Tipps in Bezug auf den Mörder gegeben. Man hatte ihn sowohl am Fredhelmsplatz wie im Stadtpark von Katrineholm gesehen, übrigens um dieselbe Zeit.

Er läutete an der Tür und hörte nach ein paar Sekunden Stille, wie drinnen eine Tür geöffnet wurde. Dann wurde es wieder still.

Rein automatisch suchte er in der Tasche, nur um festzustellen, dass er wie gewöhnlich nicht bewaffnet war. Es konnte manchmal vorteilhaft sein, etwas in der Hand zu halten, dachte er.

Nichts geschah, und er drückte die Klinke nieder. Sie gab nach, die Tür war unverschlossen. Gerade als er öffnete, wurde drinnen eine Tür zugeschlagen, und er hörte das Schloss zuschnappen. Es war die Badezimmertür, stellte er fest und trat näher. Das Vorzimmer war hell erleuchtet. Er blickte ins Wohnzimmer. Es war leer. Ein Zigarettenstummel lag und rauchte dünn in einem blauen Aschenbecher. Im Badezimmer brauste das Wasser aus allen Hähnen.

»Hallo, Broman!« Er trommelte an die Tür. »Ist Ihnen nicht wohl?«

»Jaa...« Die Stimme klang dick durch das Wasserbrausen.

»Warten Sie«, hörte er.

Der Mensch hatte solche Angst, dass ihm schlecht geworden war. Am besten, man wartete jetzt eine Weile, bis er sich erholte. Viggo ging in dem großen Raum umher und sah sich um. Das Telefonbuch lag auf dem Tisch vor dem Sofa. Leider nicht geöffnet, es wäre sonst interessant gewesen. Der Staub auf dem Boden war jetzt noch dicker als das vorige Mal, als er hier war.

»Reißen Sie sich zusammen, Broman!«, rief er.

Keine Antwort. Mit zwei Schritten war er im Flur und klopfte an die Tür. Kein Laut, außer dem irritierenden Brausen aus den Hähnen.

»Broman! Hören Sie mich?« Er biss die Lippen zusammen und starrte gedankenvoll auf die Tür. Dann begann er sie mit geballten Fäusten zu misshandeln. »Öffnen, zum Teufel! Hören Sie nicht?«

Da stimmte was nicht. Er sah sich in der Halle nach etwas um, womit er das Schloss öffnen konnte. Ging darauf in die Küche, in der er noch nicht gewesen war, und zog einige Laden heraus, fand aber nichts, das gepasst hätte. Ein Königreich für eine Haarnadel! Vielleicht fand sich etwas im Schlafzimmer. Man konnte die ungeahntesten Sachen in Herrenschlafzimmern finden. Behauptete Frau Landberg.

Die Schlafzimmertür war geschlossen, und er öffnete sie mit einem Ruck. Ihm war etwas unbehaglich zu Mute.

Als er den Schalter drehte, fiel das gelbe scharfe Licht direkt auf ein aufwärts gewandtes, starres Gesicht. Er wich einen Schritt zurück und blickte automatisch über die Schulter hinter sich.

Es war Broman. Er war nach rückwärts über das Bett gefallen, die Beine hingen schlaff und bewegungslos über die Kante herab. Er war mit der gleichen Präzision wie Krister Hermansson und Staffan Wingman erschossen worden. Genau durch die Stirn.

Er ergriff eine spitze Nagelfeile von einer Kommode und stürzte hinaus. Ein paar Minuten bearbeitete er das Badezimmerschloss, ohne irgendetwas zu denken. Gerade als er merkte, dass das Schloss nachzugeben begann, ging ihm ein Gedanke durch den Kopf: Bin ich bei Trost? Steht er jetzt nicht da drin mit der Pistole in der Hand?

Er riss die Tür auf und stellte sich mit einem Sprung hinter dieselbe. Das Hemd klebte an seinem Körper, und das Herz sprengte ihm fast den Brustkorb. Alles blieb still. Das Wasserbrausen hörte er nicht mehr, er hatte sich daran gewöhnt.

Schließlich blickte er vorsichtig in das Badezimmer. Es war leer. Kühler Nachtwind wehte herein, im Badezimmerfenster flatterte eine grüne Plastikgardine.

Er ging über die Kacheln des Fußbodens und stellte sich auf die Zehen, um durch das Fenster zu blicken. Im Dunkel erkannte er eine verrostete Feuerleiter, die sich die Mauer entlang nach unten wand. Es war still wie im Grab. Er stieß einen Fluch aus.

Im nächsten Augenblick saß er am Telefon und wählte die Nummer der Kriminalpolizei. Lövgren meldete sich mürrisch und warf nach Viggos kurzer Meldung den Hörer mit einem unverständlichen Ausruf in die Gabel. Viggo erhob sich und ging ins Schlafzimmer. Sonderbarerweise sah der arme Broman jetzt gar nicht besonders verängstigt aus, nur kindlich verwundert. Bei näherem Hinsehen erkannte Viggo, dass er nicht rücklings auf das Bett gefallen war, wie er zuerst geglaubt hatte. Jemand war im Begriff gewesen, ihn dorthin zu legen, war aber offenbar durch Viggos Läuten an der Tür gestört worden. Bromans Arme hingen schlaff an den Seiten herab.

Viggo verspürte einen bitteren Geschmack im Mund. Wie hatte er zu dem Burschen gesagt? »Sie brauchen keine Angst zu haben, Broman. Sobald Sie etwas hören, rufen Sie mich an.«

Ja, in dem Stil hatte er gequatscht. Broman hatte ihn beim Wort genommen. Ihn, den großen, erfahrenen Kommissar! Es war doch klar, dass man keine Angst zu haben brauchte, wenn einen ein solcher Held bewachte! Ein so gottverflucht verkorkster Held!, dachte Viggo. Und nun lag er also da!

Sie brauchen keine Angst zu haben, Broman. Sie brauchen keine Angst zu haben, dröhnte es in seinem Hirn. Broman starrte weiter in die Luft, verwundert und unverändert. Die Sekunden rannen vorbei, bald würde er die Sirenen des Ambulanzwagens hören. Hinauszugehen und auf der Straße Lärm zu schlagen war sinnlos. Wahrscheinlich würde er nach kurzer Zeit ebenfalls mit einem Präzisionsloch in der Stirn daliegen. Übrigens war der Mörder sicher schon seit langem auf der andern Seite der Västerbron.

Er ging auf den Zehen durch den Raum und sah sich um. Nichts wirkte verändert oder in Unordnung gebracht wie nach einem Kampf oder dergleichen. Der Türvorleger lag verschoben, als er eintrat. Vielleicht war es hier geschehen. Hatte er ihn bloß hineingestoßen, die Tür geschlossen und geschossen? Aber warum ihn dann in das Schlafzimmer schleppen? Merkwürdige Dinge machen die Mörder! Aber das stimmte recht gut mit seinem sonstigen Verhalten überein. Er hatte ja mit größter Wahrscheinlichkeit Wingman in den Kohlenkeller hinuntergeschleppt. Ihm schien es offenbar nicht zu behagen, wenn Leichen herumlagen, er musste sie um jeden Preis wegschaffen, auch wenn es sinnlos wirkte.

Es rumorte an der Außentür. Er hatte keine Sirenen gehört.

Er erstarrte und rührte sich nicht von der Stelle. Nun hörte er, wie die Tür geöffnet wurde. Seine Hände suchten nach etwas auf dem Tisch, nach irgendeinem Gegenstand, aber er erwischte nur ein Päckchen Zigaretten. Keine sehr brauchbare Waffe.

»Hallo!« Die Stimme klang bekannt. Weiche Schritte kamen durch den Flur näher.

Viggo zog eine Zigarette aus dem Paket und steckte sie in den Mund. Den Blick hielt er unverwandt auf die Türöffnung gerichtet. »Oh, hallo!«

Josia Hammond lächelte wie gewöhnlich. Er zog seine Handschuhe aus und ging in den Flur hinaus, um seinen Mantel abzulegen. Als er an der Schlafzimmertür vorbeikam, hörte Viggo einen halb unterdrückten Schrei. Gleichzeitig hörte er auch die ersten Sirenen draußen, der Ton stieg und fiel, flach und klagend. Bald konnte man mehrere hören, die sich in das Konzert mischten.

Hammond stürzte herein. »He is dead!«, schrie er.

»In der Tat«, antwortete Viggo müde.

»Oh, Lord, I can't understand it! What happened?«

Viggo sah, wie sich die dunklen Augen langsam mit Tränen füllten.

»Who did it?«

»I don't know«, antwortete Viggo wahrheitsgemäß und fixierte ihn.

Die Lippen des Schwarzen zitterten. Er griff mit zwei Fingern zwischen Hals und Kragen und riss seinen Hemdknopf auf. Über seine Wangen begannen Schweißperlen zu strömen.

Im nächsten Augenblick war die Wohnung voll mit Leuten. Lövgren ging mit der Sicherheit eines Nachtwandlers sofort auf die Schlafzimmertür zu. Er sah aus wie ein Blutdruckpatient. Abgehackt gab er seine Befehle, ohne die Hände aus den Taschen seines Regenmantels zu nehmen. Als die Kamerablitze im Schlafzimmer zu klicken begannen, kam er zu Viggo heraus, der auf dem Sofa saß, Hammond vor sich.

Josia Hammond berichtete, er sei vor ein paar Stunden noch in der Wohnung gewesen. Da war Broman noch am Leben. Alles war wie gewöhnlich. Wo er gewesen sei? Im Kino, in der letzten Vorstellung. Wo? Im Astoria. Welcher Film? *Wrong man.*

Er zerrte am Hemd und stöhnte. Dann berichtete er willig, wie er heimgekommen sei und Broman beim Radioapparat gefunden habe. Er sei in den Apparat förmlich hineingekrochen. Als er mit Broman sprechen wollte, habe der ihn beschimpft und abwehrend mit der Hand gewinkt. Er war so beschäftigt mit dem Zuhören, dass er es für zwecklos hielt, ein Gespräch mit ihm zu beginnen. Er sei stattdessen ins Kino gegangen. Ja, es war noch nicht neun, er sei noch rechtzeitig zur Vorstellung. Jedenfalls wäre es nach acht gewesen, so zwischen acht und neun. Welches Radioprogramm habe er sich angehört? Hammond schüttelte den Kopf. Er hatte nicht ein Wort verstanden. Konnte kein Schwedisch.

»Um wie viel Uhr hat er dich angerufen?«, fragte Lövgren.

»Gleich nach elf.«

»Was hat er gesagt?«

»›Es war reiner Zufall, dass ich darauf gekommen bin. Ich musste es zuerst kontrollieren. Aber jetzt bin ich sicher‹, hat er behauptet.«

»Glaubst du, es hängt mit dem Radioprogramm zusammen?«

Hammond hing mit großen Augen an ihren Lippen, schien aber nichts zu verstehen. Um sie herum untersuchten schweigsame Polizisten und Kriminalbeamte Möbel und Teppiche. Drinnen im Schlafzimmer fluchte jemand über ein kaputtes Blitzlicht, und ein anderer rief, er wolle seinen schwarzen Koffer haben. Der Arzt trat gerade aus dem Schlafzimmer. Er kam mit zusammengepressten Lippen und gerunzelten Augenbrauen auf sie zu.

»Es ist vor ganz kurzer Zeit geschehen«, sagte er. »Kommissar Bredberg kam vermutlich nur einige Minuten zu spät.«

Er verließ sie mit einem kurzen Nicken.

»Na, und du, du Narr«, sagte Lövgren. »Was hättest du gemacht, wenn du rechtzeitig gekommen wärst? Du hast wahrscheinlich wieder nichts bei dir, das krachen kann.«

Viggo blätterte in einer Zeitung, die er aus einem Korb unter dem Tisch genommen hatte und suchte das Radioprogramm hervor. Im Programm II war zu der fraglichen Zeit eine Nachrichtensendung gelaufen. Das Reichsprogramm um 20 Uhr 30 hieß: Unsere Wohnungsfrage. Ein Round-table-Gespräch. Um 20 Uhr: Spätsommer... Er reichte die Zeitung Lövgren und zeigte auf eine Stelle.

Lövgren las halb laut: »Spätsommer. Sonja Wallén singt zu Ted Willers Orchester. Conférencier Sven Berthil.«

»Tja«, sagte Viggo.

»Was sagt uns das?«

»Wenn ich aufrichtig sein soll, so sagt es mir nichts. Ich glaube, Broman lauschte und erkannte die Stimme. Das Telefonbuch lag hier auf dem Tisch. Ich glaube, er meinte ihn, als er sagte, er müsste es erst kontrollieren. Er rief an und erhielt die Bestätigung, dass er wirklich die Stimme erkannt hatte. Und der Mörder erkannte ihn. Wegen des Asthmas, glaube ich, er keuchte auch, als er mit mir sprach. Aber um Sonja Walléns Stimme konnte es sich nicht handeln, die kannte er, weiß Gott, zur Genüge. Außerdem sagte er, es sei ein Mann.«

»Der Conférencier?«, schlug Lövgren vor.

»Tja, wahrscheinlich war es jemand ganz anderes. Ich war so eingestellt auf das mit der Stimme. Aber vielleicht hörte er etwas anderes. Vielleicht sang sie etwas...«

»Wir werden das feststellen. Du glaubst also, er hat den Mörder angerufen, und der Mörder hat ihn am asthmatischen Keuchen erkannt und begriffen, dass er entlarvt ist?«

»Was soll man glauben?«

»Glaube, mein Herzchen, glaube nur«, trällerte Lövgren ironisch.

»You come with us«, sagte er lakonisch zu Hammond.

20

Sie standen alle zusammen in dem öden Atelier. Auf einem Tisch mitten in dem riesigen Raum lagen einige Morgenzeitungen, die mit Großbuchstaben das Geschehnis des gestrigen Abends verkündeten: »Mord an dem Klarinettisten Hans Broman.«

Fredberg löste sich aus dem Haufen und kam auf ihn zu. »Guten Tag, Herr Kommissar! Ich habe versucht alle zu versammeln, die davon berührt sind… Ich meine, sämtliche, die damit etwas zu tun… will sagen, alle die…«

Er hustete verlegen und zeigte mit der Hand auf die Gruppe beim Tisch: Elsa Brundin, weiß im Gesicht und mit ihren üppigen Händen und Armen fern jeder Pose gestikulierend, Härje Olofsson, der fortwährend sein Haar in die Stirn strich, und Ake Petrén, der unsichtbare Staubkörnchen von seinen Jackettaufschlägen putzte. Auch der lockige Regisseur Oldberg war anwesend und ein Gespenst, das Stig Lindh darstellen konnte. Sie waren verwundert darüber, dass Ulla Severins Kavalier sich eingefunden hatte. Er wurde auch von der übrigen Gesellschaft mit merkbarer Kühle behandelt.

»Es handelt sich um den gestrigen Abend, wie Sie sich sicher denken«, begann Viggo. »Kann ich mit jedem von Ihnen unter vier Augen sprechen?«

»Wir gehen so lange hinaus«, schlug Fredberg geschäftig vor. »Wir können ja die erste Rolle unseres neuen Films im Vorführungsraum ansehen.«

»Kann ich mit Frau Brundin beginnen?«, fragte Viggo.

»Mit mir? Ach so, ich soll beginnen! Einen Augenblick, ich muss nur meine Handtasche holen.«

»Wir schieben den Tisch hierher«, sagte Fredberg. »Fass an, Arnold, steh nicht bloß herum! Nicht dorthin, Mensch! Der Herr Kommissar soll hier sitzen und schreiben, begreifst du… Na! Ake, fass an der anderen Seite an! Ist es so gut? Bitte, sagen Sie nur, wenn Sie etwas haben wollen, Herr Kommissar. Wir stehen zu Diensten. Wir setzen uns jetzt in den Vorführungsraum, Sie brauchen nur einen nach dem anderen hereinzurufen.«

»Danke, es ist gut so«, sagte Viggo, »ich helfe mir schon allein. Wo haben wir Frau Brundin?«

»Elsa!«

»Herrgott, wo ist Elsa?«

»Hat jemand gesehen, wo sie hinging?«

Alle stürzten zur Tür, und in Patrouillen aufgeteilt verschwand die Truppe nach verschiedenen Seiten in den Korridor. Viggo schlendert langsam hinter ihnen her und steckte den Kopf in ein paar Türen hinein. Als er die des kombinierten Schmink- und Kaffeeraums öffnete, hörte er Glas klirren und erfasste mit einem Blick eine Schnapsflasche, die von einer ringgeschmückten Hand in einen Schrank gesteckt wurde.

»Ich komme in einem Augenblick! Es sind nur die Nerven… Herrje!«

Sie hatte den Flaschenhals an einem Abflussrohr im Innern des Schranks unter der Spüle abgeschlagen und blickte verlegen auf Viggo. Als er Elsa Brundin zuletzt gesehen hatte, war sie neu onduliert und ihr Haar in einer warmen Mahagonifarbe getönt gewesen. Nun begann eine grau-braune Nuance am Scheitel hervorzutreten und sie sah nicht sehr gepflegt aus.

Er ließ sie zur Tür hinaus und folgte ihr ins Atelier. Dort setzte er sich ihr gegenüber und legte die Hände über dem Telefon zusammen. »Gestern Abend also, Frau Brundin?«

Eine Tür wurde aufgerissen, und ein Techniker in weißem Mantel eilte mit einem kurzen »Entschuldigung« und einer Filmrolle durch den Raum.

»Glauben Sie, dass wir hier ungestört sein werden?«

»Nein, das ist wohl der dümmste Platz, den man sich denken kann. Warten Sie, wir wollen Sven sagen, er soll uns sein Büro zur Verfügung stellen!« Sie erhob sich und ging etwas schwankend zur Tür.

»Einen Augenblick!«, rief Viggo. Er hatte kein Verlangen danach, Fredbergs Organisationstalent nochmals in Anspruch zu nehmen, stand auf und blickte durch eine Tür. »Hier hinein können wir uns setzen, nicht?«

»In den Schneideraum? Ja, das geht auch.«

Pustend sank sie auf einen unbequemen Stuhl, und ihr verschwommener Blick suchte den seinen. »Ja, irgendein Alibi habe ich leider nicht. Was soll ich nun sagen?«

»Erzählen Sie mir nur, Frau Brundin, was Sie gestern Abend zwischen halb elf und elf Uhr fünfundvierzig gemacht haben, dann klärt sich alles.«

»Ich war natürlich zu Hause.«

»Allein?«

»Ja, denken Sie. Verrückt, nicht wahr? Aber ich saß und habe gelesen… Nein, auf einen Sprung war ich weg und kaufte mir Kuchen zum Kaffee, das hätte ich beinahe vergessen. Herrgott, wie man alles durcheinander bringen kann!«

»In welcher Konditorei?«

»Sie war geschlossen. Daran hatte ich nicht gedacht. Ich habe mir dafür Schokoladekuchen aus einem Automaten gekauft. Daran habe ich auch nicht gedacht. Es war wohl ungefähr…« Sie legte ihre Fingerknochen an den Mund und biss hinein.

»Ja?« Viggo versuchte es sich auf dem schmalen Holzstuhl bequem zu machen und legte seinen Schreibblock auf die Spulscheibe des Schneidetisches, die die ganze Zeit mit ihm davonschnurrte.

»Es war wohl so gegen elf…«

Er notierte es und unterdrückte ein Gähnen. »Sie sind niemandem begegnet?«

»Ja, ich glaube, ich habe Frau Elmfrid und ihren Hund getroffen, aber ich tat, als würde ich in ein Schaufenster blicken, denn sie redet so grässlich viel, und sie hat mich wohl nicht gesehen. Denken Sie, wie dumm man sein kann! Was soll nun werden?«

»Hoffen wir, dass alles gut wird. Sie wurden an dem Abend von niemandem angerufen?«

»Doch, eine Freundin rief mich an, Tyra Adolfsson heißt sie.«

»Hatten Sie keinen Besuch?«

»Nein…«

»Es ist gut, Frau Brundin. Besten Dank.«

Sie sah fast enttäuscht aus und bemühte sich, ihren Abgang durch die schmale Tür möglichst wirkungsvoll zu gestalten. Viggo folgte ihr nach einer Minute Herumspielens mit der Bleistiftspitze, die wie gewöhnlich abbrach. Er ging durch den Korridor auf den Vorführungsraum zu. Gerade, als er den Kopf hineinsteckte, wurde es dunkel, und ein Bild flammte auf der Leinwand auf.

»Darf ich um einen Augenblick Pause bitten!«

»Stopp! Hören Sie nicht? Stopp!!!« Fredberg gab einige wütende Signale auf mehreren Schaltknöpfen gleichzeitig und wirbelte auf dem Stuhl herum.

»Wir sitzen jetzt im Schneideraum. Dort ist es ruhiger.«

»Aber bitte, nehmen Sie doch mein Büro!«, schrie Fredberg.

Viggo beschloss, Fredberg zu erledigen, so lange er noch Kraft dazu hatte, und bat ihn ihm zu folgen.

»Die Vorführung fortsetzen! Ich habe bereits das meiste gesehen. Ich gehe jetzt mit dem Herrn Kommissar. Ich hoffe wirklich, ich kann Ihnen behilflich sein.«

Er machte einen Augenblick Pause, während sie durch den

Korridor und durch das Atelier wanderten, und Viggo fühlte sich wie Bileams Esel, der endlich Gelegenheit bekam, den Mund zu öffnen: »Ich möchte bloß wissen, womit Sie sich gestern Abend beschäftigt haben, Direktor Fredberg.«

»Das sind wohl nur Formalitäten, hoffe ich? Ja, ich verstehe, Sie müssen alle das Gleiche fragen. Sicher unerhört mühsam, diese Routinesachen, nicht? Sie sehen übrigens außerordentlich müde aus. Letzte Nacht hat es wohl für Sie nicht viel Schlaf gegeben. Ja, ich habe auch kein Auge zugetan. Die Gedanken konnten sich von dem Schrecklichen, das geschehen ist, nicht losreißen.«

»Sie wussten also bereits gestern Abend, dass Broman ermordet worden ist?«

»O nein! Keine Spur! Ich dachte an ganz andere Sachen. An das entsetzliche Autounglück! Sich vorzustellen, dass die kleine Ulla… Ich fasse es ganz einfach nicht.«

»Wir können vielleicht zur Hauptfrage übergehen, Direktor Fredberg. Was haben Sie gestern Abend gemacht?«

»Ja, das ist leicht erledigt. Ich war zu Hause. Ich kam zum Abendessen gegen sieben Uhr heim und war seitdem nicht vor der Tür. Meine Frau war bei einer Bridgepartie und die Haushälterin war in ihrem Zimmer.«

Viggo fummelte an seinem abgebrochenen Bleistift herum und fluchte leise.

»Nehmen Sie meine Reservefeder!« Fredberg reichte ihm seinen Parker, und Viggo betrachtete ihn misstrauisch. Reservefedern pflegten wie Fontänen zu spritzen, wenn er sie in die Hand nahm.

»Sie waren also zu Hause«, murmelte er und schrieb in Ermangelung eines Besseren: Fredberg zu Hause, Haushälterin.

»Ja, es war richtig schön, einmal einen Abend zu Hause zu verbringen. Das war gestern auch selbstverständlich. Ich hörte natürlich Radio…« Er unterbrach sich.

Viggo hörte einen eigentümlich knipsenden Laut und starrte auf das Papier vor sich. Zu seiner Verwunderung sah er, wie die Tinte sich auflöste und nun schwammen Fredberg und die Haushälterin in einer kleinen Wasserpfütze herum. Im selben Augenblick wurde er nass im Nacken.

Ehe er noch reagieren konnte, hörte er Fredberg brüllen. »Es brennt! Es brennt!!!«

Viggo seinerseits hätte eher gesagt: Es regnet. Das Wasser strömte von der Decke herab, es rieselte gleichmäßig und intensiv, und er war im Nu am Kopf, unter dem Kragen und auf den Händen patschnass. Er sprang auf, um dem Geplätscher zu entgehen, und vor ihm raste der Direktor durch das Atelier. Fredberg erinnerte an einen Rennhund, der fett zu werden begann.

»Hallo! Alarm schlagen!!! Es brennt!!!«

Es gelang nicht, dem Wasser zu entgehen. Draußen im Atelier strömte es von der Decke herab, heftig und unaufhörlich. Viggo stellte den Kragen seiner Jacke hoch und sauste auf die Tür zu, wurde jedoch von einem Menschenknäuel aufgehalten. Von allen Seiten rannten Leute herbei, und er machte selbst in dem Guss kehrt, um in allen Winkeln nach dem Brandherd zu suchen. Er hatte einen raschen Blick auf das Dach geworfen und erkannte plötzlich an den gleichmäßigen Strahlen, dass die Ventile offen standen. Irgendwo war eine Überhitzung entstanden und das System in Betrieb gesetzt worden.

»Wo brennt es?«

»Kann denn niemand etwas sehen?!«

»Riecht es nicht nach Rauch?«

»Hier, du Idiot! Ist es nicht hier?«

»Mein Kleid, mein Kleid!«, schrie Elsa Brundin schrill. »Aus Duchesse gehen Wasserflecken nie heraus!«

»Geh weg, zum Teufel!«

»Stopp dort!«

»Die Feuerwehr alarmieren! Herrgott, was habe ich getan?«, krächzte Fredberg in Auflösung. »Es brennt! Sofort allen Nitratfilm wegräumen! Hört ihr nicht, was ich sage?!«

Techniker in weißen Mänteln sprangen herum und kontrollierten in größter Verwirrung alle Schränke.

»Ich kann nichts sehen!«

»Geht aus dem Weg in Dreiteufelsnamen! Schaut in den Schneidetisch!«

Weiterhin stürzte das Wasser über alle Häupter, und ganz oben auf einer Treppe stand Regisseur Oldberg wie ein begossener Pudel und brüllte aus Leibeskräften: »Das Lokal räumen! Es brennt!«

Irgendwoher kam plötzlich eine ruhige Stimme: »Kann niemand die Ventile abstellen? Es brennt ja nirgends.«

Viggo trocknete sich die Augen und versuchte sich zu orientieren. Es sah aus, als hätte die ruhige Stimme Recht.

Einen Moment lang blieb es still, dann begann wieder die Kakophonie der Stimmen: »Brennt es nicht?«

»Das Wasser abstellen! Kann niemand das Wasser abstellen?«

»Lasst mich hinaus! Ich will hinaus, hören Sie nicht?«

Nach kurzer Zeit hatte jemand das Wasser abgestellt und nur einzelne stille Tropfen fielen noch von der Decke. Petrén wanderte platschend durch die Überschwemmung und sagte lachend: »Das sieht mehr nach einem schlechten Scherz aus. Wo ist Sven hin?«

»Jetzt muss man nach Hause und sich trocken legen«, sagte Härje Olofsson und schüttelte sich ärgerlich. »Wenn das wirklich irgendein verdammter Trottel angestellt hat, dann soll er auch das Vergnügen haben, das Reinigen und Bügeln meines Anzugs zu bezahlen.«

Alle gingen zum Ausgang, und Viggo hörte davon sprechen, man müsse Taxis bestellen.

»Einen Augenblick, wenn ich bitten darf! Alle haben im Vorführungsraum zu bleiben! Auch das technische Personal. Ich habe noch einige Fragen zu stellen.«

»Aber wir müssen doch heim und uns umziehen! Ich bin vollkommen durchnässt.«

»Niemand verlässt das Gebäude. Nehmt eure Mäntel oder leiht euch weiße Kittel.«

Aller Augen richteten sich auf den triefenden Kommissar, dessen Haar in Strähnen in die Stirn hing und tropfte.

»Ach so, er kann auch solche Töne blasen«, murmelte Elsa Brundin spitz zu Härje Olofsson, der neben ihr stand.

»Alle Bullen sind gleich«, meinte dieser und schüttelte seinen massiven Kopf, dass die Wassertropfen um ihn herumflogen.

»Wo ist Sven? Hat niemand Sven gesehen?«

Viggo ging zu einem der Techniker, der an der Atelierwand stand und auf die Alarmanlage des Ventilsystems starrte.

»Von hier ist wohl das Ganze in Gang gesetzt worden«, murmelte er und zeigte vorsichtig auf ein Stück geschmolzenes Metall. »Dieses Ding da schmilzt, wenn die Temperatur zu hoch wird, und dann geht das Wasser los. Aber ich verstehe nicht, wie es so warm werden konnte.«

Die Alarmanordnung saß an der Wand außerhalb des Schneideraumes. Gleich daneben gab es eine kleine Luke mit Fensterhaken. Sie stand halb offen, und als Viggo sie aufmachte, sah er in den Schneideraum hinein.

»Wozu ist das hier?«

»Wahrscheinlich für die Luft, nehme ich an. Drin sind keine Fenster.«

»Hat die Luke die ganze Zeit offen gestanden?«

»Das weiß ich nicht!«

Viggo befühlte das Metall der Alarmglocke und betrachtete dann seinen Zeigefinger. Er war grau-schwarz. Er roch daran und erkannte einen vertrauten Geruch.

»Wonach riecht das?«, fragte der Techniker.

»Nach Zigarettenasche.«

»Verflucht! Hat da jemand …«

Er beendete den Satz nicht. Beide beugten sich vor und betrachteten nochmals das Metall. Rund um die kleine Röhre lagen Asche und kaum verbrannter Tabak.

»Herr Kommissar!«

Viggo wandte sich um. In der Tür stand Oldberg, und es sah aus, als würden ihm die Augen aus dem Kopf fallen.

»Kommen Sie«, stöhnte er. »Es ist Sven! Er… Beeilen Sie sich, um Gottes willen!«

Mit einem Sprung setzte Viggo quer über den Atelierboden und stieß Oldberg zur Seite. Draußen im Korridor drängten sich die Schauspieler um die Tür von Fredbergs Büro, Elsa Brundin wich gerade einen Schritt zurück und schlug die Hände vors Gesicht. Sie begann zu schreien. Jemand legte ihr die Hand vor den Mund, man sah nur ihre Augen wild herumrollen.

Als Viggo sich ins Büro hineindrängte, sah er Fredberg in dem Besuchersessel in halb liegender Stellung. Der Kopf lag auf der Brust, und die Arme hingen an den Seiten herab mit fest geschlossenen Fäusten. Er ergriff Fredbergs Kopf und drehte ihn zu sich hinauf. Automatisch blickte er zuerst auf die Stirn.

»Gott sei Dank!«, flüsterte er.

Fredbergs Lippen waren blau. Viggo zog ihn behutsam im Sessel empor und fühlte nach seinem Handgelenk.

»Was ist mit ihm geschehen?«, wisperte jemand von der Tür.

»Lebt er?«

Der Puls schlug unregelmäßig und schwach, aber er schlug. Nun bewegte Fredberg seine Lippen, und seine Hand griff zitternd in die Herzgegend. Er stöhnte.

»Er hat eine Herzattacke gekriegt.« Es war Fredbergs Schwager, der hereingekommen war und neben dem Sessel niederkniete. »Jemand muss nach einer Ambulanz telefonieren!«

Er hat ein ziemlich schwaches Herz, und diese letzte Geschichte war zu viel für ihn.«

»Oh, Gott sei Dank!«, hörte man Elsa Brundin stöhnen.

»Es dauerte einige Minuten, da ertönten bereits die Ambulanzsirenen, und der kleine Direktor kam zu sich.

»Das Herz!«, sagte er schwach. »Grässlich! Ein solcher Anfall… Denken Sie, wenn es gebrannt hätte!«

Er lehnte den Kopf an die Rücklehne des Sessels und flüsterte: »Sind Sie ganz sicher, dass es nicht brennt?«

»Alles ist in Ordnung. Wie fühlen Sie sich?«

»Gut, gut…« Seine schlaffe Hand tappte nach Viggos. »So etwas Entsetzliches…«

Eine Weile später brachte ihn die Ambulanz weg, obwohl er bereits dagegen zu protestieren begann. Aber Viggos Befehle waren klar. Erst Krankenhaus und Untersuchung. Er fühlte eine gewisse Erleichterung, als er die Ambulanztüren zuschlagen hörte und den Direktor in Sicherheit hinter Klinikmauern wusste.

»Ja«, sagte er zu der fröstelnden und feuchten Schar im Korridor, »darf ich einen nach dem andern bitten, zu mir hereinzukommen. Wir beginnen mit Herrn Olofsson.«

Zwei Stunden später schloss sich die Tür hinter dem Letzten. Viggo wartete einige Augenblicke, ergriff dann den Telefonhörer und zündete sich eine Zigarette an. »Intendant Lövgren, bitte, Danke.«

Der Papierhaufen war bedeutend angewachsen, seit das Verhör mit Fredberg durch die Sintflut unterbrochen worden war.

»Lövgren? Grüß dich, Bredberg.«

»Wie weit bist du?«

»Ich bin mit ihnen fertig. Alle waren hier, außer Ulla Severin natürlich. Mit ihr bist ja du in Kontakt.«

»Ja, sie ist unbelastet.«

»Dasselbe gilt für Fredberg, wenn seine Angaben stimmen Wir werden bei seiner Haushälterin nachfragen. Stig Lindh war im Restaurant, hat aber seine Gesellschaft gleich nach zehn verlassen. Nachher hat er nichts anzuführen. Elsa Brundin war außer Haus und kaufte Schokolade. Nichts, das geprüft werden könnte. Petrén saß zu Hause und löste Schachprobleme. Allein. Die haben alle ein bisschen Pech. Härje Olofsson war auf einer Party. Aber dort scheint es ziemlich feucht zugegangen zu sein, es ist also nicht unmöglich, dass er sich zwischendurch ein wenig dünne gemacht hat. Oldberg machte Nachtarbeit. Das ist bereits bekräftigt. Er war die ganze Zeit in seiner Wohnung.«

»Und Inga Barr? Die kleine, dunkle?«

»Ach so, die.«

»Ja, die.«

»Kommt nicht in Frage.«

»Wo war sie denn?«, fragte Lövgren mit irritierender Gleichgültigkeit.

Viggo fuhr sich durchs Haar. Zu blöd, dass Lövgren aus reinem Zufall auf diese Sache stoßen musste!

»Sie war bei mir zu Hause.«

»Bei dir?!« Die Stimme stieg ins Falsett. »Was, um Himmels willen, hat sie bei dir gemacht?«

»Frag nicht so viel.«

»Ach so, ist es schon so weit!«

Viggo nahm einen neuen Faden auf. »Wir müssen auch Hermansson kontrollieren. Und Hammond. Haben sie gestern im Astoria-Kino einen Schwarzen gesehen?«

»Nein, an der Kasse kann sich niemand daran erinnern.«

»Ja, und da ist noch eine kleine Sache«, setzte Viggo fort. Er wusste, das Lövgren bei diesem gleichgültigen Tonfall immer die Ohren spitzte. »Irgendein Idiot hat hier heute Abend eine brennende Zigarette gegen die Alarmanlage des Ventilsystems gesteckt. Ich bin durch und durch nass.«

Lövgren kicherte entzückt.

»Es sind übrigens alle nass bis auf die Haut geworden.«

Nun sprengte Lövgrens Heiterkeit beinahe den Hörer.

»Entweder war es ein Scherz – ich habe darüber noch keine Klarheit gewonnen. Jeder konnte hinauslaufen und es machen, sie saßen alle im Dunkel und sahen eine Filmvorführung, und keiner hätte gemerkt, wenn jemand einen Augenblick verschwand. Es kann auch einer vom Personal gewesen sein. Aber es geschah gerade, als ich das Verhör mit Fredberg begann. Wie gesagt, es kann ein schlechter Scherz sein, aber vielleicht auch etwas anderes.«

»Entscheide dich.« Lövgren war nun plötzlich ganz ernst geworden.

»Tja, ich kann's noch nicht sagen. Was macht ihr übrigens jetzt? Pokert ihr oder trinkt ihr Kaffee?«

»Genau. Und dazwischen suchen wir nach Wilhelm Tell.«

»Ich komme. Hast du aus den Adressen etwas herausgebracht?«

»Das kannst du hören, wenn du herkommst.«

Das klang sehr interessant. Viggo wechselte den Hörer zum anderen Ohr und sagte auffordernd: »Na, sag's schon!«

»Es ist, wie gesagt, nur eine kleine Sache mit den Adressen. Die Personen, kannst du dich erinnern? Otto Vendelius, Gustav Larsson et cetera?«

»Ja, was ist mit ihnen?«

»Sie existieren nicht. Jedenfalls nicht an den angegebenen Adressen. Aber die Namen unter ›zu den Händen von‹ sind richtig. Es ist nur ein Fehler mit ihnen.«

»Welcher?«

»Sie sind ausgezogen. Alle. Jeder von ihnen ist bereits verzogen gewesen, als die Annonce erschienen ist.«

Er machte eine lange und qualvolle Kunstpause.

»Ich will damit gesagt haben, dass alle Wohnungen leer standen. Als die Annonce erschienen ist, kamen die Antworten an die angegebene Adresse. Aber jedes Mal landeten sie in einer leeren Wohnung. Da staunst du, was?«

21

Der Abend war neblig. Die Gestalten lösten sich aus den grauen Schwaden und verschwanden, ohne dass man sie identifizieren konnte. Mann oder Frau? Bekannt oder unbekannt? Als Viggo den Gustav-Adolf-Platz überquerte, konnte er kaum das Schloss erkennen. Der Strömmen trieb schwarz und brausend unterhalb der steilen Kaikanten. Auf seinem Sockel waren Gustav Adolf und sein kampflustiger Streiff von demselben Nebel umgeben, der sie einst umwallt hatte, als sie über die herbstlichen Äcker von Lützen schritten. Die Oper kündigte einen Ballettabend an. Es war Samstagabend, und die Taxis schleusten sich an den Verkehrsampeln vorbei. Am Eingang der Oper bemerkte er eine Gestalt, die ihm bekannt war. Er machte einen Umweg und ging näher heran.

»Fredriksson!«

»Hallo, Bredberg!«

»Was drückst du dich hier herum, du alter Schnüffler?«, fragte er und gab ihm einen Rippenstoß.

Fredriksson grinste. »Ich bin hinter Sonja Wallén her, wie gewöhnlich.«

»Langweilig?«

»Kann man wohl sagen. Aber sie weiß jetzt nicht, dass sie beschattet wird. Jedenfalls lässt sie sich nichts anmerken. Sie ist im Rundfunkhaus.« Er zeigte auf die andere Seite der Straße, wo der Rundfunk seine Studios hatte.

Viggo lehnte sich an die kalte Steinwand. Radio, ja! Dort

floss alles zusammen. Hans Broman hatte Radio gehört. Vermutlich hatte er seinen Einfall von dort erhalten. Aber wie sie auch das gesendete Schlagerprogramm drehten und wendeten, sie bekamen dabei nichts heraus.

Plötzlich schien ihm, als erwache er ruckartig aus einem Halbschlaf. Der Straßenlärm um ihn herum steigerte sich, und die Abendluft strich kalt und feucht über seine Wangen.

»Es war klar, dass ich zu Hause sein musste. Ich hörte Radio.«

Das waren Fredbergs Worte gewesen. Genau das hatte er im Schneideraum gesagt, ein paar Sekunden, bevor die Sturzflut losbrach. Wer hatte im Atelier gestanden und durch den Spalt der Luke gelauscht? Wer hatte mit der Spitze einer brennenden Zigarette jede weitere Konversation über das Radioprogramm gestoppt? Hatte auch Fredberg Sonja Wallén singen hören?

»Da haben wir sie!«

Eine kleine helle Gestalt glitt aus dem Eingang auf der anderen Seite der Straße und wurde vom Nebel verschluckt.

»Ich übernehme sie!« Viggo erreichte mit raschen Schritten Fredriksson, der bereits in der Mitte der Straße war.

»Auf wie lange?«

»Weiß nicht. Muss mit ihr ein bisschen sprechen.«

Ja, er musste mit ihr sprechen, musste sie wegen des Radioprogramms fragen. Dort irgendwo lag die Lösung.

»Kannst du anrufen, wenn ich sie wieder übernehmen soll?«, fragte Fredriksson, der bereits hinter ihm war. Sonja Wallén ging rasch. Sie waren gezwungen, große Schritte zu machen, und die Füße rutschten im nassen Herbstlaub auf dem Pflaster.

»Ich weiß nicht«, rief Viggo halblaut zurück. »Vielleicht hab ich nachher Eile. Am besten du hakst dich weiter hier fest.«

Nun tauchte sie unten bei der Jakobskirche auf, eine kleine Schattenfigur durch Gässchen und Nischen, wo noch vor ein paar Wochen die Angestellten in der Mittagspause gesessen und sich mit aufwärts gewandten, unbeweglichen Gesichtern gesonnt hatten.

Am Platz Karl XII. hatte er sie erreicht. Er merkte, dass sie schneller ging, als sie Schritte hinter sich hörte. Plötzlich warf sie einen Blick über die Schulter.

»Fräulein Wallén!«

Sie atmete hastig. Erst sah es aus, als wolle sie davonlaufen, dann blieb sie stehen und kehrte ihm ihr weißes Gesicht zu. Er blickte in ihre unergründlichen grau-grünen Augen.

»Verzeihen Sie, wenn ich Sie erschreckt habe. Aber ich würde gern ein paar Worte mit Ihnen sprechen.«

»Bitte.«

»Haben Sie schon gegessen?«

»Nein, aber…«

»Kommen Sie«, bat er und hakte sie unter.

»Nein, ich habe wirklich keine Zeit. Können Sie mir nicht hier sagen, was Sie zu sagen haben?«

Er machte eine Geste gegen die tropfenden Baumkronen. Der diffuse Schein der Straßenbeleuchtung strich flackernd über den Boden, wenn der Wind die Zweige berührte. Von der Haltestelle der Straßenbahn kreischten die Bremsen durch den Nebel.

»Es ist ziemlich scheußlich, hier zu stehen. Außerdem weiß ich nicht, wann ich zuletzt gegessen habe«, log er lächelnd.

Ihr Blick erwärmte sich, und er fügte rasch hinzu. »Royal?«

»Na los! Aber es muss rasch gehen.«

Er nahm ihren Arm und lotste sie über die Kungsträdgårdsgatan, und sie gingen schweigend gegen den Blasieholmskai. Erst als sie durch den Eingang des »Royal« traten, bemerkte sie kühl: »Sie scheinen ja fast Zeuge gewesen zu sein, als Hans Broman gestern erschossen wurde.«

»Ich kam etwas zu spät.«

»Glück für Sie vielleicht.«

Sie ließ ihren Kamelhaarmantel in die ausgebreiteten Arme

des Garderobiers fallen und trat vor den Spiegel mit ihrer Puderdose in der Hand. Er bemerkte im Spiegel, wie ihr Blick scharf wurde, und im nächsten Augenblick drehte sie sich brüsk um und musterte ihn von Kopf bis Fuß. Sie war wahrhaftig ein reizendes Mädchen.

Auch der Garderobier sah sie an. Viggo richtete seinen Schlips und versuchte unbekümmert dreinzublicken. Es war der Anzug, der seiner Nonchalance einigen Abbruch tat. Er hatte ihn ins Kriminalamt zugeschickt bekommen, als er durchtränkt aus dem Atelier kam, und Frau Landberg hatte es übernommen, ihn aus seiner Garderobe herauszusuchen. Er konnte nicht entscheiden, ob das Ergebnis ein Ausdruck ihres heiteren Gemüts oder eine raffinierte Rache für ihre Leiden mit dem Kater war.

Er streckte sich vor dem Spiegel und versuchte die ausgestopften Schultern zu kaschieren. Leider fielen diese nach der falschen Seite ab, vom Hals ausgesehen. Im Übrigen war der Anzug dunkelblau mit dünnen, weißen Streifen. Zuletzt hatte er einen solchen in Ostberlin gesehen. Dort wäre er hochmodern gewesen.

»Tja«, sagte er leger und rieb sich die Hände. »Wie wär's, wenn wir jetzt hineingingen.«

Verdammt, wie viele Spiegel überall waren! Die Ärmel waren zu kurz, und die Hosen sahen aus, als endeten sie mindestens 70 cm über den Schuhen.

»Ja, es bleibt uns wohl nichts anderes übrig«, antwortete Sonja Wallén, und das klang nicht sehr enthusiastisch.

Es duftete warm nach Essen, Alkohol und Zigaretten. Am Flügel saß zwischen den indirekt beleuchteten Blumenkübeln ein junger Mann und spielte »Tea for two«. Gedämpfte Geräusche von Stimmen und Besteckklappern drangen an ihre Ohren. Sie bekamen einen Tisch in der Nähe der Bar und bestellten eilig, was am schnellsten zu bekommen war. Sie lehnte Drinks ab, akzeptierte aber eine Zigarette. Ihr Blick war unnahbar. Er wanderte von Tisch zu Tisch, von Gesicht zu Gesicht. Hier und da flog ihre breite, energische Hand zum Hals hinauf, und die Finger spielten mit der ziegelfarbenen Halskette aus dicken Holzperlen.

Ran an den Speck, dachte Viggo und beugte sich zu ihr. »Gestern Abend haben Sie im Radio gesungen, Fräulein Wallén…«

»So? Wirklich?«

Er schob die Vase mit den Chrysanthemen beiseite, um ihr Gesicht besser sehen zu können. »Die Programmnummer hieß Spätsommer und wurde um sieben Uhr gesendet. Sie sangen einige Schlager, ›I'm singing in the rain‹ unter anderem.«

»Ausgeschlossen! Es sind drei Wochen her, seit wir das Programm auf Band aufgenommen haben, aber es wird erst in der nächsten Woche gesendet.«

»Es wurde gestern gesendet, wir wissen es.«

»Aber lieber Freund, das weiß ich wohl besser. Es konnte absolut nicht gestern Abend kommen. Es kommt am Montag oder am Dienstag.«

Wenn es ihre Absicht war damit Zeit zu gewinnen, ohne dass er etwas fragen konnte, so war dieser Eigensinn listig gespielt. Er beschloss, mit dem Hinundhergerede radikal Schluss zu machen. Er hob die Hand, um die Aufmerksamkeit des Oberkellners zu erwecken. Dieser hatte ihn bereits beim Eintreten eingehend studiert und schien von seinem Anblick nicht übertrieben entzückt zu sein.

»Wollen Sie bitte so freundlich sein und uns eine Nummer der letzten Wochenausgabe von *Stimmen im Radio* verschaffen.«

»Ich werde sehen, was ich tun kann.« Er verschwand mit einer gemessenen Verbeugung.

Sonja Wallén spitzte eine Sardelle auf die Gabel und bemerkte belustigt: »Sie sind ja ungeheuer energisch. Soll das irgendeine Bedeutung haben? Wir können übrigens wetten. Ich setze ein Paket Chesterfield.«

Er lehnte ab. Beide aßen rasch, er ohne Seitenblicke, sie die ganze Zeit mit ihren Augen zwischen den um sie herum Sitzenden umherwandernd. Einige Bekannte erhielten ein liebenswürdiges Nicken oder einen warmen, grau-grünen Blick, andere mussten sich mit einem gnädigen Neigen des Kopfes begnügen. Nach einer Weile kam der Pikkolo mit der Zeitung.

Viggo schlug sofort das Programm vom Freitag auf und deutete auf die Rubrik. Er reichte ihr die Zeitung, und sie nahm sie mit einem Lächeln.

»Sie sind wirklich nett.« Sie neigte ihren Blondschopf über die Zeitung. »Tatsächlich, Sie haben Recht. Es lief gestern. Davon hatte ich keine Ahnung. Da müssen Sie so lieb sein und meine Starrköpfigkeit entschuldigen.«

Sie las noch einige weitere Zeilen, und plötzlich war das heitere Lächeln aus ihrem Gesicht wie weggewischt. Sie schluckte hastig und blickte auf. Viggos Blick begegnete dem ihren. Es war ein stechender, angstvoller Blick, ein Augenblick, da sie die Kontrolle über ihre wohldisziplinierten Gesichtsmuskeln verlor und ihn etwas sehen ließ, dem er in seinem Beruf schon oft begegnet war und das er genau kannte: Furcht.

Er streckte automatisch die Hand nach der Zeitung aus, aber sie behielt sie. Nun hatte sie sich gefasst, plapperte energisch drauflos und faltete die Zeitung zusammen, um sie beiseite zu legen. Was hatte sie gelesen?

Lächelnd und in leichtem Ton fragte er: »Kann ich die Zeitung einen Augenblick haben?«

Sie legte rasch die Hand darüber. Den Blick auf sie geheftet, ergriff er die Zeitung und zog sie zu sich. Abermals schlug er die Freitagsseite auf und überflog sie.

19 Uhr 30: Alte Weisen, 20 Uhr: Spätsommer, Sonja Wallén singt zu Ted Willers Orchester, Conférencier Sven Berthil. 20 Uhr 30: Unsere Wohnungsfrage, ein Round-table-Gespräch. Genau wie in den anderen Zeitungen. Nichts war verschieden, und er suchte wieder ihre angstvollen Augen. Es

zuckte in ihren Mundwinkeln, als wolle sie etwas sagen, aber als könne sie nichts finden, das ihn aufhalten konnte.

Was, zum Teufel, hatte sie gelesen?

Da sah er es. Er faltete die Zeitung zu und saß eine Weile unbeweglich, beide Hände über sie gelegt. Man hätte die beiden für zwei Verliebte halten können, die einander in die Augen sahen, während die Kartoffeln kalt wurden und das Bier seinen Schaum verlor. Sie suchte in seinen Augen nach einer Bestätigung dafür, dass er es nun wusste.

»Hallo, Sonja! Dass man dich mal sieht! Alle Achtung, wie hübsch du bist aus der Entfernung… Ich meine, ich saß drüben und dachte mir, Donnerwetter noch mal, eine tolle Erscheinung, als ich dich sah…«

Sie lächelte gezwungen die schwankende Gestalt an, die sich auf den Tisch stützte und deutlich nach Kognak roch.

»Ich hab da gesessen und dich die g… ganze Zeit angesehen, aber ich habe dich faktis… faktisch nicht erkannt. Wie isses denn, Kleine, wie steht das w… werte Befinden? Was? Erkennst du den a… alten Lasse Werner nicht mehr? Den alten Lasse, was?« Er strich mit der flatternden Hand das Haar aus der Stirn und lachte laut und lange.

Sonja Wallén wurde plötzlich lebhaft. Ihre abweisende Miene veränderte sich, und sie reichte ihm herzlich die Hand. »Lasse! Freue mich, dich zu sehen!«

»Scheußlicher Abend, was? Nebel wie in L… London. Vorhin hab ich gesagt zu…«

»Es ist wirklich ein scheußlicher Abend«, unterbrach sie ihn. »Ich glaube, ich habe mir's überlegt.«

Sie wandte sich an Viggo. »Ein Martini dry würde jetzt ganz gut schmecken, wenn man gleich wieder in dieses grässliche Herbstwetter hinaus muss.«

Viggo hatte bereits zwei Finger in der Luft.

»Würden Sie so nett sein, Herr Kommissar, und sagen, sie sollen nicht so viel Gin hineingeben. Ich muss heute noch arbeiten.«

Er verstand sehr gut, dass sie einen Drink benötigte. Er erhob sich und ging zur Bar. Als er zurückkam, war der schwankende Werner dabei Abschied zu nehmen. Von seiner Ecke aus fixierte ihn der Oberkellner scharf.

»Es bleibt dabei, S… Sonja! Wie du gesagt hast! Alles für Sonja… adio! A… adi… os!«

Sie aßen das Hauptgericht rasch, und Rede und Antwort fielen wie trockenes Laub, um gleichgültige Dinge kreisend. Er bemerkte, dass sie langsamer aß als er, und als sie schließlich fertig waren, schien sie nicht mehr solche Eile zu haben.

»Leider kann ich nicht länger bleiben«, sagte er. »Ich hoffe, es macht Ihnen nichts aus.«

»Bestimmt nicht. Ich möchte bloß noch eine Zigarette rauchen.«

»Darf ich um die Rechnung bitten«, rief Viggo halblaut, und der Oberkellner eilte herbei, das zusammengefaltete Papier auf einem Teller in Bereitschaft.

Eine Minute später kam ein anderer Kellner herbei und verbeugte sich. »Telefon für Frau Wallén! Herr Werner ist am Apparat.«

Belustigt hob sie die Augenbrauen und schüttelte den Kopf. »Ach, bitte, sind Sie so lieb und sagen Sie ihm, dass ich bereits gegangen bin.«

Zu Viggo gewendet, fügte sie leiser hinzu: »Ich dachte, ich hätte ihn schon abgeschüttelt, aber in diesem Zustand ist er wie eine Klette.«

Der Kellner war bereits auf dem Weg hinaus, als sie ihn plötzlich aufhielt. »Lassen Sie, ich nehme das Gespräch, ich bin ja sowieso im Weggehen.«

Viggo hörte sie kaum. Sein Gehirn sortierte halb vergessene Details und Fakten, die schon längst ins Unterbewusstsein gesunken waren und unwichtig wirkten. Es war wie eine Patience, die endlich im Begriff war, aufzugehen, wenn bloß nicht zuletzt noch eine Karte auftauchte und alles zerstörte.

Diese Frau war die ganze Zeit genau im Bilde, wie sie es

vermutet hatten. Sonst hätten die Zeilen in der Zeitung ihr nichts gesagt. Wusste sie nun auch, dass er den Zusammenhang erkannt hatte, dann musste er ihre Nerven bewundern. Sie plauderte unberührt über alles und nichts und zupfte spielerisch an ihren kurzen, blonden Locken. War es ihm selbst geglückt, die Maske zu bewahren? Er wagte es kaum zu hoffen, nach all diesen Nachtwachen hatte er sein Gesicht nicht mehr unter Kontrolle.

Was hatte sie vor? Er musste sie den ganzen Abend im Auge behalten. Am besten wäre, wenn Fredriksson das besorgen würde und sie unter irgendeinem Vorwand aufs Kriminalamt brachte. Jedenfalls konnte er sie im Augenblick nicht daran hindern, mit ihrem berauschten Bewunderer am Telefon zu sprechen. Bei der Verfassung, in der sich der Herr befand, dürfte das Gespräch kurz werden.

Als sie in der Telefonkabine des Restaurants verschwand, ging er zur Außentür und öffnete sie. Er sah sich in der dunklen Straße nach Fredriksson um, konnte aber nicht den kleinsten Schatten in einem der düsteren Hauseingänge entdecken. Er legte zwei Finger an die Lippen und pfiff scharf.

»Bredberg?«

Die lange, magere Figur tauchte aus dem Nichts auf. Kurz erklärte er ihm, was er wolle, und zog ihn ins Vestibül, wo sich der brave Mann zwischen Spiegeln und Vergoldungen ungefähr ebenso gut ausnahm wie ein Elefant im Porzellanladen.

Sonja Wallén kam gerade mit einem um Entschuldigung bittenden Lächeln auf den Lippen heraus. »Verzeihen Sie, dass ich Sie warten ließ! Ich habe wirklich versucht mich so kurz wie möglich zu fassen, aber Leute in diesem Zustand haben es riesig schwer, zu begreifen.«

»Das hier ist Herr Fredriksson, Fräulein Wallén – Sie haben ihn bestimmt noch nicht getroffen.«

Er fand, dass der neutrale Titel Herr vor dem Garderobier am besten passte, aber Fredriksson lächelte wie eine Schlange bei dieser Vorstellung. Sonja Wallén reichte ihm zögernd die Hand.

»Würden Sie so lieb sein und Herrn Fredriksson folgen?«

»Folgen? Wohin?«

Plötzlich begriff sie seine Diskretion. »Ach sooo…«

»Bitte, bestellen Sie ein Taxi«, bat er und legte zwei Kronen in die Hand des Garderobiers.

Aber schnell, fügte er für sich selbst hinzu, schnell wie der Blitz. Ich habe keine Zeit hier herumzustehen. Der weiche Teppich schien ihm unter den Füßen zu brennen.

Sonja Wallén wandte ihm ein unschuldig verwundertes Antlitz zu. »Ich verstehe absolut nicht, warum Sie wollen, dass ich jetzt mit dem Herrn mitkommen soll. Ist denn das wirklich notwendig?«

Sie war jedenfalls unerwartet fügsam. War es möglich, dass sie glaubte, alles sei so wie vor einer Stunde?

22

Er stand auf der Straße und suchte ein Taxi zu ergattern, als ein großer schwarzer Jaguar plötzlich neben ihm auftauchte.

»Brauchen Sie ein Beförderungsmittel, Herr Kommissar?« Petréns lächelndes Gesicht blickte aus dem Seitenfenster heraus.

»In welche Richtung fahren Sie?«, fragte Viggo.

»Ich will hinaus in die Villa meines Schwagers bei Blockhusudden. Die feiern eine kleine Party dort. Haben Sie Lust mitzukommen?«

»Gut. Ich nehme die Einladung an.«

Die Autotür auf der anderen Seite glitt lautlos auf. Er stieg ein. Der Jaguar startete sacht und rollte hinunter gegen den Blasieholmskai.

»Ich fahre rundherum, statt zu wenden«, erklärte Petrén.

Die Straßenbeleuchtung spiegelte sich verschwommen auf dem regennassen Asphalt. Es waren ziemlich viele Leute unterwegs. Taxis schwärmten von allen Seiten aus mit ihrer Fracht von heimkehrenden Kino-, Theater- und Restaurantbesuchern. Petrén hatte die Seitenscheibe heruntergelassen, und sie lächelten beide über ein paar Matrosen, die ein unanständiges Marinelied grölten, während sie sich unterhakten und auf dem Pflaster, das sie offenbar für raue See hielten, das Gleichgewicht zu bewahren trachteten.

»Die werden bald ein stilles Kämmerlein beziehen, die Jungs. Auf der Polizei. Oh, Sie gehören ja auch zur Sicherheitsbehörde. Komisch, dass man es so schwer hat, sich bei Ihrer Person daran zu erinnern.«

»Ich betrachte das als Kompliment.«

Viggo war jetzt sicher, dass er richtig handelte. Zumindest fast sicher.

»Ich muss zuerst noch telefonieren«, sagte er.

»In der Villa ist ein Telefon. Wir sind in einigen Minuten dort.« Petrén klang ein wenig kurz angebunden.

»Wer ist denn eigentlich draußen?«

»Die ganze Bande«, antwortete Petrén. »Die Filmleute, meine ich.«

Als der Jaguar auf Standvägen hinauskam, schoss er mit einem Aufbrüllen los. Es war, als würde der große Wagen selbst das Kommando übernehmen, und Petrén saß wie eine überflüssige Dekoration da, in den bequemen Sitz zurückgelehnt. Sie mussten warten, bis eine voll besetzte Straßenbahn vorbeifuhr, ehe sie an der Tiergartenbrücke weiterfahren konnten. Dann schwiegen sie mehrere Minuten, während der Weg dunkler wurde.

Plötzlich warf ein heftiges Bremsen Viggo nach vorn gegen die Windschutzscheibe. Er gewann wieder die Kontrolle über seinen Körper und richtete sich auf, jeden Nerv angespannt, auf alles gefasst.

»Hoppla, das hätte beinahe Ihre edle Nase gekostet!« Petréns Augen glimmten im Dunkel.

»Ich wollte Ihnen nur etwas zeigen«, sagte er in gleichgültigem Ton. »Hier war es, wo Ann-Charlotte Hermansson getötet wurde.«

Er zeigte hinaus auf den asphaltierten Weg, der glatt und feucht glänzend dalag. Sie rollten langsam an der Stelle vorbei.

»Schade um die kleine Ulla… nach dem Prozess wird sie sich nie mehr auf einer Filmleinwand zeigen können. Sie waren es, der sie festgenagelt hat, oder?« Er fuhr fort, ohne auf eine Antwort zu warten:

»Das ist bei einem Schauspieler etwas ganz anderes. Publicity, sehen Sie, das ist eine gefährliche Sache. Der bin ich immer ausgewichen. Hier geht's nach links hinein.«

Viggo war seiner Sache nun sicher. Aber er konnte nicht sagen, was es war, das ihn zu der Überzeugung brachte, einen großen Fehler begangen zu haben.

Vielleicht war es die weiche, zynisch-schmeichelnde Stimme an seiner Seite. Vielleicht hatte er nur begonnen, zwei und zwei zu addieren und plötzlich entdeckt, dass er Sonja Wallén unterschätzt hatte. Diese Frau war sicher schnell in ihren Entschlüssen. Er war nicht erstaunt, als sie die Zufahrt zu Fredbergs Villa hinauffuhren und er sah, dass sie dunkel und menschenleer vor ihnen lag. Trotzdem entfuhr ihm der Ausruf: »Aber die Villa ist ja dunkel!«

»Ja, merkwürdig! Es scheint niemand da zu sein.« Petrén strengte sich nicht an, verwundert zu wirken.

Viggo überlegte, ob er das Auto vielleicht besser nicht verlassen sollte. Er kramte ein Päckchen Zigaretten aus seiner Tasche und fragte: »Haben Sie Feuer?«

»Hier gibt es alle modernen Bequemlichkeiten.«

Petrén drückte auf einen Knopf auf dem Armaturenbrett. Während sie auf das Warmwerden des Anzünders warteten, fragte Viggo: »Was hat Sie veranlasst, Ihr gemütliches Heim an so einem Abend zu verlassen? Sie haben doch wohl nicht einen Telefonanruf bekommen?«

Ich will zumindest die Befriedigung haben zu wissen, ob sie mich in diese Sache hineingelockt hat, oder ob es gegen alle Wahrscheinlichkeit ein widerlicher Zufall ist. Ein Zufall! Er musste fast über sich selbst lachen. Nein, in diesem Spiel gab es keinen Zufall. Die beiden Spieler wussten, wo sie einander hatten, und nun ging es nur darum, wer die besseren Karten hatte.

»Kann sein, dass ich einen Telefonanruf bekam, ja.«

Er hielt die glühende Metallröhre Viggo hin, der gierig den ersten Zug machte.

»Wollen wir aussteigen?«

Es war mehr ein Befehl als eine Frage. Alles in Viggo rebellierte gegen das Aussteigen. Draußen stand die Septembernacht wie eine schwarze Wand. Die Lichtkegel der Scheinwerfer fielen auf die pompöse Treppe mit dem geschnitzten Geländer. Oberhalb wurde eine massive Eichentür sichtbar. Ein vornehmes Sommerhaus.

Plötzlich wurde es stockdunkel. Petrén hatte die Scheinwerfer abgestellt und war ausgestiegen. Viggo konnte ihn nicht sehen. Das feuchte Dunkel hatte ihn aufgesaugt.

»Wollen Sie freundlichst das Licht wieder einschalten! Wie, zum Teufel, sollen wir in dieser Finsternis etwas sehen?«

Viggo tappte nervös nach dem Schalter. Petrén antwortete nicht. Er stand irgendwo im Dunkel, vielleicht an seiner Seite, und sagte kein Wort. Mit ungeschickten Fingern drehte Viggo den Schalter. Er bekam zuerst Licht auf das Armaturenbrett, fand einen anderen Schalter, worauf die Lichtflut der Scheinwerfer wieder das Haus erhellte. Petrén stand nun tatsächlich neben ihm. Er lachte.

»Sie scheinen nervös zu sein, Herr Kommissar.« Er öffnete die Autotür an Viggos Seite mit der linken Hand. Die andere hielt er in der Manteltasche. »Steigen Sie aus! Sie wollen doch telefonieren. Ich habe die Schlüssel in der Tasche.«

»Ich finde, es ist vollkommen sinnlos hineinzugehen, wenn kein Mensch im Haus ist. Ich ziehe es vor, zurückgefahren zu werden.«

In einiger Entfernung hörte er das Geräusch eines Automotors, aber es verstummte rasch. Er sah das Hoffnungslose seiner Situation ein. Er konnte ebenso gut auch aussteigen, da er im Auto nicht sicherer war.

»So ist's gut, das nenne ich einen vernünftigen Jungen! Wir können doch wohl hineingehen und miteinander plaudern. Es gibt sicher etwas Trinkbares im Haus.«

Er merkte, dass Petrén sich hinter ihm halten wollte, und versuchte das zu vermeiden. Sie stiegen nebeneinander die breite Steintreppe hinauf. Petrén sperrte die Tür auf. »Bitte!«

Eine Sekunde zögerte er, und ein Gedanke wirbelte durch sein Hirn. Dann machte er einen raschen Schritt über die Schwelle ins Haus hinein. In der nächsten Sekunde drehte er sich abrupt um. Er hatte es geahnt.

Die Waffe glänzte in Petréns Hand. Die stille, wirksame Waffe, die bereits drei Menschen getötet hatte.

»Die Treppe hinauf!«, kommandierte Petrén. »Gradeaus!«

»Warum denn?«, fragte Viggo lässig.

Weshalb habe ich keine Pistole mitgenommen? Weshalb bin ich ein solcher Idiot, dass ich unbewaffnet herumlaufe? Was würde ich jetzt für dieses schwere Dienststück geben? Ich habe keine Lust, wie ein Hund über den Haufen geschossen zu werden von diesem – Übermenschen.

Als er den Fuß auf die erste Stufe setzte, hörte er, wie Petrén hinter ihm den Lichtschalter drehte. Sein Körper war bleischwer. Ihm schien, es dauerte ein paar Minuten, bis das Licht kam und intensiv und gelb auf die Gobelins an den Wänden fiel, aber er begriff, dass er sonderbar reagierte. Er hatte die Idee, sich nach rückwärts zu werfen, wenn er die Treppe ein Stück hinaufgekommen war, und zu versuchen ihn zu überwältigen. Aber im selben Augenblick fühlte er die Mündung der Pistole im Rücken. Sie waren in eine große Halle mit einem offenen Kamin gekommen.

»Die rechte Tür!«, befahl der Mann hinter seinem Rücken.

Viggo öffnete die Tür langsam und trat ein, über einen Teppich stolpernd. Petrén war ihm dicht auf den Fersen und entzündete die Deckenbeleuchtung. Viggo sah einen gemütlichen Gesellschaftsraum, möbliert in englischem Klubstil, den Fredberg offenbar besonders schätzte.

»Setzen Sie sich! Nein, nicht in diesen Stuhl… in den dort, ich habe das Bedürfnis, Sie mir gegenüber zu haben.«

Wollte er sich wirklich die Zeit nehmen, mit ihm zu sprechen? Das hatte er bei den früheren Fällen nicht getan. Offenbar ist das eine besondere Gunst, die mir bewilligt wird, dachte Viggo und setzte sich vorsichtig in den weichen Ledersessel. Vor ihm ließ sich Petrén nieder, die Pistole ständig auf ihn gerichtet und die langen Beine in grauem Flanell elegant übereinander geschlagen.

Mit einem Schlag verstand er, was Petrén wollte. Der Zweck dieser Konversation war für ihn, herauszubekommen, wie viel die Polizei wusste und wie viel nur Viggo wusste. Es war ein sicherer und einigermaßen selbstbewusster Herr, den er da vor sich hatte...

»Sie lächeln, Kommissar Bredberg.«

Aber wenn er sich weigerte zu reden? Was sollt Petrén dann hindern, sofort mit allem Schluss zu machen? Entsetzt hörte er, wie die Worte ihm über die Lippen strömten: »Es war wirklich schlau von der kleinen Sonja, mich mit dem Telefongespräch zu bluffen. Sie hat natürlich diesen betrunkenen Kerl gebeten, sie anzurufen, und ihn dann kurz abgefertigt, um gleichzeitig Ihre Nummer zu wählen. Sie müssen es daraufhin sehr eilig gehabt haben. Eine wirklich kaltblütige Dame, Ihre Freundin!«

Petrén sah ironisch interessiert aus, und Viggo wurde klar, dass er nicht gewusst hatte, wie die Sache verlaufen war. Vermutlich hatte sie ihm nicht viel mehr sagen können, als wo sie sich befand und was geschehen war.

»Glauben Sie im Ernst, dass Ihnen die Sache durchgehen wird? Einer meiner Kollegen braucht sich nur etwas näher das Radioprogramm vom Freitag anzusehen, und das wird geschehen... in kürzester Zeit.«

Petréns Mund verhärtete sich, und die Gedanken wirbelten durch Viggos Kopf. Reden, nur drauflosreden! Jeden Augenblick kann er den Impuls bekommen, loszuschießen. Alles hängt an dem Zeigefinger, der um den Abzug liegt.

Gab es denn nichts im Raum, das er ergreifen konnte? Eine Vase. Ein hauchdünnes, geschliffenes Stück stand in Reichweite auf dem Tisch, aber war zu diesem Zweck völlig untauglich. Er bemerkte eine massive Bronzefigur auf dem Schreibtisch hinter Petréns Rücken, aber unerreichbar. Außerdem wirkte Petrén durchtrainiert, was er von sich selbst beim besten Willen nicht behaupten konnte. Sein Körper hing als eine achtzig Kilo schwere, schlaffe Verwirrung im Stuhl.

»Am Anfang hatte ich einen gewissen Respekt vor Ihnen – als Mörder. Sie wirkten kaltblütig und schnell und schienen überhaupt keine Nerven zu haben. Aber jetzt verstehe ich, dass das meiste auf einem unglaublichen Glück beruhte, das Sie hatten. Einmal hatten Sie Pech – als Staffan Wingman in das Zimmer der Pension kam, in Sonja Walléns Zimmer, wo Sie sich mitten in der Nacht befanden. Ich kann nur vermuten, was geschah. Vermutlich nicht viel mehr, als dass er sich rasch zurückzog. Er kombinierte – und er kombinierte richtig. Sie waren Sonjas Liebhaber, Sie waren der Mann, den sie schützte. Er hatte keine Beweise, aber er bekam trotzdem Angst wegen seiner Entdeckung. Und Sie bekamen noch größere Angst. Er wurde in dieser Nacht zum Tode verurteilt, und er ahnte es. Deshalb hat er Schutz sowohl bei Ulla als auch bei Inga Barr gesucht. In dieser Nacht konnten Sie ihn nicht erreichen, aber am Nachmittag des nächsten Tages erwischten Sie ihn, zum ersten Mal allein – in seinem Zimmer. Er rechnete damit, dass er dort oben in Sicherheit sei, weil im Hof unten die Aufnahme vor sich ging, und Sie rechneten mit demselben Umstand. Niemand konnte etwas hören, und Sie hatten Eile.«

Petréns Miene bekräftigte nichts, und Viggo kam der Gedanke, dass er vielleicht Unsinn quatschte. Hatte er das wirklich genau durchdacht? Aber egal, er musste sprechen.

»Der Junge hat Sie vom Dach aus gesehen. Daraufhin reagierten Sie schnell. Sie schossen, und er fiel. Aber dann begreife ich nicht, wie Sie auf den Gedanken kamen, den toten Wingman in den Keller zu schleppen. Wäre der Kohlenkeller in Ihrem eigenen Haus gewesen, dann hätte er kaum viele Stunden unentdeckt liegen können. Aber Sie kannten die Lokalitäten, Sie besaßen ja beide Häuser. Nachts fuhren Sie mit ihm davon. Das war riskant, und Sie hatten Angst vor dem Mondschein. Deshalb zogen Sie seine Jacke an und setzten seine Brille auf. Wenn Sie jemand im Auto sah, so musste er automatisch glauben, dass es Wingman war, das lag am nächsten. Es dauerte lange, bis ich begriff, warum Sie mit dem Auto zurückfuhren. Ich dachte, das wirkte zu gefährlich, aber so allmählich begann ich zu verstehen. Der Mond war von Wolken bedeckt, die Gefahr, dass jemand Sie erkennen konnte, war nicht mehr so groß, und es war tatsächlich wenig riskant, das Auto durch die offene Garagentür hineinzufahren. Wenn jemand Sie gesehen hätte und in den Keller gelaufen wäre, hatten Sie alle Möglichkeiten, sich zu verstecken, Sie kannten, wie gesagt, die Lokalitäten. Wenn Sie dagegen durch die Außentür gekommen und in die Arme irgendeines Nachtschwärmers geraten wären, hätten Sie es schwer gehabt, dafür eine Erklärung zu finden, wenn alles langsam herausgekommen wäre. Das, was anfangs am riskantesten schien, war ganz einfach die sicherste Art. Sie gewannen viel damit, aber nicht so viel, wie Sie glaubten.«

Er fühlte Trockenheit im Mund und war zu müde, um weiterzusprechen. Einen Augenblick schloss er die Augen, fischte sein Zigarettenpäckchen aus der Tasche und kramte eine Zigarette aus der zerquetschten Schachtel hervor. Petrén machte eine kleine Bewegung, und das hatte einen eigentümlichen Effekt auf Viggo. Die Worte kollerten wieder aus ihm heraus.

»Seit Juli haben Sie mit verschränkten Armen dagesessen. Bis gestern Abend, als Broman anrief. Da wurde es wieder brenzlig für Sie. Sie mussten ihn zum Verstummen bringen, und Sie kennen nur ein Mittel, Leute zum Verstummen zu bringen. Ich kam ein paar Minuten zu spät.«

Petrén lächelte, es war ein ironisches, abscheuliches kleines Lächeln, das seine Miene kaum veränderte. Viggo erinnerte sich an Sonja Walléns Bemerkung: »Glück für Sie, vielleicht.«

»Eine beachtliche sportliche Leistung von Ihnen, durch das Badezimmerfenster hinauszukriechen«, setzte er seinen zwecklosen Monolog fort. »Zwei Stockwerke hinab auf einer alten Feuerleiter...«

Zu Ende geredet, dachte er verwirrt. Gab es eigentlich noch mehr zu sagen? Petrén saß unbeweglich. Vermutlich genoss er die Situation, konstatierte Viggo bitter. Hier sitze ich und plappere meine letzten Stunden weg, in der wahnsinnigen Hoffnung, dass etwas ihn veranlassen könnte, von seiner Mordabsicht abzusehen.

»Ihre kleine Manipulation mit dem Ventilsystem im Atelier war sehr erfolgreich. Sie brachten Fredberg effektiv zum Verstummen, gerade als er sich dem gefährlichsten von allem näherte – dem Radioprogramm. Er dachte natürlich, Ihren Auftritt in der besten Absicht zu rühmen. Ich hätte schon längst draufkommen müssen, aber es war nur in den *Stimmen im Radio*, wo Ihr Name erwähnt wurde. In den übrigen Zeitungen stand nur ›Unsere Wohnungsfrage – ein Round-table-Gespräch‹. Ich hätte mich daran erinnern müssen, dass Sie Hauseigentümer und Grundstücksbesitzer sind, ebenso wie ich Ihre Bemerkung im Cattelin im Gedächtnis hätte behalten müssen.«

Nun sah Petrén zum ersten Mal wachsam aus, und Viggo genoss eine kurze Sekunde die kleine Überlegenheit.

»Eigentlich haben Sie sich einmal ganz gehörig versprochen, erinnern Sie sich nicht? ›Alle Menschen wussten, dass Staffan Wingman Morphinist war, aber keiner kam auf die Idee, das der Polizei mitzuteilen‹, sagten sie. Doch niemand wusste so genau, welche Drogen er nahm, nur Sie und Sonja Wallén und Broman...«

Er war nahe daran, Pallanders Namen zu erwähnen, aber er hielt sich in letzter Sekunde zurück. Pallander war noch am Leben, und es war nicht seine Aufgabe, den eifrigen und tüchtigen Redakteur ins Grab zu befördern.

»Über eine Sache habe ich mir den Kopf zerbrochen. Über

das gestrige Telefongespräch. Broman rief Sie an, und Sie erkannten ihn wohl an der Stimme. Er hatte Asthma, und solche Leute erkennt man leicht wieder, auch wenn man sie nur einige Male gehört hat. Aber was sagte er eigentlich zu Ihnen? Zogen Sie wirklich die Schlussfolgerung selbst, ohne dass er sich zu versprechen brauchte? Dass er sie in der Radiodiskussion gehört habe und sich nur vergewissern wolle, ob er richtig gehört habe? Oder verhaspelte er sich und fügte hinzu, dass Sie es gewesen waren, der ihm Morphium angeboten hatte?«

Petrén betrachtete ihn ruhig, ohne zu antworten.

»Was sagte er?«

Viggo wiederholte die Frage und beugte sich vor. Er hatte gehofft, dass Petréns Aufmerksamkeit einen Augenblick nachlassen würde, aber er irrte sich. Seiner Bewegung im Sessel folgte ein unmittelbares, kaum merkliches Heben der Pistole.

»Ich bin nicht in der Situation, dass ich Fragen zu beantworten brauche«, entgegnete Petrén.

»Sie überschätzen ein wenig die Vorteile Ihrer Lage.«

»Sie ist sehr vorteilhaft.«

Die Waffe glänzte in seiner ruhigen Hand.

»Sie vergessen, dass wir sicher beobachtet wurden, als Sie mich vor dem Royal in Ihr Auto einsteigen ließen.«

In einem verzweifelten Versuch, die Sicherheit des anderen zu erschüttern, fügte er hinzu: »Ich hatte einen meiner Leute dort postiert, um Sonja Wallén zu beschatten.«

»Dieses Risiko trage ich«, erklärte Petrén lächelnd. »Genau wie Sie das Risiko eingegangen sind, mir zu folgen.«

Es lag ein sehr deutlicher Hohn in seiner Stimme, und Viggo biss die Zähne zusammen. Ohne den Blick von seinem Gesicht zu lassen, fuhr Petrén fort: »Ich habe mich daran gewöhnt, einige Risiken einzugehen. Diesmal ...«

Er brach mitten im Satz ab und drehte blitzschnell den Kopf zur Tür. Beide hatten es gehört: das Geräusch einer Tür, die unten im Erdgeschoss geöffnet wurde.

Es war ebenso plötzlich wieder still, aber Viggo hatte bereits die Verwirrung bemerkt, die auf dem vorher so unbeweglichen Gesicht zu lesen war. Das genügte. Er sprang aus dem Sessel und warf sich mit seinem ganzen Gewicht nach vorne.

23

Der Sessel war mit einem Krach umgefallen, aber es glückte Petrén, auf die Beine zu kommen. Viggo erhielt einen harten Schlag in den Magen und taumelte, erkannte aber sofort, dass Petrén mit der rechten Hand schlug, also die Pistole fallen gelassen hatte. Der nächste Schlag landete auf seinem Kinn, und ihm tanzten Sterne vor den Augen. Gleichzeitig landete seine Faust in Petréns gespanntem Gesicht. Sie traf zwischen die Augenbrauen, und Petrén wich augenblicklich gegen die Wand zurück. Er war bei ihm, gerade als beide die Pistole erblickten. Sie stürzten auf sie zu, griffen nach ihr und wälzten sich in einer harten und verbissenen Umarmung auf dem Boden. Viggo kam auf Petréns Rücken zu liegen und presste ihn mit aller Kraft nieder. Plötzlich gab sich Petrén einen Ruck, und es gelang ihm, Viggo abzuwerfen. Als er über ihm war, hatte er die Waffe in der Hand. Viggo umklammerte mit beiden Händen seinen Arm und versuchte die Hand niederzuzwingen.

Der Schuss ging ganz nahe an seinem Ohr vorbei. Er hatte so lange auf den Knall gewartet, dass es beinahe eine Befreiung war, ihn zu hören. Im selben Augenblick merkte er, dass er nicht länger allein war. Ein Fuß versetzte der Hand mit der Pistole einen Tritt. Und die Waffe flog zu Boden.

Jemand rief: »Ergeben Sie sich, Petrén! Sonst schießen wir!«

Aber Petrén ergab sich nicht. Es gelang ihm, Viggo auf den

Rücken zu bringen, und aufs Geratewohl schlug er ihm mit der freien rechten Hand ins Gesicht. Die andere hielt er mit eisernem Griff um Viggos Hals, sodass Viggo zu würgen begann. Ihm war bereits schwarz vor Augen geworden, als er fühlte, wie die Belastung durch Petréns Körper über seinem Brustkorb leichter wurde, und er hörte den Laut von zwei raschen und dumpfen Schlägen.

Einige Augenblicke lang war er besinnungslos, dann hob er den Kopf und bewegte ihn vorsichtig. Er hatte den Geschmack von Blut im Mund, und das linke Auge war zugeschwollen. Über sich sah er Lövgrens Gesicht, das sich in einer Serie von Farbflecken auflöste.

»Wie fühlst du dich?«

Darauf gab es nicht viel zu antworten. Lövgren half ihm auf die Beine, und er entdeckte Petrén, der wie ein Gepäckstück auf dem roten Teppich lag. Assistent Wikman war damit beschäftigt, ihm die Hände mit ein paar Handfesseln auf den Rücken zu binden.

»Was macht ihr hier?«, fragte Viggo heiser.

»Wir sind damit beschäftigt, dein Leben zu retten«, antwortete Lövgren. »Was machst du hier, du Idiot?«

»Er sagte, die Filmleute seien hier… Ich weiß nicht, warum ich ihm geglaubt habe. Ich hab nicht kapiert, dass er unterrichtet worden war. Sonja Wallén hat mich übers Ohr gehauen.«

Er wankte zum Sofa hin, fiel darauf nieder und zog ein Taschentuch hervor, um sein Gesicht abzutrocknen.

»Hast du auch die *Stimmen im Radio* gelesen?«, fragte er Lövgren.

»Stimmen im Radio?«

»Petrén war mit in der Radiodebatte gestern Abend – die wegen der Wohnungsfrage… So einfach war das.«

Er grinste Lövgren an, der sein zerschlagenes Gesicht bekümmert betrachtete.

»Du solltest zusammengeflickt werden. Wir werden das

veranlassen, wenn wir in die Stadt kommen. Nein, ich habe *Stimmen im Radio* nicht gelesen, das habe ich nicht.«

»Wie, zum Teufel, bist du dann darauf gekommen?«

»Durch die Wohnungen«, antwortete Lövgren mit der Miene eines Christoph Kolumbus, »durch die leeren Wohnungen. Es dauerte eine Weile, bis ich herausbekam, dass alle leeren Wohnungen, an die die Antworten geschickt worden waren, in Häusern lagen, die Petrén gehörten. So einfach war das. Wir fuhren heute Abend direkt zu ihm, kamen aber gerade rechtzeitig, als er mit seinem Auto startete und davonfuhr, als wäre der Teufel hinter ihm her. Wir sahen, wie er dich beim Royal einsteigen ließ und fragten uns, was du für Absichten hattest. Wir wollten nicht stören, sondern folgten in einigem Abstand und parkten unseren Wagen unten am Seitenweg.«

»Ich habe ein Auto gehört, das wart also ihr.«

»Wahrscheinlich. Wir spazierten schön ruhig hier herauf, um zu sehen, wie weit du gekommen bist, aber ihr wart bereits hineingegangen, als wir kamen. Wir glaubten natürlich, dass du das Match schon in der Tasche hattest, aber Wikman kletterte draußen auf einen Apfelbaum, um zu sehen, was mit euch los war. Und was er da sah, war nicht gerade lustig. Es sah fast so aus, als ob er dich mit diesem Ding da bedrohte.« Er deutete auf die Pistole, die immer noch auf dem Boden lag. »Aber du hast wohl ein ordentliches Geständnis aus ihm herausgeholt, hoffe ich?«

Viggo stöhnte schwach. »Nicht einen Ton. Die ganze Zeit habe nur ich gesprochen.«

»So? Na, da haben wir noch ein schönes Stück Arbeit vor uns«, konstatierte Lövgren düster. »Den ganzen Morphiumknäuel mit Kunden und Lieferanten und allem Drum und Dran. Das wird uns den Rest des Jahres kosten, glaube mir.«

Viggo sah eine unendliche Reihe von Schreibtischtagen, Berichten, Verhörprotokollen und Untersuchungsmaterialien vor sich. »Wollen wir abhauen?«

»Ich geh nur hinunter und telefoniere nach ein paar Burschen, die ihn ins Auto verfrachten können. Ich habe mein Magengeschwür und denke nicht daran, mir auch noch einen Muskelriss zuzuziehen.«

Lövgren sandte Petréns unbeweglicher Gestalt einen abschätzenden Blick zu, ehe er fortfuhr:

»Du bist für Schwerarbeit jetzt wohl kaum in Form – und Wikman hat sich den Fuß verstaucht.«

»Ich bin vom Baum hinuntergesprungen und umgeknickt,« erklärte Wikman verlegen.

Lövgren verließ sie, um nach einem Telefon zu suchen. Es wurde still in Direktor Fredbergs Salon, bis auf das leise Ticken eines Pendels. Petrén bewegte etwas den Kopf und Viggo betrachtete ihn finster. Von der unteren Halle klang Lövgrens Stimme herauf, laut und ein wenig knarrend.

»Können Sie ein paar Mann herausschicken… gut. Nein, Wikman hat sich den Fuß verstaucht – nichts Ernstes. Er hat Pech mit seinen Füßen, der Junge. Sonst sind wir alle in Ordnung. Bredberg bekommt wohl das große Schlottern in den nächsten Minuten… Ja, das pflegt sich nachher regelmäßig einzustellen.«

Wikman, der ebenfalls zugehört hatte, drehte sich um und betrachtete Viggo interessiert. Das Gesicht mit dem vollständig zugeschwollenen Auge war zwar kein sehr erfreulicher Anblick, aber für einen Schockpatienten sah er ungewöhnlich gefasst aus. Wikman zweifelte stark daran, dass Kommissar Bredberg vor einem Zusammenbruch stand.

Kerstin Ekman

Kerstin Ekman ist neben Selma Lagerlöf und Elin Wägner die dritte Frau, die in die Schwedische Akademie der Wissenschaften aufgenommen wurde. Ihr Buch »Hexenringe« bildet den Auftakt zu einem vierteiligen Romanzyklus, der als bedeutendstes Epos der jüngeren schwedischen Geschichte gilt und zugleich eine Hommage an die Frauen in aller Welt ist.

Roman
335 Seiten
btb 72056

Bilderreich, wortgewaltig und mit subtilen Einblicken in die menschliche Seele schildert Kerstin Ekman in »Hexenringe« die Geschichte des Dienstmädchens Tora Lans, das in den frühen Tagen der Gründerzeit den trotzigen Mut aufbringt, sich gegen ihr Schicksal aufzulehnen.